橋
20
17
冬
winter
QIAO
第7期

編輯札記

淡水冬天陰冷多雨，習慣後卻也不以為意。深夜從文學館走入冷風中，偶爾想起逝去的青春與生命中曾經歷的各種人、事、矛盾與斷裂，隔日，還是得再繼續備課、寫作與編輯。活在這樣看似的持平與安穩的時代，我從不認為是「黃金時代」——你／妳不知道什麼時候會迎來或遭逢更大的變化，歷史的非理性亦非些許學院書生所能決斷，但作家們字裡行間細膩的感知似乎又捕捉到什麼，彷彿是一則則對未來的提醒、警示與預言。路在那裡？我們還能再走向何方？

《橋》第 7 期的專題為大陸新銳作家雙雪濤。以作者自述的〈沒有師門〉及〈卑微的虛榮〉兩文，帶出其獨特的師承觀與創作觀，同時選刊其高度受到肯定的中篇小說〈平原上的摩西〉推薦予兩岸讀者。大陸方面的評介，則由青年學者／批評家黃平，以〈走出「自我」的「美學」〉的角度來評析其〈平原上的摩西〉，台灣黃文倩以〈在正典與想像間〉來討論雙雪濤出入經典／典律的互文深度，以及企圖兼融個人審美意志與反抗虛無間的無望的堅定。

在兩岸作品共讀的特輯中，此期繼續推薦兩岸近期的四本新作：林立青《做工的人》、林婉瑜《愛的 24 則運算》、計文君《白頭吟》及蔣峰《白色流淌一片》。透過不斷追蹤兩岸現當代文學的新作，是我們理解當下時代、社會、人心與感覺結構發展與變化的一種方式。

本期特稿則邀請了知識界的各方友朋，以個人生命與接受史的歷史感覺邏輯，重新再閱讀與自剖《人間》雜誌之於他們的意義，最後亦收錄 1999 年劉依潔對陳映真的一篇專訪，作為聯繫時下青年一種觸媒，希望能召喚更多新生代青年對「人間」的再次靠近、理解與關注。

（文／黃文倩）

目次

特輯

重溫《人間》雜誌：我們相信 我們希望 我們愛

大陸新銳作家專題

雙雪濤

——閱讀無望的堅定

關於雙雪濤
自述與創作年表

雙雪濤

1983 年 9 月生於瀋陽。幼稚園在瀋陽市小型拖拉機廠子弟幼稚園度過，沒什麼記憶，就記得阿姨不讓隨便尿尿，尿褲兜子裡了。因為晚生了八天，所以晚上了一年學。1991 年至 1997 年，就讀同澤小學，其他孩子都屬鼠，我屬豬，開始覺得自己挺大，後來就拉平了，再後來覺得自己還沒屬鼠的成熟。

1997 年到 2000 年進入瀋陽市第 126 中學。通過全市統一考試進入，進去時成績不錯，迅速下滑，僅靠上課接話和講故事維持尊嚴。2000 年至 2003 年就讀瀋陽市第 120 中學，通過全市統一中考進入，但是考得不好，只能自費。癡迷足球，愛買盒帶，見證了周杰倫的崛起。學校氛圍寬鬆，交了幾個好友，開心的三年。2003 年到 2007 年讀吉林大學，高考數學沒考好，語文還行，去了吉林大學學法律。長春比瀋陽還冷，普通話比瀋陽人好，因為造汽車，號稱東北的德國。大部分時候都在踢球和打電子遊戲。骨折一次，掛科一次。

2007 年到 2012 年，在國家開發銀行遼寧省分行工作，進去時挺費勁，筆試面試，被淘汰了，後來有一個人不去，又把我找了回去。行裡都是好人，管兩頓飯。因為無聊開始寫小說，參加了兩次台灣的比賽，膨脹，2012 年辭職。2012 年至 2015 年在瀋陽做無業遊民，寫東西，發表了一些，有人叫我作家，也敢答應了。2015 年至 2017 年到北京進入中國人民大學創意寫作專業。高齡京漂。出版了幾本書，喝了不少酒，2017 年下半年開始留鬍子，現在挺長了，準備 2018 年剃了，2018 年唯一確定的事。

雙雪濤創作年表

作品名稱	刊物（或出版社）
《翅鬼》（長篇）	臺北：遠流出版公司，2011 年 5 月
《翅鬼》（長篇）	遼寧：春風文藝出版社，2012 年 8 月
〈我的朋友安德烈〉（中篇）	《文學界》，2013 年第 6 期
〈靶〉（短篇）	《芳草》，2013 年第 6 期
〈無賴〉（短篇）	《文學界》，2013 年第 10 期
〈北極熊〉（中篇）	《芙蓉》，2014 年第 1 期
〈冷槍〉（短篇）	《芙蓉》，2014 年第 1 期
〈大路〉（短篇）	《上海文學》，2014 年第 2 期
〈跛人〉（短篇）	《收穫》，2014 年第 4 期
〈大師〉（短篇）	《西湖》，2014 年第 8 期
〈長眠〉（短篇）	《西湖》，2014 年第 8 期
〈安娜〉（短篇）	《創作與評論》，2014 年第 9 期
〈生還〉（短篇）	《山花》，2014 年第 10 期
〈終點〉（短篇）	《鯉 . 不上班的理想生活》，2015 年 1 月
〈自由落體〉（短篇）	《青年文學》，2015 年第 1 期
〈聾啞時代〉（長篇）	《鴨綠江》，2015 年第 1 期－第 5 期
〈平原上的摩西〉（中篇）	《收穫》，2015 年第 2 期
〈走出格勒〉（短篇）	《十月》，2015 年第 4 期

〈天吾手記〉(長篇)	《花城》，2016年第3期
〈光明堂〉(中篇)	《江南》，2016年第3期
〈蹺蹺板〉(短篇)	《收穫》，2016年第3期
《天吾手記》(長篇)	廣州：花城出版社，2016年5月
《平原上的摩西》(中短篇小說集)	天津：百花文藝出版社，2016年6月
《聾啞時代》(長篇)	北京：北京十月文藝出版社，2016年9月
《我的朋友安德烈》(中短篇小說集)	臺北：人間出版社，2016年11月
〈飛行家〉(中篇)	《天涯》，2017年第1期
〈北方化為烏有〉(短篇)	《作家》，2017年2月號
〈白鳥〉(短篇)	《收穫》，2017年第3期
〈寬吻〉(短篇)	《收穫》，2017年第4期
〈間距〉(短篇)	《花城》，2017年第5期
《飛行家》(中短篇小說集)	桂林：廣西師範大學出版社，2017年8月

沒有師門
談師承

雙雪濤

作為寫作者，我是地道的學徒。回看自己寫過的東西，中短篇十幾個，大多是過去兩年所寫，乏善可陳者多之，差強人意者幾個，默然自傲的極少，有幾個竟極其陌生，好像是他人所做，混到自己的文檔裡。長篇寫了兩個，都不真正長，十萬字出頭，一個類似於中短篇集錦，當時企望能承接《史記》的傳統，勉力寫人，現在再看，多少有混亂自戀之處，一個向村上春樹致敬，想寫個綜合性的虛構品，於是矯揉做作處多，如同小兒舞著大刀，顛倒手腳。但是通論這些東西，也有些不太心虛之處，即都是全力為之，無所保留，老實地虛構，笨拙地獻出真心，有人謬讚我是個作家，實在汗顏，豈能和莎士比亞托爾斯泰共用一個稱謂？若有人說我是個誠懇的小說人，似乎可以竊自消受，確實是想把這世上的幾十年用來弄小說，若是能不急不緩地弄下去，興許碰巧寫出一二，將靈魂送進某個人跡罕至的廟堂中。

我沒有師門，老師卻是極多。小學一年級，剛習了幾個字，母親便送給我一個紅色的筆記本，其大其厚，大概是我手掌的兩倍。那是舊物，好像是多年前母親上學餘下的。寫下一句話，母親說。我便坐在炕頭，在方桌上寫下了一句話，今天我上學了，大概如此，「學」字不會，用 xue 代替，然後又寫上了日期。於是每天寫這一句話，今天把臉摔破了，今天中午吃了土豆。基本上以今天二字起首，有一個動詞，格律整齊，如是我聞。父母都是工人，下鄉知青，初中文化，可是非常重視我的教育，似乎我每多認識一個字都讓他們鼓舞。當時學校的班主任姓金，朝鮮族，隨身帶著辣醬，脾氣火爆，無論男女，若是頑皮，必以手擂之，或抬腳踹之，動若脫兔。她極喜歡文學，字也寫得好，講臺的抽屜裡放著毛筆，下午我們自習，昏昏欲睡，她就臨帖，能寫柳公權。後來看班上有那麼幾個，還算不笨，就在黑板上寫上唐詩宋詞，誰背好就可以出去瘋跑。我家境不好，愛慕虛榮，每次都背得很快，有時背蘇東坡，氣都不喘，白衣卿相柳永，為了賣弄，可先背下半闕。老師便囑我把日記給她看，一旦要給人看，日記的性質就發生了變化，多了不少塗改，努力寫出完整段落。她鼓勵我，當眾表揚我，把我寫的小作文給別的老師炫耀，此舉導致我虛榮心進一步貪婪，攢下飯錢買了不少作文選，看見名人名言就記下，憋著勁在作文裡用。父親看書很多，什麼書都看，是下鄉時養成的毛病，帶字兒的就是好。他很少表揚我，但是心情不錯時，便給我講故事，沒頭沒尾，冬天我坐在自行車的後座上，他擋著風蹬車，講著故事。我才知讀書的妙處，全不是作文選所能代替。於是年紀稍長，便把錢省下來買《讀者》，期期不落。那時家裡的老房子被政府推掉，舉家搬到父親的工廠，住在車間裡，就是在那生鐵桌臺上，我第一次讀到〈我與地壇〉，《讀者》上的節選，過去所有讀過的東西都消失了，只剩下這一篇東西，文字之美，之深邃，之博遠，把我從機器的轟鳴聲之裹挾而去，立在那荒廢的園子裡，看一個老人在園裡呼喚她的兒子。我央父親給我辦張區圖書館的圖書卡，半年時間便把少兒部分的書看完了，大概是小學六年級，金庸的所有小說，古龍的代表作，福爾摩斯探案集，基督山伯爵，傲慢與偏見，巴黎聖母院，如此等等，大概都看了一些，所寫作文也與過去大不相同，金老師勉勵我，她知道我笨，數學不行，但是語文可以強撐，興許將來可藉此安身立命。但是我沒有志氣，只想考學，所謂寫作文，只是想讓人知我厲害，無他，從未想過要成為作家，讀書也是自娛，為了跟同學顯擺自己知道的故事，小學畢業後，面向新的卷子，便和老師斷了聯繫。

初中第一次作文，我的文章震動了老師和同學，老師將我大罵，說我不知跟誰學的，不知所云，這麼寫去中考肯定落榜，同學認為我是抄的，此文肯定埋伏在某本作文選中。我心灰意冷，唯一的利器鈍了，立顯平庸。不過讀書從未間斷，麥田的守望者，水滸傳，巴金王安憶，老舍馮驥才，一路看下去，當時的初中離市圖書館很近，我便把原來的圖書卡退掉，換了市圖書館的，每天中午跑去看。當時有兩個朋友，一個後來去了清華後去歐洲，做了科學家，一個天賦不差前者，但是為人好鬥任氣，後來不知淪落何處，似乎是瘋了。當時我們三人都無朋友，便合成一組，結伴去圖書館消遣孤獨，他們二人去研究宇宙科學，我鑽進文學類的書架猛看。就是站在那裡，我看了趙樹理的〈小二黑結婚〉，孫犁的〈白洋淀〉，鄧一光的〈狼行成雙〉，趙本夫的〈天下無賊〉，李佩甫的〈敗節草〉，莫言的〈紅高粱〉，張賢亮的〈綠化樹〉，還有雜書無數，陳寅恪，費孝通，黃仁宇，錢鍾書，下午跑回去上課，中午看過的東西全忘，繼續做呆頭呆腦的庸學生。

挨到高中，已非當初那個貌似有些異稟的孩子，只是個湊合高中的湊合分子。高一的語文老師姓王，年輕，個矮，面目冷俏，在老師中人緣不好，孤傲非常，據說婚禮時幾乎無人參加，冷冷清清。可是極有文學才能，能背大段的古文，講課從不拘泥，信手拈來，似乎是腦中自帶索引。我當時已知自己無論如何寫，也不會入老師法眼，她第一次命題作文題目很怪，沒有限定，但是必須是兩個字。彼時外公剛剛去世，我便寫了篇文章叫做〈生死〉，寫外公去世前，給我買一個大西瓜，翠綠非常，我看見他從遠處懷抱西瓜走來，面帶微笑，似乎西瓜的根蒂就長在他身上。滿分 60，王老師給了我 64 分。那是一隻溫柔有力的手，把我救起，我努力想寫得更好，仔細讀了張愛玲，汪曾祺，白先勇，阿城，看他們怎麼揉捏語言，結構意境，仔細讀了余華，蘇童，王朔，馬原，看他們怎麼上接傳統，外學西人，自明道路。我的作文字跡極亂，老師盡力辨認，有時候我嫌作文本的格子框人，就寫在八開的大白紙上，蠅頭小字，密密麻麻，老師也為我批改。高中畢業前，我寫了一篇東西叫做〈復仇〉，寫一個孩子跋山涉水為父報仇，尋找的過程大概寫了近兩千字，結尾卻沒有，老師也給我了很好的分數，裝作這是一篇作文。高中畢業後，我回去看過她一次，她獨自坐在辦公室角落的格子裡，周圍沒有人，我站在她身邊說了些什麼已經忘記，只記得她仰頭看著我，滿懷期待而無所求，眼睛明亮非常，瘦小樸素，和我初見她一樣。

大學四年什麼也沒寫，只是玩。書也是胡亂看，大學的圖書館破舊落後，電腦都沒有一台，借出的書似乎可以不還，直到看到王小波，是一個節點，我停下來想了想，那是我想成為的人啊，但是我自知沒有足夠的文學才華，就繼續向前走去，隨波逐流，虛擲光陰，晚上從不失眠。

2010開始寫小說，2013年第一次在期刊上發表，之前拿過兩個台灣的文學獎，在台灣出過一個單行本的中篇。說實話，雖是認真而寫，但是心態都是玩耍，也不自認是文學青年，從未有過作家夢。只是命運奇詭，把我推到寫作的道路上，或者是推回到這條道路上，讓我拾起早已零落的記憶，忘記自己曾是逃兵的事實。對於小說的做法，我被余華啟迪，他從未停止探索敘述的奧秘，尖利冷峻，不折不從。對於文學的智識，我是王小波的擁躉，他拒絕無聊，面向智慧而行，匹馬孤征。對於小說家的操守，我是村上春樹的追隨者，即使不用每次寫作時打上領帶，向書桌鞠躬，也應將時間放長，給自己一個幾十年的計畫，每天做事不休。對於文學之愛，我是那兩個語文老師的徒弟，文學即是生活，無關身份，只是自潔和精神跋涉。對於文學中之正直和寬忍，我是我父母的兒子，寫下一行字，便對其負責，下了一盤棋炒了一盤菜，便對其珍視，感念生活厚愛，請大家看看嚐嚐。對於未來的文學道路，我不及多想，妻兒在側，上有慈母泰山丈母娘，他們都是我的老師。我也許有著激盪的靈魂，我坐在家中，被靜好時光包圍，把我那一點點激盪之物，鑄在紙上，便是全部。

卑微的虛榮
談創作觀

雙雪濤

我喜歡在白天寫作，天光大亮時坐下，泡好茶水，打火機放在不用轉頭就能摸到的地方。其實這麼幹有點蠢，因為最近我家樓上，有個孩子開始學習鋼琴，不知他（她）幾歲，也許在放假，也許還沒到上學的年齡，一般情況下，就在我坐下的時候，他也開始操練起來，從七個音符依次出現開始，有時中間出現錯誤，就從頭再來一遍，也許是誰給他定下的法律。但是因為已經養成習慣，這個時間如果不工作，可能一天就會頹唐而過，因為沮喪，晚上還要喝幾瓶啤酒，沒辦法，為了節省酒錢，只能和孤獨的音符一起度過上午時光。之所以這個時間寫，不為別的，是想讓自己看起來在上班，因為寫小說的緣故，兩年沒有工作，開始的時候一覺睡到十一點，起來吃了早午飯，坐在洗手間看幾行書，就又有了午睡的念頭，上班的五年，每天早起都有坐在卡車上奔赴刑場的感覺，辭職之後，放肆而睡，又有點過量，尤其在寒冷的冬天，有時睡來睡去，已經錯過了太陽，好像天根本沒有亮過。後來看了一下資料，說如果睡眠超過七個小時，可能會睡傻，也就是大腦下意識地開始執行冬眠的操作，人會變得遲緩而笨拙。就像狗熊。為了防止有一天醒來，發現自己長出毛皮，我開始定鬧鐘，像上班族一樣作息，效果很好，習慣是一種假想，也是一種自我催眠，覺得自己比過去要體面很多，也許發展下去，可以在寫作之前穿上制服打上領帶，或者給書房裝一個打卡機。我嚮往職業性，小說本身隱含著某種邏輯，形式即內容，小說的每一個詞語和標點，都是形式和內容的雙重器皿，至於小說作者，可能也需要某種形式感，換句話說，每個寫作者不但創造著作品，也在創造自己，這裡面同時也包含了某種虛榮心，希望自己能像小說家一樣存在，而不是別的什麼玩意，單純的身分在現代社會好像有點不合時宜，但是恐怕是我唯一能嚮往的虛榮。不知道樓上的孩子是不是也在做同樣的事情，兩個月的時間過去，他已經能彈些短小的曲式，有些還相當悅耳，也許與此同時，他的脊椎開始彎曲，手指也開始變得細長白皙，對於世界上的事情，也開始發現更多的野蠻。

〈平原上的摩西〉占據了我 2014 年上半年幾乎全部的時間，和下半年幾乎一半的時間。在拿給《收穫》前，我自己已寫了三稿，且都變動頗大，交出去之後又改了幾稿，已無法記清。核查稿子的日期，最後一稿應該是 2014 年 11 月 18 號，也許是第七稿或者第八稿，比上一稿多出二百多個字，還有一處關於莊德增醉酒的細節得到了修改。具體過程，無法細表，我本是個性急之人，有時候喝水都能嗆著，寫小說時是我人生中最具耐心的時刻，但是在這篇小說裡，多次感覺耐心已經耗盡，好像一場曠日持久而要求太多的戀愛，因為吵鬧而煩躁並且越陷越深。後來我改變了方式，搬到岳母家，每天早晨坐十幾站公車，回到家裡去寫，寫到離精疲力盡還差一點時，趕快收手。可惜每天回去，想起白天的工作，還是覺得不太完美。那個故事獨自躺在空房間的電腦裡，那裡一片漆黑，門窗緊閉，那個故事充滿瑕疵，滿臉粉刺，唯一支撐我堅持下去的理由，可能是感覺到這段戀愛最重要的時刻還沒有來臨，有些值得銘記一生的話語還沒有說出。我聽見那空間裡的心跳聲，砰砰砰砰，不太規則，有些力量，就像我從小生長的這座城市，永遠在挖掘機的包圍之中，但是她還活著。

事實上，這個故事寫下第一個字的時候，我並不知道之後要發生什麼。也許有一起罪案，也許有一次重逢，我也不知道她大概多長，也許五千字，也許一萬，也許是個大中篇？但是不知道為啥，我覺得這應該不是一個壞故事，而且我還意識到，也許這次我要費盡九牛二虎之力才能把她寫完，過去的一揮而就已無法複現。這裡面有太多和我血脈相連的東西，這裡面有太多我一直未敢展示的自己的觀察和想像，這裡面有太多我從未嘗試過的壓榨自己的方法，這裡面有太多我不太成熟的，但是又不甘放棄的對小說的一點體會。寫到三分之一的時候，我意識到自己已走到曠野裡，遠遠看見幾個人影，可是他們對我抱以微笑，並沒給我指路，回頭望去，來處已坍廢斷絕，無所歸處，我擁有的只有我自己，這是可怕而孤獨的時刻，我所能做的只有一樣：努力維護自己的尊嚴。

關於小說本身，我並不想再說太多，屬於小說的，留給小說。關於這篇小說之外的，也許我想說一點。人是可悲的動物，想說一點，是為了牢記，世事變化，自以為永遠銘記的東西，說不定一場宿醉之後就模糊了一半。這篇小說從初稿到定稿走過了漫長的旅程，我幾次想要放棄，把稿子扔進垃圾桶，而促使我留下稿子，扔掉垃圾桶的，是我的諸位師友，在這裡就不一一致謝，你們給我的意見，我都牢記，你們對我的信任，讓我成為了一個更好的人，也許原來你們不應當這麼信任我，但是現在可以。

感謝我的老婆，永遠是第一個鼓勵者和批評家，給予我信心又粉碎我的自負，並且慷慨地讓我獨自使用書房，使自己的翻譯工作遲遲無法交工（好像翻譯本身也確實存在一些困難）。感謝我的編輯走走為這篇稿子所付出的艱苦卓絕之努力，謝謝你對我的折磨，猛擊之後的攙扶，讓我從無頭蒼蠅星矢變成了不死鳥一輝。感謝程永新老師，令人尊敬的完美主義者，逐字逐句地梳理這篇小說的人稱和邏輯，同時還小心地保護著她的紋理和力量。感謝福克納老師，雖然我不太懂你。

我從來沒想證明什麼，因為能夠免於饑寒，安心寫小說本身即是恩賜，如果完成了一點東西，那也是令人高興的事情，你們知道，太多作家已經證明過自己，在各種領域，除了寫作。所以最後感謝自己，就像我最開始說的，還有那麼一點卑微的虛榮。

中篇小說選刊

平原上的摩西

雙雪濤

莊德增

1995年，我的關係正式從市捲煙廠脫離，帶著一個會計和一個銷售員南下雲南。離職之前，我是供銷科科長，學歷是初中文化，有過知青經歷，返城之後，接我父親的班，分配到捲煙廠供銷科。當時供銷科是個擺設，一共三個人，每天就是喝茶看報。我因為年輕，男性，又與廠長沾點表親，幾年之後，提拔為科長，手下還是那兩個人，都比我年歲大，他們不叫我科長，還叫我小莊。我與傅東心是通過介紹人認識，當時她二十七歲，也是返城知青，長得不錯，頭髮很黑，腰也直，個子不高，但是氣質很好，清爽。她的父親曾是大學老師，解放之前在我市的大學教哲學，哲學我不懂，但是據說她父親的一派是唯心主義，反右時被打倒，藏書都被他的學生拿回家填了灶坑或者糊了窗戶。「文革」時身體也受了摧殘，一隻耳朵被打聾，「文革」後恢復了地位，但已無法再繼續教書。他有三個子女，傅東心是老二，全都在工廠工作，沒有一個繼承家學，且都與工人階級結合。

我與傅東心第一次見面，她問我讀過什麼書，我絞盡腦汁，想起下鄉之前，曾在同學手裡看過《紅樓夢》的連環畫，她問我是否還記得主人公是誰。我回答記不得，只記得一個女的哭哭啼啼，一個男的娘們唧唧。她笑了，說倒是大概沒錯。問我有什麼愛好，我說喜歡游泳，夏天在渾河裡游，冬天去北陵公園，在人造湖冬泳。當時是1980年的秋天，雖然還沒上凍，但是氣溫已經很低，那天我穿了我媽給我織的高領毛衣，外面是從朋友那裡借的黑色皮夾克。說這話的時候，我和她就在一個公園的人造湖上划船，她坐在我對面，繫了一條紅色圍巾，穿一雙黑色布帶鞋，手裡拿著一本書，我記得好像是一個外國人寫的關於打獵的筆記。雖然從年齡上說，她已經是個老姑娘，而且是工人，每天下班和別人一樣，滿身的煙草味，但是就在那個時刻，在那個上午，她看上去和一個出來秋遊的女學生一模一樣。她說那本書裡有一篇小說，叫〈縣裡的醫生〉，寫得很好，她在來的路上，在公車上看，看完了。她說，你知道寫的是什麼嗎？我說，不知道。她說，一個人溺水了，有人脫光了衣服來救她，她摟住那人的脖子，向岸邊划，但是她已經喝了不少水，她知道自己要死了，但是她看見那人脖子後面的汗毛，濕漉漉的頭髮，還有因為使勁兒而凸露出來的脖筋，她在臨死之前愛上了那個人，這樣的事情是會發生的，你相信嗎？我說，我水性很好，你可以放心。她又一次笑了，說，你出現的時間很對，我知道你糙，但是你也不要嫌我細，你唯一看過的一本連環畫，是一本偉大的書，只要你不嫌棄我，不嫌棄我的胡思亂想，我們就可以一起生活。我說，你別看我在你面前說話挺笨，但是我平常不這樣。她說，知道，介紹人說你在青年的時候就是個頭目，呼嘯山林。我說，但凡這世上有人吃得上飯，我就吃得上，也讓你吃得上，但凡有人吃得香，我絕不讓你吃次的。她說，晚上我看書，寫東西，記日記，你不要打擾我。我說，睡覺在一起嗎？她沒說話，示意我使勁划，別停下，一直划到岸邊去。

婚後一年，莊樹出生，名字是她取的。莊樹三歲之前，都在廠裡的托兒所，每天接送是我，因為傅東心要買菜做飯，我們兵分兩路。其實這樣也是不得已，她做的飯實在難以下嚥，但是如果讓她接送孩子就會更危險。有一次小樹的右腳卡在車條裡，她沒有發覺，納悶為什麼車子走不動，還在用力蹬。在車間她的人緣不怎麼好，撲克她不打，毛衣她也不會織，中午休息的時候總是坐在煙葉堆裡看書，和同事生了隔閡是很正常的事情。八十年代初雖然風氣比過去好了，但是對於她這樣的人，大家還是有看法，如果運動又來，第一個就會把她打倒。有天中午我去他們車間找她吃飯，發現她的飯盒是涼的，原來這樣的情況已經持續了一段時間了，每天早上她把飯盒放進蒸屜，總有人給她拿出來。我找到車間主任反映情況，他說這種人民內部矛盾他也沒有辦法，他又不是派出所所長，然後他開始向我訴苦，所有和她一個班組的人，都要承擔更多的活，因為她幹活太慢，繡花一樣，開會學習小平同志的講話，她在本子上畫小平同志的肖像，小平同志很大，像牌樓一樣，華國鋒同志和胡耀邦同志像玩具一樣小。如果不是看在我的面子上，早就向廠裡反映，把她調到別的車間了。他這麼一說，倒讓我有了靈感，我轉身出去，到百貨商店買了兩瓶西鳳酒，回來擺在他桌上，說，你把她調到印刷車間吧。

傅東心從小就描書上的插圖，結婚那天，嫁妝裡就有一個大本子，畫的都是書的插圖。雖然我不知道畫的是什麼，但是挺好看，有很高的大教堂，一個駝子在頂上敲鐘，還有外國女人穿著大裙子，裙子上面的褶子都清清楚楚，好像能發出摩擦的聲音。那天晚上吃過飯，我拿了個凳子去院子裡乘涼，她在床上斜著，看書，小樹在我跟前坐著，拿著我的火柴盒玩，一會舉在耳邊搖搖，一會放在鼻子前面，聞味兒。我家有台黑白電視機，但是很少開，吵她，過了一會傅東心也搬了個凳子，坐在我旁邊。明天我去印刷車間上班了，她說。我說，好，輕俏點。她說，我今天跟印刷的主任談了，我想給他們畫幾個煙盒，畫著玩，給他們看看，用不用在他們。我說，好，畫吧。她想了想說，謝謝你，德增。我不知道該說什麼，就笑笑。這時，小斐她爸牽著小斐從我們面前走過。我們這趟平房有二十幾戶，老李住在緊東頭，在小型拖拉機廠上班，鉗工，方臉，中等個，但是很結實，從小我就認識他。他們家哥三個，不像我是獨一個，老李最小，但是兩個哥哥都怕他，文革那時候搶郵票，他還扎傷過人，我們也動過手，但是後來大家都把這事兒忘了。結婚之後他沉穩多了，能吃苦，手也巧，是個先進。他愛人也在拖拉機廠，是噴漆工，老戴著口罩，鼻子周圍有一個方形，比別處都白，可惜生小斐的時候死了。老李看見我們仨，說，坐得挺齊，上課呢？我說，帶小斐遛彎去了？他說，小斐想吃冰棒，去老高太太那買了一根。這時小斐和小樹已經搭上話，小斐想用吃了一半的冰棒換小樹的火柴盒，眼睛瞟著傅東心，傅東心說，小樹，把火柴盒給姐姐，冰棒咱不要。傅東心說完，小樹「啪」的一聲把火柴盒扔在地上，從小斐手裡奪過冰棒。小斐把火柴盒撿起來，從裡面抽出一根火柴，劃著了，盯著看，那時候天已經黑了，沒有月亮，火柴燒到一半，她用它去點火柴盒，老李伸手去搶，火柴盒已經在她手裡著了，看上去不是因為燙，而是因為她就想那麼幹，她把手裡的那團火球向天空扔去，「絲絲拉拉」地響，扔得挺高。

蔣不凡

從部隊轉業之後，我跟過幾個案子，都和嚴打有關。抓了不少人，事兒都不大，跳跳舞，夜不歸宿，小偷小摸，我以為地方上也就是這些案子，沒什麼大事兒。沒想到兩年之後，就有了「二王」，大王在嚴打的時候受過鎮壓，小王在部隊裡待過，和我駐紮的地方離得不遠，屬於蒙東，當時我就聽說過他，槍法很準，能單手換彈夾，速射的成績破過紀錄。兩兄弟搶了不少地方，主要是儲蓄所和金店，一人一把手槍，子彈上千發，都是小王從部隊想辦法寄給大王的，現在很難想像，當時的一封家信裡夾著五發子彈。他們也進民宅，那是後期，全市的員警追捕他們，街上貼著他們的通緝令，倆人身上綁著幾公斤的現金和金條，沒地兒吃飯，就進民宅吃，把主人綁上，自己在廚房做飯，吃完就走，不怎麼傷人，有時還留點飯錢。再後來，倆人把錢和首飾扔進河裡，向員警反擊。我們當時都換成便衣，穿自己平常的衣服，如果穿著警服，在街上走著就可能挨槍子兒。最後，那年冬天，終於把他們堵在市北頭兒的棋盤山上，我當時負責在山腳下警戒，穿著軍大衣，槍都滿膛，在袖子裡攥著，別說是有人走過，就算是有只狍子跑過去，都想給牠一槍。後來消息傳下來，兩人已經被擊斃了，我沒有看到屍體，據說兩人都瘦得像餓狗一樣，穿著單衣趴在雪裡。準確地說，大王是被擊斃的，小王是自己打死的自己。那天晚上我在家喝了不少酒，想了許多，最後還是決定繼續當員警。

1995 年剛入冬，一個星期之內，市裡死了兩個計程車司機，屍體都在荒郊野外，和車一起被燒得不成樣子。一個月下來，一共死了五個。但是也許案子有六起，其中一個人膽小，和他一個公司的人死了，他就留了心，有天夜裡他載了一個男的，覺察不對，半道跳車跑了，躲在樹叢裡。據他的回憶，那人中等個，四十歲左右，方臉，大眼睛。但是他不敢確定這人是不是兇手，因為他在樹叢裡看見那人下車走了，車上的錢沒動。這個案子鬧得不小，上面把數字壓了下去，報紙上寫的是死了倆，失蹤了一個。我跟領導立了軍令狀，二十天內破案。我把在道上混的幾個人物找來，在我家開會，說無論是誰，只要把人交出來，以後就是我親兄弟，在一口鍋裡吃飯，一個碗裡喝湯。沒人搭茬，他們確實不知道，應該不是道上人，是老百姓幹的。我把這五個司機的歷史翻了一遍，沒有任何交集，有的過去給領導開小車，有的是部隊轉業的運輸兵，有的是下崗工人，把房子賣了，買了個車標，租房子住。燒掉的汽車我仔細勘察了幾回，兩輛車裡都發現了沒燒乾淨的尼龍繩，這人是把司機勒死，拿走錢，然後自己開車到荒郊，倒汽油燒掉。有了幾個線索，殺人的人手勁不小，會開車，缺錢，要弄快錢。因為和汽車相比，他搶的錢是小頭，但是他沒關係，車賣不出去或者他沒時間賣，一個月作案五起，不是缺錢的話不會冒這麼大的險。回頭跟技術那頭的人又開了一個碰頭會，他們說，光油箱裡那點油不能把車燒到這麼個樣，這人自己帶了汽油或者柴油。

又多了一條線索，能搞到汽油或柴油。

這時候已經過了十天。我到領導的辦公室，坐下，說，領導，這個案子不好破。領導說，你是要錢還是要人？上面給的壓力很大，最近晚上街上的計程車少了一半，老百姓有急事打不著車。軍令狀的事兒放在一邊，案子破了，甭管是什麼方法，提你半格。我說，領導，我覺得幹員警就是給人擦屁股。領導說，你啥意思？我說，沒啥意思。你跟上面說一下，全市計程車的駕駛位得加防護罩，兇手使的是繩子，就算有點別的，估計也是冷兵器，加了防護罩，安全百分之九十，就算這個人逮到了，以後說不定還有別人，防護罩必須要有。領導說，這可是不少錢，不一定能批下來。我說，最近滿大街都是下崗工人，記得我們前一陣子抓的那個人？晚上專門躲在樓道裡，用錛子敲人後腦勺，有時候就搶五塊錢。你把這幾個案子的現場照片帶去，讓上面看看腦漿和燒焦的骨頭。他說，我想想辦法吧，說說現在這個案子的思路。我說，我手下有六個人，有一個女的不會開車不算，剩下五個，你找五輛車，不加防護罩，晚上我們開出去。

幾天之後，我給手下開了個會，我說，這事兒有風險，不想幹的可以不幹，幹成了，能記功，也有獎金，幹不好，可能把自己搭進去，跟那五個計程車司機一樣，讓人燒了。你們自己琢磨。趙小東說，頭兒，獎金多少？我知道他媳婦正懷著孕，這十幾天他基本沒著家，我最擔心他退。我說，獎金沒說死，五千起吧。幾個人幹幾個人分。他點點頭，沒再說話。

1995 年 12 月 16 日晚上十點半，我們五個人，全都是男的，正式出車，每人帶了兩把槍，一把揣在腋下，一把藏在駕駛位的椅子底下。我提了幾個注意點，第一，一個或者一個以上成年男子，打車要去僻靜處；第二，孤身一人成年男子，上來就坐駕駛座正後方；第三，身上有汽油或者柴油味的人。如果是女人或者帶小孩兒的，就推說是新手，不認識路，不拉。最後一點，如果發生搏鬥，不要想著留活口，因為對方是一定想著要你命的。

我們在路上跑了三天，沒有收穫。小東說拉過三個有嫌疑的男的，要去蘇家屯，他就小心起來，聽他們說話，是本市口音。其中一個半路要到路肩尿尿，小東就把槍掏出來插在棉鞋裡，結果那人尿完回來，三個繼續說話，好像是兄弟三個，回去給父親奔喪，其中一個上車之前和女人喝了酒，尿就多。到了蘇家屯，靈棚已經搭好，小東下車抽了支煙，看他們兩個扶著一個走進靈棚去跪下，然後上車開了回來。

第八天，12 月 24 日夜裡十點半，下點小雪。我把車停在南京街和北三路的交口，車窗開了一條縫，抽煙，抽完煙準備睡一會，那段時間覺睡得斷斷續續，不一定什麼時候就睏得不行。路邊是一個舞廳，隱約能聽見一點音樂聲，著名的平安夜歌曲，鈴兒響叮噹，坐在雪橇上。前面一輛車拉上一個穿著貂皮的中年女人走了，我把車往前提了提，把煙頭扔出窗外，車窗搖上。這時從舞廳南側的胡同裡，走出兩個人。一個中年男人領著一個十二三歲的女孩兒，男的四方臉，中等個，兩隻手放在皮夾克的兜裡，皮夾克是黑的，有很多裂縫，軟得像一塊破布，女孩兒戴著白口罩，穿著一條藍色的校服褲子，上身是一件紅色羽絨服，明顯是大人的衣服，下擺在膝蓋上面。

她還背著一隻粉色書包。書包的背帶已經發黑了。頭髮上落著雪。

男的走過來敲了敲車窗，我把窗戶搖下來，他朝裡看了看，說，走嗎？我擺擺手，不走，馬上收了。他指了指那個孩子，去豔粉街，姑娘肚子疼，那有個中醫。我說，看病得去大醫院。他說，大醫院貴，那個中醫很靈，過去犯過，在他那看好了，他那治女孩兒肚子疼有辦法。我想了想說，路不太熟，你指道。他說，好。然後把後面的車門拉開，坐在我後面，女孩兒把書包放在腿上，坐在副駕駛。

豔粉街在市的最東頭，是城鄉結合部，有一大片棚戶區，也可以叫貧民窟，再往東就是農田，實話說，那是我常去抓人的地方。

男人的手還放在兜裡，兩隻耳朵凍得通紅，女孩兒眼睛閉著，把頭靠在座椅上，用書包抵著肚子。開了一會，在轉彎處他都及時指路。又過了一會，我說，大哥有煙嗎？借一支。他從兜裡摸出一根遞給我，我用自己的打火機點上。我說，大哥做什麼的？他說，原先是工人，現在做點小買賣。我說，現在工廠都不行了。他說，有個別的還行，601 所就挺好。我說，那是造飛機的。他說，嗯，有個別的還行。我說，現在做點什麼買賣？他看了一眼後視鏡，說，一點小買賣，上點貨，賣一賣，賣過好幾樣。我說，你愛人呢？他說，你在前面向右拐，一直開。眼看著要從豔粉街穿過，向著郊區去了，女孩兒一直閉著眼，不動彈，男人眼睛看著窗外，好像是不想再說話了。我說，現在幹什麼都不容易。他說，嗯。我說，就像開計程車，白天員警多，開不起來，晚上倒是鬆快，還怕人搶。他說，沒什麼事兒吧。我說，你是不看新聞，前一陣子夜半司機，死了五個。他又看了看後視鏡，肩膀動了動，說，抓著了嗎？我說，沒啊，那哥們不留活口，不好抓，我算看明白了，人要狠就狠到底，才能成點事兒，撐死膽大的，餓死膽小的。他沒回答，拍了拍女孩兒肩膀，說，好點了嗎？女孩兒點點頭，手把書包緊緊攥著，說，前面那個路口右拐。我說，右拐？你不是要去豔粉嗎？她說，右拐，我要去豔粉後面。我打了個輪，把車慢慢停在路邊，說，大哥不好意思，憋不住了，只要不抬頭，遍地是茅樓，你和大侄女在車裡等一下。他說，左拐，馬上到了。我說，你們爺倆商量一下，到底往哪拐。我要尿褲子了。他說，馬上到了。我轉過頭看他，手順勢伸進懷裡，說，這一片黑，哪有診所啊。女孩兒突然把眼睛睜開了，一雙大眼睛，瞳仁幾乎占據了所有的地方，她說，爸，我剛才放了屁，好了。男人的下巴僵著，說，好了？她說，是，剛剛我偷偷放了一個屁，不臭，然後就好了，我想下車。男人看了看我，說，爸也要上趟廁所，你先在車裡等著。然後拉開車門出去，我把鑰匙拔下來，也下了車，把車門鎖好。這時的雪已經大了起來，風呼呼吹著，往脖子裡鑽，遠處那一大片棚戶區都看不清了，像是在火車上看到的遠處的小山。他慢慢走到雜草叢，灑了潑尿，我把槍掏出來，站在他背後。他轉過身來，一邊繫褲腰帶，一邊看著我說，哥們，你弄錯了。我說，甭跟我說這個，別繫了，把褲子脫了。他說，你去廠裡打聽打聽，我是什麼人。我說，把嘴閉上，褲子脫了。他把褲子褪到腳腕子，我從後腰拿出手銬，準備給他銬上。他說，別讓孩子看見，這叫什麼樣子？我照著他內褲踢了一腳。他沒躲，說，那診所就在前面，是我朋友開的，你可以查一下。這時一輛運沙子的大卡車靠右側駛來，我突然意識到，我的車沒打雙閃，路面上都是雪。卡車似乎猶豫了一下，還是撞上了，計程車的尾部馬上爛了，斜著朝我們這邊的草叢翻過來。就在我被一片手掌大的車燈玻璃擊中的瞬間，我朝那個男人站立的方向開了一槍。

李斐

到底從什麼時候開始，我的記憶開始清晰可見，並且成為我後來生命的一部分呢？或者到底這些記憶多少是曾經真實發生過，而多少是我根據記憶的碎片拼湊起來，以自己的方式牢記的呢？已經成為謎案。父親常常驚異於我對兒時生活的記憶，有時我說出一個片段，他早已忘卻，經我提起，他才想起原來有這麼回事，事情的細枝末節完全和事實一致，而以我當時的年齡，是不應當記得這麼清楚的；有時他在閒談中提起不久前發生的事情，可能就在一週前，而我已經完全忘記，沒有任何印象，以至於他懷疑此事是否發生過，到底是誰的記憶出了問題，是誰正在老去。

母親去世的情形，我沒記憶。後來我看過母親的照片，沒什麼特別，一個陌生女人而已，這讓我經常感到憤慨，是什麼讓我和她成了陌生人？父親的解釋令人沮喪，沒什麼特別原因，不但一個女人生孩子有生命危險，即使是一個健康人走在馬路上，也可能被醉酒的司機撞死。

父親一直沒再娶。在托兒所，阿姨幫我洗屁股並且有效地控制我上廁所的時點，如果我無所顧忌地拉屎或者和別的孩子廝打，還會揍我。哭，一個嘴巴，再哭，一個嘴巴，我看你再哭。沒錯，這應該就是母親的職責，如果有媽媽，也是這般如此。這讓我有些欣慰，沒什麼大不了，晚上別的孩子有媽媽來接，我就會去想，你要倒楣了，回家也是這套。可惜，這樣的錯覺沒有持續太久，在我六歲的時候，我認識了小樹一家。

小樹是我家的鄰居，在我們家那趟平房裡面居中，我家在最東頭，每天父親從廠子下班，去托兒所接上我，都要推著自行車從小樹家門前走過。父親是鉗工，手藝很好，和他一起進廠的人，都叫小趙、小王、小高，而父親別人叫他李師傅。每天父親推著我走在廠子裡，都有人和父親打招呼，李師傅走了？李師傅回家做飯啊？李師傅過冬的煤坯打了嗎？要不要幫忙？還有人過來逗我，和我說話，父親都笑著回應，但是車子很少停下。有人給父親織過圍脖，織過毛衣，紅的、藏青的、深藍的，父親收下，都放櫃子裡，扔上一袋樟腦球。據說父親過去是個相當硬朗的人，但是結婚之後對母親好得不行，很少和人起爭執，寧可自己吃虧也不願意鬧不愉快。母親死後，他一度瘦了兩圈，後來又胖回來了，還自己學會了做飯，在車間他升了班長，帶著兩個徒弟，都是男的，他不用徒弟給他沏茶，也不用他們幫著洗工作服，但是他把自己會的東西都教給他們，他能自己一個人用三把扳子，裝一整個發動機，時間是 2 分 45 秒。如果有人看見父親繃著臉，中午吃完飯沒有看別人打撲克，而是去托兒所看我午睡，那一定是他的徒弟，沒把作業做好。

我六歲的時候，第一次和小樹說上話。過去我們見過，我比小樹大一歲，已經從托兒所畢業，進入學前班，轉過年來就要上小學，而小樹，還在托兒所的大班裡，因為調皮搗蛋，很有名號，左鄰右舍都知道。據說有次小朋友們在一起玩皮球，大家都用手抱著，你扔給我，我扔給你，小樹接過球，飛起一腳，把棚頂的日光燈踢碎了。好幾個孩子的頭髮裡都落上了螢光粉。阿姨沒有打他，而是到了供銷科，把小樹他爸找來了。小樹他爸看了看，和阿姨們說了會話，把那幾個嚇了一跳的小朋友都找來扒開頭髮看看，出去買了兩支新的日光燈，一大包大白兔奶糖。然後站在椅子上，裝上燈管。阿姨們幫他扶著椅子，然後拉他坐下，嗑了會瓜子，有說有笑，把他送走了。

小樹他爸是有名的活躍分子，不知道哪來的那麼些門路，反正他總是穿得很好，能辦別人辦不成的事兒。

我之所以能和小樹說上話，是因為那個夏天的傍晚，我想用手裡的冰棒去換小樹手裡的火柴。

那個夏天的傍晚，在日後的許多個夜晚都曾被我拿出來回想，開始的時候，是想要回想，後來則變成了某種練習，防止那個夜晚被自己篡改，或者像許多其他的夜晚一樣，消失在黑暗裡。

我喜歡火柴，老偷父親的火柴玩，見著什麼點什麼。其實平時我是個挺老實的孩子，話也沒有多少，阿姨不讓上廁所，我能一直憋著，有一次憋得牙齒打顫，昏了過去。但是就是喜歡火，一看見火柴就走不動，有一次把母親過去寫給父親的信點了，那是父親有數的幾次，給了我兩下。

家裡就再也看不見火柴了。那次我把小樹的火柴搶到手中，馬上就把火柴盒變成了火球，實在憋得太久了，手指燒掉了皮都沒在意，火球從空中落下，熄滅了。我突然哭了起來，不是害怕，而是我突然意識到，這樣玩太奢侈了。

父親有點掛不住，又捨不得打我，說，這孩子，小傅，你看這孩子。傅東心說，你喜歡火柴啊？我低頭弄手上的皮不說話。傅東心說，為啥？我不說話。父親用手指點了一下我肩膀，小傅阿姨和你說話呢。我說，好看。傅東心說，啥好看？我說，火，火好看。傅東心說，你過來。我走過去，傅東心拉住我的手看了看，抬頭跟父親說，這孩子將來興許能幹點啥。父親說，幹點啥？傅東心說，不知道，有好奇心，小樹太小，坐不住，教他啥他回頭就忘。父親說，四歲的孩子，讓他玩吧。傅東心說，你要是信得過我，晚上吃完飯，讓她到我這兒來，週末白天來，我這兒書多，我小時候就愛玩火。父親說，那哪行？給你和德增添多少麻煩。莊德增說，麻煩啥？現在就讓生一個，讓倆孩子搭個伴，你也鬆快鬆快。東心那一肚子東西，你讓她跟我說？父親說，還不謝謝叔叔阿姨？我說，謝謝叔叔阿姨。這時小樹正蹲在地上，研究那根冰棒，冰棒上面已經爬滿了螞蟻，絕大部分都被黏住，下不來了。

第二天是工作日，我一直盼著晚上趕緊來到，可是到了晚上，父親並沒有提這茬，還是像過去一樣生爐子做飯，然後在炕上擺上小炕桌，兩個人對著吃，沒說什麼話。睡覺的時候，我在被窩裡哭了一場，用手悄悄地摳牆皮放在嘴裡，摳著吃著哭著，睡著了。轉過天來，是禮拜日，早上醒來的時候，父親沒在家，門反鎖著，一般禮拜日父親要出去辦事，都把我這樣鎖在家裡。我窗簾都沒拉，洗臉刷牙，然後在灶台找點東西吃了。父親回來的時候，一身的汗，帶回來一堆東西，半扇排骨，兩袋子國光蘋果，一盒秋林公司的點心。他給我換了身乾淨的衣服，拉開窗簾，外面一片耀眼的陽光，自己換上洗得發白的工作服，穿上新發的綠膠鞋。然後拿著東西，拉著我的手，來到小樹家。

小樹他爸正給皮鞋打油，小樹在旁邊玩肥皂泡泡，傅東心坐在炕上，在一張白紙上畫東西。小樹他爸抬頭說，來了？父親說，忙呢？然後他走進屋裡，把東西放在高低櫃上，跟我說，叫傅老師。

傅東心

1995年，7月12日，小樹打架了，帶不少人，將鄰校的一個初一學生鼻樑骨打折，中度腦震盪。是昨天晚上的事，我今天早上知道的，知道的時候我正在給李斐上課，講《舊約》的〈出埃及記〉：耶和華指示摩西：哀號何用？告訴子民，只管前進！然後舉起你的手杖，向海上指，波濤就會分開，為子民空出一條幹路。小樹的班主任走進院子，跟我講了一下小樹的情況，小樹當時沒在家，抱著球出去了。我跟李斐說，小斐看家，先讀讀，無需信，欣賞行文中的元氣，小樹回來，讓他別出去，在家等我。然後我拿出存摺，去銀行取了一千五百塊錢，兩百塊錢給老師，老師沒收，說逢年過節，莊樹他爸沒少照顧，男孩子打個架正常，只是這種群毆，以後得避免，半大小子出手沒有輕重，容易惹出大禍。小學生連初中生都敢打，以後咋辦？然後我跟著老師去了挨打的孩子家，他剛出院，我遞上水果，把錢塞到家長手裡，坐下聊了會天。夫妻倆在五愛市場賣紗巾，條件不差，人也能說通，最後他們送我走，在門口說，看你文質彬彬，你兒子怎麼那麼渾？我沒說什麼，坐公車回家了。

到家的時候，小樹正拉著李斐陪他玩球，他在院子裡用兩塊石頭擺了個門，讓李斐幫他守門，然後他一腳把球踢在李斐臉上，一個大球印子，李斐晃晃腦袋，跑去把球撿過來，又扔給小樹。我把小樹叫住，讓他跟我進屋，小樹把球踢給李斐說，你玩吧，好好練練，別跟大腦炎似的。李斐抱起球，跟在小樹後面，也進了屋。我坐在板凳上，讓他站著，說，我給你爸打了個電話，他明天回來。他說，媽，你別唬我，我爸剛走沒幾天。我說，你給我站好，你剛才說小斐什麼？他說，沒說什麼，笨還不讓人說啊。我說，你給她道歉。李斐還抱著球，說，傅老師，他不是故意的，我確實笨。小樹說，你看。我說，你給她道歉。他說，不介，你教過我，做人要真，我給她道歉，就是不真。我說，我讓你真誠地道歉。他說，那不可能。李斐說，小樹，還玩球嗎？小樹沒看她，說，不玩，以後再也不和你玩了。我說，小斐，你從小就跟著他屁股玩，你還比他大，你沒玩夠啊？李斐沒有反應。我說，莊樹，明天你爸回來，讓他跟你說，我打不動你。一個鐘頭之前，我用公共電話給德增打了個電話，跟他說小樹又惹禍了，這回還知道夥人，一大幫打一個。德增急了，說，明天就從雲南回來。我說，你該辦你的事兒辦你的事兒。德增說，雲南那邊的關係現在已經夯實了，給他們看的煙標，他們很滿意。我說，他們覺得還行？他說，他們說從來沒見過畫得這麼好的。我說，那你就趁熱打鐵吧。孩子我再跟他談談。他說，小樹我還不知道？談沒用。我正好也得回去，雲南這邊的廠子我們拿技術入股，咱們家那邊的，反正現在企業也都承包，我回去跟他們談談承包印刷車間的事兒。咱們得有自己的廠子。

小樹看我不像騙他，有點慌了，說，媽，是那小子先打的我，好幾個打一個，我再去打的他。我說，你知道打人有罪嗎？說這話的時候，我感覺到自己的手抖了起來。他說，啥？我說，無論因為什麼，打人都有罪，你知道嗎？他說，別人打我，我也不能打回去嗎？那以後不是誰都能打我？我看著他，看著他和德增一樣的圓臉，還有堅硬的短髮。在我們三個人裡，他們那麼相像。

我按住自己的手，讓它不抖，說，不說這個了，說你張嘴就說小斐的事，你怎麼就不知道尊重人？他衝著李斐說，小斐姐，我錯了。我說，你什麼意思？當你媽是傻子？他說，媽，我不是認錯了嗎？我說，你那叫認錯嗎？你小斐姐內向，你得保護她，你還欺負她，你是什麼東西？這要是「文革」，你不得把你媽也綁了？他說，啥是「文革」？我說，不用知道，你給我好好道歉。他轉過身正對著李斐說，小斐姐，我錯了，不是故意的，以後你踢球，我給你守門，讓你踢我，長大了，誰敢欺負你，我就弄死他。我說，意思對了，事情說歪了。李斐說，我記住了。我說，你去院子吧，我給你小斐姐上課。他說，媽，你能替我兜著點嗎？要不我也坐這兒聽聽？我說，你出去玩吧。

然後我領著李斐，坐在炕上把〈出埃及記〉讀了一遍，講了幾個她能夠理解的典故，然後我問她，小斐，跟我學了幾年了？她說，六七年了。我說，覺得有意思嗎？她說，有意思，每天都盼著晚上。我說，從第一次見你，就知道你是好苗子，我沒看錯，你現在的程度，一般初中生不如你。她說，我不知道。我說，無論什麼時候，你就按照你想的方式讀、寫，多讀書，多寫東西。她說，嗯。我說，你馬上要考初中了，一定要考上。她說，就算考上也要交九千塊錢。我爸也說讓我考，但是我不考了。我說，沒關係，你讓你爸跟我說，我幫你出，你爸現在下崗，沒工作，是稍微緊一點，將來會好的，能還我們，記住，只要有知識，有手藝，什麼都不怕。你現在趕上好時候，我那時候想念書沒有地方念。她說，不能管你要。我說，我估計教不了你幾堂課了。她抬起頭說，為啥？我說，我們這趟房要動遷了，咱們都得搬走，再找房子住，就不是鄰居了，知道今天為什麼教你這個〈出埃及記〉嗎？她說，那我以後就見不著小樹了嗎？我說，教你這一篇，是讓你知道，只要你心裡的念是真的，只有你心裡的念是誠的，高山大海都會給你讓路，那些驅趕你的人，那些容不下你的人，都會受到懲罰。以後你大了，老了，也要記住這個。李斐沒有說話，朝窗戶外面看著，我不知道她聽明白沒有。

李斐

記憶裡的禮拜天，總是天氣晴朗。父親會打開所有窗子，放一盆清水在炕沿，擦拭每一片玻璃。然後把髒水潑在院子裡，開始漿洗床單被罩。他用雙手一截一截把床單被罩擰乾，展開，掛在院裡的晾衣繩上，院子裡都是肥皂的香味。然後他坐下抽一支煙，開始清洗屋裡的鍋臺、地面，他粗壯的胳膊像雙槳一樣，划過家裡的每一個角落。最後一項，是給掛鐘上弦。他打開紅色的蓋，拿起鋥亮的鑰匙，「嘎嘎」地擰著。他翹著腳，伸著脖子，好像透過鐘盤，眺望著什麼。

工廠的崩潰好像在一瞬之間，其實早有預兆。有段時間電視上老播，國家現在的負擔很大，國家現在需要老百姓援手，多分擔一點，好像國家是個小寡婦。父親依然按時上班，但是有時候回來，沒有換新的工作服，他沒出汗，一天沒活。

父親接到下崗通知那天，我在家裡生爐子。對於生爐子，我是非常喜歡的，看著火苗一點點從爐坑裡滲出來，鑽進爐膛，好像是一顆心臟在手中誕生。父親進門的時候，我沒有看他。爐子裡的煙飛出來，嗆進我的眼睛裡，我用手抹了抹眼淚，這時我發現父親已經蹲在旁邊，幫我往裡面續柴火。他的下巴歪了，一隻眼睛青了一圈，嘴也腫了。我說，爸，怎麼了？他說，沒事兒，騎車摔了一跤。今天我們吃餃子。他把臉伸到水龍頭底下，洗淨嘴角的血。然後燒了一大鍋水，站在菜板旁邊包餃子，他的手雖然粗，但是包餃子很快，「咚咚咚」剁好餡，把餡揉進皮裡，捏成餃子，放在蓋簾上，一會就是一蓋簾。

晚上吃飯的時候，他喝了一口杯白酒。父親極少喝酒，那瓶老龍口從櫃子拿出來的時候，上面已經落了一層灰。快喝完的時候他說，我下崗了。我說，啊。他說，沒事兒，會有辦法的，我想辦法，你把你的書念好。我說，嗯，你今天沒摔跤。他說，沒有。我說，那是怎麼了？他說，我在想，我能幹什麼。我說，嗯。他說，我想，我也許可以賣茶葉蛋。廣場旁邊，賣茶葉蛋的，我過去見過，一會就能賣出一個。我說，為什麼是你下崗了呢？他說，沒什麼，幾乎所有人都下崗了，廠子不行了。我說，嗯。他說，我下班之後，就去廣場看他們賣茶葉蛋。要走的時候，來了一夥人，穿著制服，把他們的爐子踹了。一個女的，抱著鍋不撒手，其中有個小子，拽住她的頭髮，把她往車上帶。我就過去，把那小子抱住了。我說，爸。他說，他們人多，如果是我年輕的時候，也沒什麼事，現在老了。他攤開自己的右手看了看，說，打不倒人了。我說，爸，你有我呢。他說，本來我是回家取刀的，看見你在生爐子，嗯，你蹲在那生爐子，我怕死啊。我說，爸，初中我不考了，按片兒分吧。他站起來說，我說過了，你把你的書念好，別讓我再說一遍。然後喝光酒，收拾碗筷，晚上再沒說話。

莊德增

有一年夏天，具體哪年有點記不清了，那幾年一晃就過去了，好像都是一年一樣。應該是在千禧年前後吧，我在北京談事兒，接到一個電話，電話裡頭說，莊廠長，他們要把主席拆了，你想想辦法。是廠子裡一個退休的老工人，當時我接了廠子，把這些人一起都接了。我說，哪個主席？他說，紅旗廣場的主席，六米高那個，後天就要給毀了。我知道那個主席，小時候我住得就離他很近。老是伸出一隻手，腮幫子都是肉，笑容可掬，好像在攆什麼東西。夏秋的時候，我們在他周圍放風箏，冬天就圍著他抽冰嘎。我說，毀他幹嘛？他說，要換上一隻鳥。我說，一隻鳥？他說，是，叫太陽鳥，是個黃色的雕塑，說是外國人設計的，比主席還高兩米。我說，我不是市委書記，找我沒用，活人就別跟死人較勁了，在家好好歇著吧，不差你退休金就完了。說完我把電話掛了。

第二天我飛回家，晚上又出去接待了一撥人，弄到很晚，在洗浴中心睡了，醒過來的時候已經是中午，和我一起來的人都走了。到了前臺，小姐端出一堆手牌，我挨個結了帳，打電話把司機喊來，給我送回家。開到半路，我下車吐了一次，隔夜的酒從胃裡湧出來，好像岩漿一樣把食道熨了一遍。有一群老人，穿著工作服，形成一個方陣，在路中間走著，不算整齊，但是靜默無言。司機說，咋回事兒？跑這兒練健身操來了？我也納悶，擺了擺手，上車歪在後座，到了家門口，我突然想起來，是主席，他們是奔著主席去的。我讓司機先走，自己在馬路牙子上坐了一會兒。看著自己的褲腿，乾乾淨淨，皮鞋，乾乾淨淨，就在幾年前，我穿著西褲和皮鞋，走在雲貴高原的土地上，皮鞋幾天就長嘴了，西褲的褲腿永遠蒙著黃土。我抬起手看了看錶，這個鐘點，莊樹在學校上課，傅東心應該在睡午覺。自從她辭職之後，她的午覺就變得十分漫長，好像一天的主要工作是睡覺。我站了起來，攔了一輛計程車，說，去紅旗廣場。

計程車司機坐在防護罩裡，戴著一頂灰色的帽子，穿著司機制服。奇怪的是他還戴著一個口罩，那可是八月份的正午，烈日高照。我朝他面前的後視鏡看了一眼，他的一雙眼睛正在其中，也在看我。一個眼角突兀地向下彎折。我便把眼睛挪走了。

「紅旗廣場？」他的一隻手放在「空車」二字上，我說，是。他手指一勾，牌子一倒，「空車」熄滅。行了兩站地，已經看見主席無依無靠的大手，路卻突然擁堵起來，原來剛才看見的老人，只是其中一支，眼前是另一隊方陣從路中間緩緩通過。不同的是，他們穿著另一種顏色和款式的工作服。司機把半個膀子搭在車窗外面，看著眼前的老人，沒按喇叭，也沒幹點別的，就是平淡地看著。我說，也是閑的。他說，誰？我向前指了指。他說，那你去幹嘛？我一愣，說，我去附近辦事，和主席像沒關係。他點點頭，說，也是，你沒穿工作服。我又一愣，說，咱們認識嗎？他說，不認識。你什麼意思？我說，沒什麼意思，就是覺得話頭有點怪，好像咱倆見過。他說，你是個板正人，我是個賣手腕子的，你可別抬舉我。我一時語塞，可能是昨晚喝多了，腦子不太對勁兒。

終於蹭到了廣場周圍的環島，他說，你到哪？我一邊朝廣場上看一邊說，你繞著環島走走。他說，你沒瞧見都堵死了？我說，你就走你的，耽誤你的時間我給你折成錢。他說，哦，錢是你親爹。我一下火了，說，你這人怎麼說話呢？他說，我是開出租的，不是你養的奴才，你下去。我望向後視鏡，他沒看我，而是小心地避過前車擺動的車尾。這個疤臉。一般這種人不是話癆，就是強驢脾氣。一旦我下了車，再想打車回去，基本上沒有可能，所有路口都插死了，還不斷地有老人從車縫裡向廣場走去，好像水流一樣。我說，天熱，咱都別急，你幫我繞一圈，咱就原路返回。他沒說話，開始向環島內側打輪，透過車窗，我看見紅旗廣場上，圍著主席像，密密麻麻坐滿了人。施工隊的吊車和鏟車在一角停著，幾個民警拎著大喇叭，卻沒有喊話，正在喝水。老人們坐在日頭底下，有些人的白髮放著寒光，一個老頭，看上去有七十歲了，拿著一根小木棍，站在主席的衣擺下面，指揮老人們唱歌。在他的右手邊，另一個老頭坐在馬紮上，拉著手風琴，嘴裡叼了一顆煙捲，時不時翹起嘴巴的一角換氣。「北京的金山上光芒照四方，毛主席就是那金色的太陽，多麼溫暖，多麼慈祥，把翻身農奴的心照亮。我們邁步走在，社會主義幸福的大道上，哎，巴紮嘿。」

主席的脖子上掛著繩子，四角垂在地上，隨風擺動。幾個工人坐在後面的陰影裡，說著閒話。似乎眼前的這一幕和他們沒什麼關係，等他們鬧完，動動手指主席就倒了。我想起小時候，我和幾個小子就站在他們的位置，看著主席的後腦勺。一個人說，你說主席的腦袋真這麼大？另一個人說，胡扯，這麼大的腦袋不是怪物？他哥馬上給了他一嘴巴，你他媽的見過主席？嘴是棉褲腰？我當時尋思，如果主席的腦袋真這麼大，那他戴的軍帽能成多少頂我們戴的軍帽，他穿的軍褲能成多少條我們穿的軍褲？我又想，不對，主席的腦袋應該是正常大小，也許是大，但是大不了這麼多。他接見紅衛兵的時候，和紅小將的腦袋差不多大，如果他的腦袋果真這麼大，那千千萬萬的紅衛兵的腦袋豈不是也這麼大？這怎麼可能，因為我們學校有人去過，腦袋就和我一樣大。

車流緩緩地向前挪動，車裡的司機和乘客，無論是私家車，運貨車，還是計程車，都有足夠的時間向廣場上張望。大家歪頭看著這群老人。我已經很久沒回來過，搬走之後，幾乎沒回來過。那個建築好像我故鄉的一棵大樹，如果我有故鄉的話。上面曾經有鳥築巢，每天傍晚飛回，還曾經在我的頭上落過鳥糞。有好多個傍晚，我年紀輕輕，無所事事，就站在這兒看夕陽落山。那些時光在過去的幾年裡，完全被我遺忘，好像從來沒有發生過，好像一瞬間，我就成了現在的樣子。

「你知道那底下有多少個？」我說，「什麼？」已經幾乎繞了一圈了，我感覺到了後半圈，他的速度比其他車子都慢。「沒什麼，你現在去哪？」我看了一眼廣場上，好像圖畫一樣靜止了。「回剛才來的地方。」我說。他換了一個檔，把速度開了起來。「你說，為什麼他們會去那靜坐？」過了一會他問我。我說，「念舊吧。」他說，「不是，他們是不如意。他們覺得，如果毛主席活著，共產黨他敢？」我說，「嗯，也許吧。他們是藉著這事兒，來洩私憤。」他說，「他們讓我想起來海豚。」我說，「什麼？」他說，「新聞上報過，海水污染了，海豚就游上海岸自殺，直挺挺的，一死一片。」我沒有說話。他說，「懦弱的人都這樣，其實海豚也有牙，七十多歲，一把刀也拿得住。人哪，總得到死那天，才知道這輩子夠不夠本，你說呢？」我說，「也不是，也許忍著，就有希望。」他說，「嗯，也對。就是希望不夠分，都讓你們這種人占了。」我越發覺得他認識我。我很想讓他把口罩摘下來，讓我看看，可是那是不可能的事情。我坐在計程車的後座，拼命回憶，他的音調，他的體態，但是總有些東西不那麼統一，從中作梗，像又不像。

到了目的地，他抬起「空車」二字，說，二十九。你知道那底下有多少個？我一邊拿錢包，一邊說，什麼？他說，主席像的底座，那些保衛主席的戰士有多少個？我說，我記得我數過，但是現在忘了。他接過我的錢，沒有說話，等我拉開門下車，他從車窗伸出頭說，三十六個，二十八個男的，八個女的，戴袖箍的五個，戴軍帽的九個，戴鋼盔的七個，拎衝鋒槍的三個，背著大刀的兩個。說完，他踩下油門，開走了。

莊樹

我雖然完全違背了我爸的意願，但是他多少還是幫了一點我的忙。他斷了我的退路。在我媽去英國旅行的時候，我和他達成了協定，最初五年，除非我辭職，否則我不能管他要錢。這其實是一個單方面的協議，只對他有意義，因為我本來也是這麼想的，我給自己的期限更久，比這久得多得多。我得承認，我和我爸媽的關係比較奇特，我媽從小和我不親近，她和另一個孩子待的時間更長，是一個我小時候的鄰居。因為我沒興趣讀書，她就把時間花在那個孩子身上，教她讀書，把她壓箱底的東西都教給她，結果到了那女孩兒十二歲的時候，我們搬了家，從此失去音信，我曾經偷看過她的日記（她藏得並不隱密，當然她自己不這麼覺得），這麼多年，她花了不少精力，去打聽那個女孩兒的下落，可是沒有一點線索，就好像從來沒有這個人一樣，那些兩人一起在炕上，在小方桌旁邊讀書的歲月，好像被什麼人用手一揚，消散在空氣裡。後來她愛上了旅遊和收藏，我們家有好多畫、瓷器和旅行的紀念品，我爸給她弄了一間大屋子，專門放這些東西。昂貴的，獨一無二的藝術品，和廉價的，可以無限複製的旅遊區玩偶放在一起，看上去也不怎麼彆扭。我爸從印製煙盒起家，在某一段時期，因為他的運作疏通而造成的壟斷，他的印刷機器和印鈔機差不了多少，後來他又進入房地產、餐飲、汽車美容、母嬰產品。在我大學第三年，有一次陪女孩兒去看電影，正在親吻時，餘光看見電影片頭的出品人裡，有他的名字。他這一輩子乾乾淨淨，對我媽言聽計從，自從做了煙盒，就把煙戒了。對於生意上的朋友和對手，他很少在家裡提及，我感覺，在他心裡，這些人是一樣的，他們相互需要，也讓彼此疲憊。在我印象裡，即使他喝得爛醉，只要想回家，總能獨自一人找回來，前提是我媽也要在家，幫他校準方位。我媽通常不會說他，給他煮碗麵，有時候他進門一頭栽倒，她就把他拖到床上，然後關上門。我爸常說我叛逆，也常說我和他們倆一點都不像。其實，我是這個家庭裡最典型的另一個，執拗、認真、苦行，不易忘卻。越是長大越是如此，只是他們不瞭解我而已。

高中一次鬥毆，作為頭目，我在看守所待了一宿，其他人都走了。其實我也受了點輕傷，眉骨開了個小口，值班的民警給我拿了一枚創可貼，坐在柵欄外面和我說話。你知道混混以後有什麼出路嗎？他說。我記得他很年輕，鬍子好像還沒有我的密。我沒有說話，自己把創可貼貼上，在眉毛上打了個叉。他說，要嘛變成慣犯，要嘛成為比普通人還普通的人。我沒有說話，他說，你以為你多牛逼呢？你將來能幹什麼？我沒有說話。他翹著二郎腿，不斷打響手裡的打火機。他說，你知道每天全國要死多少員警嗎？我沒有說話。他說，我看了你的檔案，你隔三差五就得進來一回，都是為別人出頭，你說你將來能幹啥？你那幫朋友，從這裡出去的時候，哪個回頭看你一眼，哪個不是溜溜地趕緊走了？我說，操你媽，有種你進來和我單挑。他說，單挑？我一槍就打死你。我開槍不犯法，你會開槍嗎？你知道槍怎麼拿嗎？傻逼。我把手從柵欄裡，伸出去，抓他的衣服，他沒動，衣服被我緊緊攥著，他說，你好好摸摸，這叫警服，昨天有個毒販，把自己的父母都砍死，搶了六百塊錢，他爸臨死之前還告訴他錢藏在哪，讓他快點跑，你這個臭傻逼，你敢嗎，你敢動這種人嗎？告訴你，今天收拾完你，我明天就把他抓回來，你們這幫傻逼。說完，他把我的手腕一擰，我咬緊牙沒有出聲，鬆開了他的警服。他沒有回頭看我，我聽見他開門出去的聲音，然後走遠了。

我一直記著他的樣子和他的警號，他是一個輔警。沒有編制的輔警。後來我知道，他也沒有用槍的權利。大約兩年之後，我的一個朋友，因為傷人進去，我在我爸那拿了點錢，去看守所幫他，那年我十九歲，正在念高四，複讀，好幾個員警都認識我。一個員警看見我說，有日子沒來了，跟你爸做生意了？我說沒有，然後說了一個警號，還有他的樣子，問他在嗎，我想讓他看看我，不知道為什麼，我一直記著他，好幾次有人找我去打架，我都想起他。一個人說，你找他幹嘛？我說，沒事兒。問問。那人說，他讓人報復了。我盯著他看，等著他往下說，他說，死在自己家樓下，讓人從背後捅死了。媳婦飯都做好了。說完，他接過我的錢，進了別的屋，我想問人抓住了嗎？可是嘴唇動了動，發現喉嚨發不出聲音，有什麼東西堵在那裡。我把事情辦完，我的朋友看見我，笑著向我走過來，我轉身走了。

從考上警校，到從警校畢業，我媽沒跟我說什麼話，但在我報考之前，有一天我媽突然問我，真想當員警？我說，是。她說，別逞能。我說，沒有。她說，為什麼想當員警？我記得那是一個早晨，就我們兩個人坐在餐桌旁邊喝牛奶，她喝了一口，用手指輕輕擦掉嘴邊的白色沫子，抬起頭問我。我說，人遲早要死的吧？她說，嗯，要死。我說，想幹點對別人有意義，對自己也有意義的事兒，這樣的事兒不多。她說，挺好。然後不再說話，低頭繼續喝自己的牛奶。後來我爸告訴我，她跟我爸說，如果我考不上，讓我爸找找關係，讓我念上。我不知道她是基於何種心理。也許在她眼中，我做什麼都無所謂，都不是她想要的那種人。警校四年，她從來沒去學校看過我，即使是畢業時，我成了優秀畢業生，這可是有生以來第一次，但她還是沒出現，倒是我爸開車到了學校，參加了我的畢業典禮，還請我吃了頓飯，西餐。他說我媽去了南非，他都聯繫不上，但是她送給我一個禮物。是一幅畫。上面一個小男孩站在兩塊石頭中間守門，一個小女孩正掄起腳，把球踢過來。畫很簡單，鉛筆的，畫在一張普通的

A4紙上，沒有落款，也沒有日期。

那頓飯，我爸想要說服我，去市局坐辦公室，做文職工作。我拒絕了，結果我爸提前結了帳，把我扔在飯桌旁走了。

和他達成協議之後，趁他倆不在，我回了趟家，收拾了自己的一些東西，搬到局裡安排的宿舍。我的申請獲得了批准，成了一名實習刑警。開始的半年裡，我參加了幾次相對輕鬆的行動，那陣子搞逃犯清理，我和幾個老員警一起，走了七八個省市，在村莊，在工地，在礦井，把逃了幾年或者十幾年的殺人犯帶回來。沒有一點危險。我記得其中一個人剛從礦下上來，看見我們在等他，說，我洗個澡。老員警說，來不及了，車等著呢。走過去給他上了手銬。他的頭髮上都是煤渣，我年少時的玩伴，隨便哪個，看著都比他強悍多了。他說，回去看一眼老婆孩子。老員警說，讓他們去看你吧。在奔機場的路上，他只說了一句話，你們早來就好了，我把那娘倆坑了。

2007年9月，我正式成為刑警，出警時可申請配槍，若是要案，可隨時配槍。9月4日晚，和平區行政執法大隊的一個城管，喝了些酒穿過公園回家，遭到槍擊，屍體被拖到公園的人工湖裡。市局的刑警開了動員會，骨幹們又單獨開了案情分析會，這是這個月裡，第二個遭到襲擊的城管。第一個被鈍物砸中後腦，倒在自家的樓洞口，再沒起來。我因為畢業成績還可以，實習期間的表現也過得去，分析會時允許旁聽。槍是警用手槍，子彈也是警用子彈，64式7.62毫米手槍，64式7.62毫米子彈。被槍擊的城管，也曾先被鈍物擊中後腦，從法醫鑒定和現場分析，這一擊並未致命（懷疑是錘子或扳子），他負傷逃走，襲擊者追上再給予槍擊。那個城管我不認識，和我也不是一個系統，但是葬禮我還是參加了。因為上面的要求，葬禮比較簡單，遺像也沒有著制服，而是穿著休閒裝，看上去很輕鬆的樣子。作案的手槍，有記錄可查，十二年前屬於一個叫蔣不凡的員警，那是一次不成功的釣魚行動，兇手逃脫，他成了植物人（不知是幸運還是不幸。他的腦袋被車玻璃擊中後，又被鈍物擊打），因為是工傷，所有費用都由市局承擔。受傷時他還未成家（雖然已經三十七歲），去世之前一直由父母照顧，1998 年在病床上停止了呼吸。從未醒來，也從未留下隻言片語。那次行動的另一個後果，是他攜帶的兩把警用 64 手槍，兩個彈夾，一共十四發子彈，丟了。

當時的案子是一起劫殺計程車司機的串案，一直未能偵破，不過蔣不凡出事之後，這起系列案件也隨之停止了。而這兩起襲擊城管的案子，有著內在的聯繫，因為這兩個城管比較著名。他們在上個月的一次行政執法中，沒收了一個女人的苞米鍋，爭執中，女人十二歲的女兒摔倒在煤爐上，被嚴重燙傷面部，恐怕要留下大片疤痕。兩人因此登上了報紙網路等各種傳媒，而有關部門對這起事件的定性是，女孩屬於自己滑倒，她自己的母親負有主要責任，兩人並無重大過失，內部警告，繼續留用。

在第二次的案情分析會上，會議室煙霧繚繞，主抓這個案子的大隊長叫趙小東，當年的釣魚行動有他一份，那時他的妻子懷孕待產，現在他的兒子已經十二歲，念初一，而他的戰友蔣不凡沒有子嗣，死了近十年。蔣父已去世，只剩下一個老母親，住在女兒家。他每年都要去幾回，局裡發東西，或多或少，帶過去一點。他說，沒想到過去那個死案又有了活氣兒。如果在退休之前，還破不了這個案子，退休之後他就自己調查，如果在他死前還破不了，就讓他兒子當員警繼續破。會議室裡靜悄悄，我相信大部分人一方面在想著這個案子為什麼這麼難，現在到處都是攝像頭，可是在這個案子上毫無用處，另一方面想著，那兩把槍裡，還有不少子彈。

自從參加工作之後，這是我第一次主動發言，我說，領導，各位，我是新人，我瞎說兩句，請大家指正。趙隊說，不用客套，說。我說，我看了當年的卷宗，也看了卷宗裡的現場照片，還去了事發的現場。趙隊打斷我說，什麼時候去的？我說，前天，參加完城管的葬禮，坐公車去的。趙隊說，誰讓你去的？我說，我自己想去看看。趙隊說，繼續講。我說，當年的高粱地，現在都蓋上了樓，賣七千塊錢一坪，那條土路，已經變成四排車道的柏油路。蔣不凡被發現的草地，現在是沃爾瑪超市。照片上的地形一點也看不出來了。趙隊說，你他媽是想幹房產仲介？我說，沒這個意思，我查了當年的報紙，並且問了周邊的人，有一個發現，距離當年事發地點向東兩站地，有一個私人診所，是中醫，十二年前就在，現在還在。我在診所門口等了半天，問了從裡面走出來的一個上歲數的患者，他告訴我這裡原來的大夫孫育新，曾經是工人，下鄉的時候在村裡跟著一個江湖郎中學過一陣中醫，1994年下崗，第二年自己開了個診所，沒想到就一直開下來了。他2006年春天得胰腺癌去世，現在坐診的是他兒子孫天博。

所有人都看著我，趙隊把煙掐在煙灰缸裡，瞪著我說，繼續說。我說，當年那起案子，一死一傷，死的是蔣不凡，傷的是卡車司機劉磊，他當時前額撞上方向盤，大量出血，暈厥，什麼也沒看見，只記得突然看見一輛紅車的車尾，而車禍之前，他屬於疲勞駕駛，據他所說，眼前只有一片黑夜，所以他連個目擊證人都不算。計程車內有血跡，當時也做了檢驗，不是蔣不凡的，推測屬於兇手，但是蔣不凡被車碎片擊中的位置在車外，所以我做了一個推測，除了兇手和蔣不凡，計程車上還有另一個人。趙隊說，你叫什麼名字？我說，我叫莊樹。他說，小莊，從今天起，你跟這個案子，和家裡打個招呼。繼續講。我說，那個人在蔣不凡和兇手離開車後，還在車中，坐在副駕駛位置，卡車撞上計程車後，車傾覆到路邊，他受到重創。蔣不凡倒下後，兇手拿走蔣不凡的手槍，把那人從車中救出，離開現場。這就可以解釋，為什麼蔣不凡藏在車中的手槍也被拿走了，如果車裡沒人，他怎麼能發現那把手槍呢？趙隊站起來說，你的意思是他們去了那個診所？我說，我只是推測，怕打草驚蛇，沒敢去診所裡面調查，但是我感覺，有這種可能。

孫天博

我爸去世之後，我又見過他兩回。一次是去市圖書館幫小斐借書。我有一張圖書卡，最貴的那種，一次可以借出十本書。對圖書館的構造我已經十分熟悉，這個圖書館是新建的，外面有草坪，遠看也相當美觀，門前有長長的石階，每個來看書的人拾階而上，好像在拜謁山門。坐在閱讀室裡，如果夜幕搶在管理員下班之前降臨，就能看見腳下一條寬闊的大街，路燈的光亮底下，爬行著無數的黝黯車輛。裡面的設施相對簡陋，文史類書籍基本集中在一層，不到一千平米，二層以上便是多媒體閱覽室，不知具體可以閱覽何物，因為小斐要借的書無需上樓，所以我從來沒有上去過。每次幫她借書，我都關門一天，上午來，把她需要的書找到，然後坐在閱讀室，把每一本的前言和後記讀一遍，如果覺得有趣，就隨便翻開一頁讀上幾十頁。等管理員戴著白手套，在我身邊逡巡而過，把其他人丟在桌子上和椅子上的書收走，我就知道是該離開的時候了。那天借出的十本書是《摩西五經》、《小鳥在天空消失的日子》、《夜航西飛》、《說吧，記憶》、《傷心咖啡館之歌》、《世界盡頭與冷酷仙境》、《哲學問題》、《我彌留之際》、《長眠不醒》、《糾正》。我用一個下午，讀了幾十頁《哲學問題》，主要是關於桌子，這人說個沒完，但是並不無聊。「世界上有沒有一種如此確切的知識，以至於一切有理性的人都不會對它加以懷疑呢？這個乍看起來似乎並不困難的問題，確實是人們所能提出的最困難的問題之一了。」似乎有些道理，但也說不上是確切的知識。

從圖書館出來，我把書分裝在兩個大袋子裡，準備打車回家。我爸他從旁邊的麵館走出來，站在我旁邊，我幫你拎一個，他說。我聞到他嘴裡的蒜味，他一輩子都愛吃大蒜，說是防癌。我說，我拎得動，他說，給我，看你手勒的。我沒給他，拉開車門，他讓我往裡頭坐坐，和我並排坐在後面。他說，看你臉色，最近有些勞累，給你把把脈。我說，沒事兒，睡得晚了。他說，最近附近動靜不對。我說，知道。他說，跟你講過我和你李叔的事吧。我說，講過。他說，我再講一遍。我說，好。他說，我下鄉不久之後，就進了保安隊，抓賭。你李叔是點長，小時候我們就認識，他們兄弟幾個外號「三隻虎」，我和他走得近，我比他大，但是願意跟著他跑，他說話我聽。下鄉之後，我們在一個堡子，他讓我抓賭掙工分，有一次我和你李叔剛走到窗戶邊，一個小子從窗戶裡跳出來，想跑。我伸手一拉，他捅了我一下。你李叔馬上背著我去了馬老頭那，老頭用針灸封住我的脈，給我止了血，救了我一命。後來他找到那小子，把他腳筋挑斷了。我說，是這故事。他說，不能讓他折進去，他折進去，小斐就成了孤兒。我說，我心裡有數。他說，你和小斐的事兒別著急，她性格怪，也不怎麼見人，就自己在那寫字。我說，沒急，我也沒想怎麼。他說，你是讓你爸拖累了，接了爸的班，爸知道，但是有時候人生在世就是這麼回事兒，那天老李跟我交了底之後，就是這麼回事兒了。我們是一代人。我說，跟你沒關係，你和李叔是朋友，我和小斐也是朋友。他說，最近小斐再來，從後門進來，如果覺得不好，先別來，你也別去她家。我說，別操心了，該歇著了，都一輩子了。他拍了拍我的手，走了。

第二次見他，是在那兩個員警來過之後，晚上，他把我推醒，說，兒子，別把自己搭進去。我說，你變樣了，老了。他說，實在不行就脫身吧，你李叔能保你，以後你照顧好小斐就行。我說，爸，這事兒和你沒關係了。然後閉上眼睛睡著了。

傅東心

搬家之前，有天晚上德增沒在家，我想找老李談談。一個是關於將來的事兒，關於小斐的教育。一個是關於過去的事兒。走到他家門口，看見老李在炕上修他家的掛鐘，今天小斐也沒在，學校聯歡會。1995 年初秋的夜晚，在市區還能看見星星。我站在他家院子裡，看他把掛鐘拆開，用一個小釘子把機芯的小部件捅下來，擦擦，又用一個小螺絲刀擰上。頭上的獵戶座繫著腰帶，不可一世。院子裡堆滿了舊東西，皮箱、炕櫃、皮鞋、鍋和大勺。是要賣的，搬家帶不走這麼多，也許鐘也要賣，但是他要先把它修好。我敲了敲門，他在炕上抬起頭，說，傅老師來了。我說，小斐這麼叫，李師傅就別這麼叫了，跟你說過好幾回了。他把鐘的零件碼好，下炕，站在地上，說，傅老師坐。我坐下，他用肥皂洗了洗手，走到院子裡打開地上的炕櫃，拿出一個鐵罐，給我沏了杯茶。我說，你也坐，跟你聊聊小斐。他說，坐了半天了，站一會。我說，小斐上次模擬考試的成績我看了，超過最好的初中三十分。他說，傅老師教得好。我說，我沒教她考試的東西，是她自己上心。他說，這孩子能坐住。我說，擇校費別太在意，我們這裡有點閒錢。他說，沒在意，孩子我供得起。傅老師的心意我領了。我說，古代徒弟學成下山，師傅還送把劍或者行路的盤纏，你別跟我客氣，實在不行，回頭你再還我，算我借你的。他拿起炕桌上我的茶杯，把水篦出去，又添了一杯熱水。喝點熱的，涼茶傷胃，他說，我也有徒弟，教完他們把我頂了，但是我不當回事兒。他們去廣場靜坐，我在家歇著，不丟那人，又不是要飯的。我伸手從褲兜想把準備好的紙包掏出來，他按住我的胳膊肘，說，傅老師別介，說說行，你拿出來我可就要轟你了。我看了看他的眼睛，很大，不像很多在工廠待久了的人，有點渾，而是光可鑒人。我鬆開紙包，把手拿出來，說，我明白了，畢竟是你和小斐的事情，我作為退路，這樣行嗎？他說，你也不是退路，各有各的路，我都說了，心意我領了。

一時沒人說話，我聽見炕桌上裸露的機芯，「嗒嗒」地走著。我說，還想跟你說個事兒，明天我就搬走了。他說，你說。我說，你能坐下嗎？你這麼站著，好像我在訓話。那是9月的夜晚，他穿著一件白色的老頭衫，露出大半的胳膊，紋理清晰，遒勁如樹枝，手腕上戴著海鷗手錶，雖然剛幹了活，可是沒怎麼出汗，乾乾淨淨。他弄了弄錶帶，坐在我對面，斜著，腳耷拉在半空。我說，李師傅過去認識我嗎？他說，不認識，你搬到這趟房才認識你，知道傅老師有知識。我說，我認識你。他說，是嗎？我說，68年，有一次我爸讓人打，你路過，把他救了。他說，是我嗎？我不記得了。他現在怎麼樣？我說，糊塗了，耳朵聾，但是身體還行。他說，那就好，煩心事兒少了。頓了一下，他說，那時候誰都那樣，我也打過人，你沒看見而已。我把茶杯舉起來，喝了一口，溫的，我說，我爸有個同事，是他們學校文學院的教授，美國回來的，我小的時候，他們經常一起聚會，朗誦惠特曼的詩，聽唱片。他說，嗯。我說，「文革」的時候，他讓紅衛兵打死了，有人用帶釘子的木板打他的腦袋，一下打穿了。他說，都過去了，現在不興這樣了。我說，當時他們幾個紅衛兵，在紅旗廣場集合，唱著歌，兵分兩路，一隊人來我家，一隊人去他家。來我家的，把我父親耳朵打聾了，書都抄走，去他家的，把他打死了，看出了人命，沒抄家就走了。他說，是，這種事兒沒準。我說，這是我後來知道的，結婚之後，生下小樹之後。他說，嗯。我說，打死我那個叔叔的，是莊德增。他一下沒有說話，重又站在地上，說，傅老師這話和我說不上了。我說，我已經說完了。他說，過去的事兒和現在沒關係，人變了，吃喝拉撒，新陳代謝，已經變了一個人，要看人的好，老莊現在沒說的。我說，我知道，這我知道。你能坐下嗎？他說，不能，我要去接小斐了。你應該對小樹好點，自己的日子是自己過的。我說，你就不能坐下？你這樣走來走去，我很不舒服。他說，不能了，來不及了。無論如何，我和小斐一輩子都感激你，不會忘了你，但是以後各過各的日子，都把自己日子過好比什麼都強。人得向前看，老扭頭向後看，太累了，犯不上。有句話叫後腦勺沒長眼睛，是好事兒，如果後腦勺長了眼睛，那就沒法走道了。

日子「嗒嗒」地響著，向前走了。我留了下來。看著一切都「嗒嗒」地向前走了，再也沒見過老李和小斐，他們也走了。

李斐

我坐在窗邊，看著楊樹葉子上的陽光，前一天的這個鐘點，陽光直射在另一片葉子上。這兩片葉子距離很近，相互遮擋，風一吹，相互觸碰，一個寬大，一個稍窄，在地下根的附近，漏出光影。秋天來了。葉子正在逐漸變少。我想把它們畫下來，但是擔心自己畫得不像，那還不如把它們留在樹上。這棵樹陪伴了我很久，每次來這裡治腿，完了，我都坐在這兒，看著這棵樹，看著它一點點長大變粗，看著它長滿葉子，盛裝搖擺，看著它掉光葉子，赤身裸體。樹，樹，無法走動的樹，孤立無援的樹。

我想起第一次搬家，後來又搬過，但是人生第一次的印象最為深刻。搬家之後，大部分傢俱都沒有了。房子比過去小了一半，第一天搬進去，炕是涼的，父親生起了爐子，結果一聲巨響，把我從炕上掀了下來，臉摔破了。炕塌了一個大洞，是裡面存了太久的沼氣，被火一暖，拱了出來。有時放學回家，我坐在陌生的炕沿，想的最多的是小樹的家，那個我經常去的院子，想起小樹用樹枝把毛毛蟲斬成兩段，我背過臉去，小樹說，怎麼了？我說，沒怎麼。小樹說，你知道什麼？它吃葉子。我說，那也不是它的錯。在搬離那條胡同之前，我對小樹說，小樹，快耶誕節了。小樹說，鬧的，還有三個月呢。我說，耶誕節的時候我們就不是鄰居了。小樹說，那有啥，該幹嘛幹嘛。我知道莊家是過耶誕節的，每年的平安夜傅東心都給大家包禮物，有一年送了我一個筆記本，扉頁上寫了一句話，誰也不能永在，但是可以永遠同在。我雖然不太清楚這句話的意思，但是喜歡傅老師的字跡，像男人的，剛勁挺拔。我說，你想要什麼？小樹說，你買得起？我不要，我媽罵我還少？我說，我可以給你做個東西。小樹說，做啥？我說，煙花行嗎？小樹說，就像你點了那個火柴盒一樣？我說，你還記得？小樹說，那玩意太小了，沒意思。我說，你想要多大的？小樹說，越大越好。他伸開雙臂，能多大多大，過年我媽都不給我買鞭炮，怕我給人炸了。我想了想說，我知道，在東頭，有一片高粱地，我爸帶我去一個叔叔家串門，我在那過過，冬天的時候，有沒割的高粱稈。都枯了，一點就著。像聖誕樹。小樹說，你敢？我說，興許能一燒一大片，一片聖誕樹。小樹拍手說，你真敢？我說，你會去看嗎？穿過煤電四營，就能看見。小樹說，你敢去我就敢去。我說，無論你在哪？他說，無論我在哪。我說，如果傅老師不讓你去呢？小樹說，不用你管，我有的是辦法。我說，幾點？小樹說，太早會被人看見，十一點？她說，十一點，你別忘了。小樹說，我記性好著呢，就看愛不愛記。我準到。

天博過來，跟我說話。好像在說腿的事，說腿怎麼了，我沒聽清，因為我想起了另一件很遙遠的事。很多年之前，傅老師在畫煙盒，我跪在她身邊看，冬天，炕燒得很熱，我穿著一件父親打的毛衣，沒穿襪子。傅老師歪頭看著我，笑了，說，你爸的毛衣還織得挺好。我也笑了，想起來父親織毛衣時，笨拙的樣子，我坐在那幫父親繞毛線，毛線纏到了他的脖子上。傅老師說，你別動，就畫你吧。我說，要把我畫到煙盒上？傅老師說，試試，把你和你的毛衣都畫上。我說，不會好看的。傅老師說，會的。我說，那我把襪子穿上。傅老師說，別動了，開始畫了。畫好草稿之後，我爬過去看，畫裡面是我，光著腳，穿著毛衣坐在炕上，不過不是呆坐著，而是向空中拋著「嘎拉哈」，三個「嘎拉哈」在半空散開，好像星星。我知道，這叫想像。傅老師說，叫什麼名字呢，這煙盒？我看著自己，想不出來。傅老師說，有了，就叫平原。我也覺得好，雖然不知道玩「嘎拉哈」的自己和平原有什麼關係，但就是感覺這個名字很對。

我還想起，很多年前的另一個夜晚，我從這裡的一張床上醒過來，首先看見的是天博，過去我們見過，但是沒說什麼話，我倆都是挺悶的人。天博坐在床邊，在床單上擺撲克，從K到A，擺了幾條長龍，要從床上出去了，就拐彎放。我覺得迷糊，腰上疼得厲害，下面好像是空的。我說，天博，我爸呢？天博說，你醒啦，那沒事兒了，他也沒事兒了，和我爸在外面抽煙呢，你玩撲克嗎？打娘娘啊？我說，我的書包呢？天博指了指。和我的血衣服一起，在另一張床上。我說，幫我扔了，別讓我爸看見。

這次我聽清了天博在說什麼，他說，今天感覺，你的左腿胖了。我說，腫了吧。他說，不是，是胖了，我針灸的時候，感覺經絡活分了一點，你動一動腳趾。我試著動了動，沒動。我說，你弄錯了。他說，感覺到腳後跟熱嗎？我說，有一點。他說，是好現象。再觀察看看。我說，你老是抱有希望，這樣不好。他說，這是有依據的，雖然這麼多年，應該沒希望了，但是從上個月開始，我覺得有些變化，你傷在脊椎，按理說，不容易好，但是最近你的脊椎好像恢復了一些，有一些過去沒有的反應，很奇怪，萬物自有它的循理，我們再看吧。我說，外面陽光很好，推我出去走走。他說，有個事跟你說一下，昨天來了兩個員警。我說，你跟我爸說了嗎？他說，說了。他說沒事兒。對了，昨兒我在街上給你撿了一個煙盒，估計你沒有。天博從白大褂的右兜裡，掏出一個已經拆開攤平的煙盒。我接過來看了看，我真沒有。你看這小姑娘，畫得真好，他說。我把煙盒夾在手邊的書裡，說，昨天那兩個員警都問你什麼了？他說，一個員警四十歲左右，另一個二十七八歲，問我知不知道十二年前，這附近出過一起案子，車禍，然後一個員警讓人打廢了？我說不知道，那時我還小，早就睡了。他們問我，我爸說起過什麼沒，比如那天晚上是不是來過什麼人？我說，沒聽他說起過，他也是早睡早起的人。他們問我有沒有病人的病志，我說有，他們讓我給他們看看，看完之後，他們說，讓你媽和我們聊聊，我說我爸下崗之後，他們倆就離婚了，我媽現在在幹什麼，我都不知道。他們就走了。我說，你不害怕嗎？他說，我是大夫嘛……最近你不要來了，也不要打電話，等過了這陣子再說，我會把後面三個月的藥給你弄好帶著，然後你自己給自己按摩，我教過你。我說，嗯。他說，你最近寫小說了嗎？我說，寫了，還沒寫完。寫好了給你看。他說，你歇著吧，我去前面看看病人，熱敷了半個小時了，快熟了。

莊樹

我和趙隊最後還是決定去一趟蔣不凡母親那，就算是枯井，也要下去摸一摸。燙傷事件裡的母女，我們都已經排查過，沒有嫌疑，女人是單身母親，女孩兒成績不錯，兩人收到了大量的捐款，女孩的恢復也比預想的好，兩人既無作案的能力，也無更深層次的作案動機，和舊案也無瓜葛。在孫天博那裡，有一定的收穫，這讓趙隊振奮。收穫就是沒有收穫。孫天博的診所極其乾淨，一塵不染，病歷、錦旗、砂袋、針艾、草藥、床，都在恰當的位置，還有兩盆一人高的非洲茉莉。病志是整齊的十幾本，兩個人的字跡，前一個寫得比較凌亂，後面的則字跡清秀，工工整整，情況也寫得詳細。從裡面出來，回到車上，趙隊說，有意思，這個姓孫的好像一點毛病沒有。我說，是，太利整了。他說，說說你的想法。我說，得把他媽找著。趙隊說，是，找人，用不著咱倆，讓局裡落實。我打個電話。他把電話打完，我們倆坐在車裡抽煙，我說，蔣不凡留下什麼東西了嗎？他說，有，他當時穿的衣服，他媽都留著，上面還有血，沒洗。她說這是他兒子的血，不髒。搬了幾次家，都帶著。我說，趙隊，我想看看。他說，走吧。

蔣不凡母親跟大女兒一起住，在市西面的砂山地區，屬於三個行政區域的交界，發展得比較緩慢，三個區都想管，最後都沒管。有一片地方想開發，平房推倒，挖了一個大坑，一直沒有蓋東西。十年過去，還是一個大坑，所以那個地方也叫砂山大坑。她的大女兒在大坑邊上開了一間麻將社，不大，六張桌子，有一個小廚房，麻友可以點吃的，炒飯或者炒麵兩種。我們去的時候，她的大女兒去接孩子，蔣母自己看店，她坐在一張桌子旁邊，一邊嗑毛嗑，一邊和其中一個老頭說話。老頭說，今年退休金漲了一百五，真不錯，死了能多穿一件褲衩。趙隊說，大娘，沒玩？她轉過頭說，小東來了。我把買好的水果遞上，她說，老了，吃不了幾個，下回別買了。趙隊說，這是小莊。咱們後屋說啊。她說，咋地？人抓著了？桌子上的四個人馬上抬眼看我們，趙隊說，沒有，說點閒話，有日子沒來了。大爺，該胡就胡吧，別憋大的啦，五萬對死了。幾個老人笑了，繼續打牌。

蔣不凡的衣服果然在這兒，一件棕色夾克，一件深藍色毛衣，一件灰色襯衣，一件白色挎籃背心，一條黑色西服褲子，一條藏青色毛褲，一條灰色襯褲，一條灰色三角褲頭。蔣母用一個包袱卷包著，好像一盒點心。趙隊說，看看吧。蔣母說，我想了，我這身體越來越不行，今年小凡忌日，這些東西我就給他燒去了，要是我死了，怕是得讓人扔了。趙隊說，嗯，我們再看看。我把每件衣物翻檢了一遍，沒什麼東西，血跡已經發黑，兜裡的東西應該早就拿出去了。我說，我再看一遍。趙隊說，你別急，都已經來了。第二遍我翻到褲子，發現右褲子兜是漏的，順著褲腿，我摸下去，發現在褲腳，有個東西。褲腳拖過，是兩層。我借來剪子，把褲腳挑開，裡面有個煙頭。我把煙頭拿出來，舉起來，過濾嘴寫著兩個字：平原。我說，大娘，蔣大哥當年抽什麼煙你還記得嗎？她說，大生產嘛，我給他買過，一天兩包。現在買不著了。我回頭跟趙隊說，是吧。趙隊說，是，我也抽大生產，後來這煙沒了，換成紅塔山，又換成利群。我把煙頭遞給他，說，那這煙頭是誰的？

回局裡的路上，我們倆停了一次車，去了煙店，買了一包新出的平原，打開一人一根抽上。我看著煙盒，覺得奇怪，上面有一個玩「嘎拉哈」的小姑娘，雖然圖案很小，面目不太清晰，但是感覺很親切。從煙標來看，做工是很好的。趙隊說，挺好抽，當年也有這種煙，但是不好抽，後來沒了。我說，不好抽？他說，是，還挺貴，抽的人特別少。我們可以查一下，九五年，這種煙也許剛上市，抽的人更少。我說，那就明白了。他說，是，老蔣還是老蔣，可惜這麼多年我們都不知道他兜裡頭有東西。

我說，不怪你，那兜漏了。蔣哥在車上管兇手要了一顆煙，他也發現抽這種煙的不多，所以抽完之後，就把煙蒂放在褲兜裡。他說，幸虧老太太沒把衣服燒了。要不然老蔣就白死了。我說，不會的，不會有人白死的。

第二天趙隊主持開了個會，煙頭的事兒他沒有通報，因為涉及到過去的過失，等查出結果再說也不遲。他主要提了兩件事兒，一個是密切監視孫氏中醫診所，二十四小時不能斷人；一個是儘快找到孫天博母親的下落。盯了一星期，孫氏診所沒什麼動靜，沒有可疑的病人，孫天博也沒有逃跑的動向，但是孫天博的母親找到了。她叫劉卓美，現在在北京朝陽區東四環附近開了一家四川小吃店，賣麵皮、麻辣涮肚、麻辣拌。老闆是四川人，當年在本市走街串巷，推著一個兩平米的小車，四面縫著塑膠，裡面有口鍋，常年煮著飄著大煙葫蘆的老湯，她常上他的車吃麻辣燙，後來孫育新下崗，她就跟著他推著車跑了。我和趙隊馬上連夜飛到北京，當時北京正在弄奧運，一片亂糟糟，我們兩個外地員警，也被人反覆查了一陣。到了那家小店的時候，已是晚上十點多，飯店裡沒什麼人，幾個服務員圍著一鍋麵條，一邊吃一邊看牆角掛著的小電視，裡面正在播蓋了一半的鳥巢，一片狼藉，好像被拆了一半。我們拿著照片，看見劉卓美坐在其中一張靠裡的桌子上點帳，左手拿著一顆煙。每翻開一頁紙，就用拿煙的手黏一下口水，頭髮花白，其實已經焗過，但是在亞麻色中間，到處可見成綹的白髮。我們說明了來意之後，她沒有驚慌，而是讓服務員提前下班，說要和我們好好聊聊。她說，老鄉啊，雖然我的口音已經亂套了，老鄉還是老鄉。她的丈夫從後廚出來，是一個個子不高的中年男人，穿著一雙安踏運動鞋，鞋幫已經裂了。他給我們沏了壺茶，她說，他可以先回家嗎？趙隊說，可以，主要問你一些事情。她說，那你回吧。那個男人走出門去，卻沒有走，而是蹲在路邊，背對著我們抽起煙。趙隊說，你是哪年走的？她說，94 年 10 月 8 號。趙隊說，說說怎麼回事。她說，老孫下崗了，第一批被裁了員，過去他在拖拉機廠當木工。下崗之後，他想開診所，那時給了他一筆買斷工齡的錢，但是我反對，租房子，進東西，投入太大，而且他的手藝平常覺得好使，真開起診所說不定哪天就讓人封了。

他不幹，我就不給他錢，咱們家的存摺在我這兒，他就打我，我和他一直關係不好，他老打我，手勁還大。那時候我和小四川很熟，我問他，你願不願意帶我走，我有點錢。他說，你沒錢，咱們也走。十月八號的上午，是休息日，老孫沒在家，我給天博做好飯，看著他吃完，問他如果有一天媽不想和爸過了，你是跟媽走還是跟爸走。他說，跟爸。然後繼續吃飯。下午我拿上存摺，就跑了。趙隊說，說得很清楚，那就是說，95 年 12 月 24 號，你已經不在老家了。她說，95 年？那時候我們在深圳打工。趙隊看了我一眼，說，他們現在的診所開得不錯，你兒子接班了，老孫去世了。她沒有表情，說，從走那天開始，我就和他們沒有關係了。天博從小就是個心裡有數的孩子。頓了一頓，她說，他結婚了嗎？趙隊說，沒有。她說，嗯。這時我說，你當時把家裡的錢都拿走了？她說，是，連他買斷的錢我都拿了，就給天博兜裡揣了十塊錢。我說，那他拿啥開的診所呢？父母能給不？她說，不可能，他父母早沒了，兄弟姐妹比他還困難。我說，那他從哪來的錢呢？她說，這我哪知道？我說，你再幫著想想。她想了想說，他有個朋友，一直很好，如果他能借著錢，也就是他了，他們從小就認識，下鄉，回城，進工廠都在一起。那個人不錯，是個穩當人，不知道現在在幹啥。我說，他叫什麼你還能想起來不？她說，姓李，名字叫啥來著？他有個女兒，老婆死了，自己帶著女兒過。我說，你再想想，名字。她說，那人好像姓李，名字實在想不起來，他那個姑娘，很文靜，能背好多唐詩宋詞，說是一個鄰居教的，小時候我見過她，那孩子叫小斐。

趙小東

孫天博很有意思，什麼也不說。我找了幾個經驗豐富的人問過，也不行。只是不說話。不讓他睡覺，他就不睡，跟你耗著，把我們幾個都耗累了，他還能撐。我說，你要是不知道，可以說不知道，我們記錄在案。他連不知道也不說，只是不時用手按摩自己的頸椎。

我們讓診所開著，從別處找了一個中醫坐診。從裡到外翻了一遍，沒有發現。其中一個人說，沒見過這麼乾淨的地兒，就不像有人住的。我問小莊，往下怎麼弄。小莊從北京回來，狀態有點萎靡，在飛機上想抽煙，憋得亂轉，下飛機之後，到局裡的路上，把半盒平原都抽了。

我們查了本市所有叫李斐的女性的社會記錄，發現有一個和我們要找的人高度吻合。此人生於 1982 年，父親叫李守廉，1954 年生，身高一米七六，原是拖拉機廠工人，鉗工，會開手扶拖拉機，也會開車，下崗之後，就從社會上蒸發了。李斐有小學的檔案記錄，小學畢業之後就沒有了。而這兩件事情的時間點，都是 1995 年。綜合我們掌握的所有情況，李守廉是 1995 年劫殺計程車襲警串案和 2007 年襲擊城管串案的重大嫌疑人。李斐即使不是從犯，也是重要的證人。人活著就應該有記錄，李斐是否還在世無法確知，但是李守廉一定在世，這中間社會上換了一次二代身份證，他一定有了新的名字和身份。

小莊說，應該是這樣，那年李家發生了幾件事，下崗、李斐升學、朋友孫育新想要開診所，借錢。李守廉一向仗義，先把錢借給了孫育新，李斐升學就沒有錢。我說，沒明白。他說，我是經過那個時候，考初中，就算你考全市第一，也要交九千塊，我假設李斐這孩子考上了，但是李守廉的錢壓在診所裡，所以他實施了對計程車司機的搶劫。我說，有道理。邏輯上可以成立。他說，第一起案子你還記著嗎？那個計程車司機的儲物櫃裡，有刀，他是轉業兵，開夜班，防身帶著，第一起案子也許是誤殺，他本來是想拿點錢就走。後來手上已經有人命，就殺人搶劫了。我說，有這個可能，但是已經不重要了，第一起案子到底怎麼回事兒，重要嗎？他說，後來的襲警案，就和我過去假設的差不多，那天李斐應該在車上，他們不是要搶劫，而是去辦什麼事兒，也許就是去孫氏診所串門或者看病，打的是蔣不凡的車，蔣不凡覺察出李守廉的嫌疑很大，中途兩人下車，後面的事情我過去推論過了。我說，可能李斐也參與了搶劫，也有這種可能。小莊說，嗯，也有。但是可能性不大。我說，為什麼？他說，從人性角度講，父親不應該這麼幹。我說，操，跟我說人性？他沒有說話。

第二天我又帶人去翻了一遍孫天博的家，的確收拾得很乾淨，應該是隨時防備有一天我們會抓他。裡屋是木地板，我讓人撬開，什麼也沒有。

我覺得既然如此，索性繼續拆。所有能藏東西的地方全拆開，終於發現了一個中醫枕頭，裡面有一層小石子，安眠用的。在石子底下，有一本帶血的小學語文教材和七十多頁複印的文稿。我把這些東西拿到孫天博面前，他像沒看見一樣，還是不說話，然後閉上眼睛，按摩自己的太陽穴。我看了一遍稿子，好像是小說，寫的都是一趟房裡鄰居的事情，小孩兒之間的事兒，大人之間的事兒，玩毛毛蟲啊，彈玻璃球啊，打趴幾啊。看意思應該是作者小時候的事情。我把這些東西轉給了小莊，讓他看看。小莊看過之後，沒有提什麼決定性的想法，而是向我請了幾天假，說是實在撐不住了，身體要垮了，我同意了，畢竟年輕，第一次跟這種案子，休息休息是合理的。我提議他可以先見見孫天博，畢竟是目前我們手上唯一可用的線索，他說不見了，實在是太累，他還說，這幾天他好好想一想，也許會想出個眉目，再見不遲。

就在他請假的第三天下午，出現了新的情況，這是所有人都沒有想到的。年初我們搞過一陣子追逃行動，其實有些勞民傷財，抓回來的，即使手上有過人命，大多早已成了廢物，不是未老先衰，就是成了沉默寡言的木頭疙瘩，或者因為酗酒成了廢人。有一個人現年五十一歲，1996 年搶劫岐山路建設銀行未遂，用自製短筒獵槍打死一名保安，潛逃。今年年初將他從河南省舞陽縣抓回，他承認他搶劫殺人，並提出希望能見到自己離異多年的妻子。我沒把此事當回事兒，如果每天滿足他們的願望，我就不用幹別的了。小莊找到了這人的妻子，也已經五十多歲，重新結婚生子後，生活不錯，現在退休在家，幫兒子帶孩子。不願意與他見面。小莊徵得對方同意，給她照了一個半身像，帶給案犯看了，並把實際情況跟他講了。他收下照片沒說什麼。可就在這幾天，他突然說有重要事情彙報，我去了。他要見小莊，我說小莊休假了，病了，我是他上級，可以代表他。他認識我，把情況講了一遍，我聽後，讓他寫下來，然後召集了專案組，拿著他所寫材料的影印版，又讓他講了一遍。這人記性極好，無論是所寫材料，還是兩遍的供述，沒有任何矛盾之處，而且十幾年前的細節，很多都還記得。此人叫趙慶革，無業，酗酒嗜賭，麻將花面沖上擺著，他掃一眼，揉亂砌出城牆，所有牌的位置基本上都在心裡亮著。可是就是這樣，還是輸錢，欠了不少外債，為了翻本，他就動了搶劫計程車司機的念頭。他身高一米七五，手勁極大，據他自己說，年輕時吃核桃有時是用掰的。尼龍繩、柴油，上車之後坐在司機正後方，行到偏僻處實施殺人搶劫，然後焚車逃走。一共五起，每一起的時間地點人物，甚至連司機的大致相貌，年齡，甚至有的人的口頭禪，他都記著。其中有一個司機上衣兜揣著一把梳子，一邊開車一邊梳頭，說送完他就去跟相好會面，相好三十二歲，丈夫常年出差。他把他勒死後，梳子拿走，一直用到現在。

但是他說 1995 年 12 月 24 號，他並不在蔣不凡那輛車上，他去了廣州買槍（但是沒買到），那時計程車的案子他做了五起，沒有紕漏，就準備向前走一步，去搶銀行。我把李守廉和李斐的照片給他看，他說不認識，從沒見過。

我看到了那把梳子，然後給小莊打了電話，他關機了。其實也沒那麼著急，只是案子的鏈條有了一個斷縫，而我們需要做的工作並沒有什麼大的變化。

李斐

看見報紙那天，我晚上失眠了。我把那份報紙放在枕頭邊上，夜裡起來看了好幾回。前兩天父親跟我說，天博出事了，那盆非洲茉莉不在窗戶邊上了。我就知道，很多事情要開始了。但是我沒有想到，首先出現的竟然是小樹。第二天一早，我叫住父親，把報紙遞給他。父親看過之後，說，太巧了。我沒有說話。父親說，我知道你是怎麼想的。我說，我怎麼想的？父親說，你想，也許沒問題。我點頭。父親說，按道理，天博不會說，我知道他，而且如果他說了，也不用登尋人啟事找我們。我點頭。父親說，但還是太巧了。我說，爸，你是不是有事情沒告訴我？父親說，我先出車，你讓我想想。

父親現在是計程車司機。

晚上父親回來，我坐在輪椅上，還在看那份報紙。

尋人啟事：尋找兒時的夥伴，失散多年的朋友、家人小斐。我一週後就要出國定居，請速與我聯繫。不可思議，我們已經長大了。下面是我的電話。

在電話的下面，附了一張畫。上面一個小男孩站在兩塊石頭中間，一個小女孩正掄起腳，把球踢過來。

父親摘下口罩，把買好的菜拿進廚房。吃飯時，父親說，廣場那個太陽鳥拆了。我說，哦，要蓋什麼？父親說，看不出來，看不出形狀，誰也沒看出來。後來發現，不是別的，是要把原先那個主席像搬回來，當年拉倒之後，沒壞，一直留著，現在要給弄回來。只是底下那些戰士，當年碎了，現在要重塑。不知道個數還是不是和過去一樣。我說，哦。父親說，我想好了。我說，嗯。父親說，去見見吧。我原先想查查小樹，但是怕反而會惹麻煩。索性就這麼去吧。我從輪椅上向前跌下來，碗掉在地上，飯粒撒了一地。父親把我抱起，放回輪椅上。我說，爸送我過去，我單獨見他。父親說，那得想個地方，你腿不方便。我說，我想好了，船上。父親說，船上好，一人一條船，挨著說話。我說，他也看不出我腿有毛病。父親從腰上拔出一把槍，放在桌子上，說，你帶著，放在包裡，不到萬不得已，不要用。一旦用，就不要手下留情。我看著槍。父親從後腰又拿出一把，說，我們兩個一人一把，你那裡面有七顆子彈。在家等著，我去給你買張電話卡。

我用新的電話卡給小樹發了短信，約第二天中午十二點，在北陵公園的人造湖中心見。發完短信，父親把電話卡放在煤氣上融了。父親說，明天中午，他來了就是來了，沒來這事兒就算了，來了見完，這事兒也就算了，我們只能這麼下去，你答應我。我說，我答應你。爸，我欠你的太多。父親說，不說。你們兩個總要見一下。以後還和以前一樣。

莊樹

我上船的時候，看見一條小船漂在湖心。我向湖心划過去。不是公休日，湖上只有兩條船。秋天的涼風吹著，湖面上起著細密的波紋，好像湖心有什麼東西在微微震動。划到近前，我看見了李斐。她穿著一件紅色棉服，繫著黑色圍巾，牛仔褲、棕色皮鞋，紮了一條馬尾辮。腳底下放著一隻黑色挎包，包上面放著一雙手套。我向她划過去的時候，她一直在看著我。她和十二歲的時候非常相像，相貌清晰可辨，只是大了兩號，還有就是頭髮花白了，好像融進了柳絮，但是並不顯老。眼睛還像小時候一樣，看人的時候就不眨，好像在發呆，其實已經看在眼裡了。我說，等很久了吧。她說，沒有，划過來用了一段時間。我笑了笑，說，你沒怎麼變。她說，你也是，只是有鬍子了。來見老朋友，鬍子都不剪。我說，你現在在做什麼？她說，你怎麼上來就問問題？你呢？我想了想說，說實話嗎？她說，說實話。我說，我現在是員警。她收了笑意，閉緊嘴看著我，說，挺好，公務員。我說，我小時候挺渾的吧？她沉默了一會，說，是。我說，現在我長大了，能保護人了。她又許久沒有說話，把圍巾重新繫了繫，隔了一會，她說，傅老師現在好嗎？我說，很好，地球都要走遍了。她說，那就很好？我說，說實話，我也不知道。她一直在找你。她說，讓她別找了，我什麼都不是。我說，我不覺得。如果你時間不急，我跟你講講這麼多年我都幹了什麼。她說，你講吧。我就開始講，講了自己在警校交的女朋友，也講了分手之後自己很難過，喝多了在操場瘋跑，還講了因為當員警，和父親搞得很緊張，一直講到現在。她聽得很認真，偶爾中途問一點事情，比如，她人有趣嗎？或者，沒聽明白，我沒上過大學，請你再講一下。很少能得到這樣的聽眾。講完了，我好像洗了個澡。我說，無聊吧，這麼多年的事兒，這麼快就講完了。她說，不無聊。如果讓我講，一句話就講完了。我說，一會兒是你自己回去還是李叔來接你？或者他現在就在附近看著？她沒有說話。我說，他現在忙什麼呢？她沒有說話。我說，李叔十二年前，殺了五個計程車司機，不久前又殺了兩個城管，一個用錘子或扳子，一個用槍打。她沒有說話。我說，我不是請你幫我，我是請你想想這件事本身。她說，沒這個必要，不用你提醒我這個。我說，你告訴我在哪能找到李叔。然後到我的船上來，我們划到岸邊，然後我們去找傅老師。她說，如果沒有這事，你會來找我嗎？我說，也許不會，但今天我是一個人來的，沒人知道我來，而且這件事情已經有了，我也已經來找你了，都不能更改了。

她抓住槳，把船向後輕輕搖了搖，和我拉開了點距離，說，其實我可以說，我不知道你在說什麼，但是你剛才很坦白，我也可以跟你坦白，誰也不欠誰最好。其實這麼說不對，應該說，我欠你們家的，能還一點是一點。我說，不是，這事兒和你我，她伸出手，意思是這時不需要我說話，我突然意識到這麼多年沒見，她果真在某一個局部，有了不小的變化。她說，1995 年那幾起計程車的案子，和我爸沒關係，信不信由你。我爸的錢借給孫叔一部分，然後他把他小時候攢的「文革」郵票，全賣了，我的學費是有的。但是 12 月 24 號那天的事兒，我和我爸確實在。那人朝我爸開了一槍，他的左腮被打穿了。我說，嗯。她說，一輛卡車把我坐的車撞翻了。你知道吧？我說，知道。她說，然後那個人倒了，我爸滿臉是血，把我從車裡頭拖出來，那時我沒昏，腿沒感覺了，但是腦袋清楚得很。他看了看我的腿，把我放在馬路邊，跑回去用磚塊打了那個員警的腦袋。我說，哦，是這個順序。她說，然後我跟他說，小樹在等我啊。然後我就昏過去了。

這次輪到我沉默下來，看著她的眼睛，她一眨不眨，看著我，或者沒有看著我。

然後她說，我爸什麼也不知道，他以為我真的肚子疼。當時我的書包裡裝著一瓶汽油，是我爸過去從廠裡帶回來，擦玻璃用的。那個員警應該是聞著了。那天晚上是平安夜，白天我一直在想去還是不去，因為我有預感，你不會來。但是到了晚上我還是決定去，可我實在想不出什麼辦法，你說你總會有辦法，可是我想不出來。孫叔叔的診所離那片高粱地很近，我可以想辦法下車，跑去用汽油給你放一場焰火，一片火做的聖誕樹，燒得高高的。我答應你的。

我說，現在那裡已經沒有高粱地了。

她說，那天你去了嗎？

我說，沒有。

她說，是傅老師不讓你去嗎？

我說，不是。我忘了。

她說，你幹什麼去了？

我想了想說，也忘了。

她點了點頭。

我說，當時我們都是小孩子，現在我們都長大了，對吧。

她說，你長大了，很好。

這時她指了指挎包，說，這裡面有一把手槍，我不知道自己會不會使。我說，不會使我可以教你。她說，小時候，傅老師曾經給我講過一個故事。說，如果一個人心裡的念足夠誠的話，海水就會在你面前分開，讓出一條幹路，讓你走過去。不用海水，如果你能讓這湖水分開，我就讓你到我的船上來，跟你走。

我說，沒有人可以。

她說，我就要這湖水分開。

我想了想，說，我不能把湖水分開，但是我能把這裡變成平原，讓你走過去。

她說，不可能。

我說，如果能行呢？

她說，你就過來。

我說，你準備好了嗎？

她說，我準備好了。

我把手伸進懷裡，繞過我的手槍，掏出我的煙。那是我們的平原。上面的她，十一二歲，笑著，沒穿襪子，看著半空。煙盒在水上飄著，上面那層塑膠在陽光底下泛著光芒，北方午後的微風吹著她，向著岸邊走去。

走出「自我」的「美學」
以雙雪濤〈平原上的摩西〉為例

黃平

如果為「八〇後文學」尋找到一個標誌性的成熟時刻，筆者以為是雙雪濤〈平原上的摩西〉(《收穫》2015 年第 2 期)的出現。

長久以來，「八〇後文學」和其對應的「八〇後」一代相似，一直被囚禁在「自我」及其形塑的美學之中。如果說這種「自我」的美學在世紀之交曾經有一定的解放性，那麼隨著時勢的推移，這種解放性已經消耗殆盡，漸漸呈現為一種陳腐而自私的美學，並且毫無痛苦地轉向市場寫作與職業寫作，IP 熱與創意寫作熱是其兩點表徵。而與之相伴隨的是，「八〇後」一代面臨愈發嚴峻的社會結構性危機，但文學的能量始終無法得以啟動。

走出「自我」的「美學」，就文學而言，首要的是依賴文學形式的再發明，觀念的變化最深刻的體現在形式的變化。〈平原上的摩西〉先後從莊德增、蔣不凡、李菲、傅東心、李菲、莊德增、莊樹、孫天博、傅東心、李斐、莊樹、趙小東、李斐、莊樹的第一人稱視點展開敘述，一共十四節。合併重複的人物，先後有七個人物出場敘述。蔣不凡、孫天博、趙小東分別是被害的員警、案犯「幫兇」與辦案的員警，他們的敘述主要是功能性的推動情節發展，姑且不論。小說主要的敘述圍繞莊德增（講述兩次）、傅東心（講述兩次）、莊樹（講述三次）、李斐（講述四次）展開。

考慮到很多讀者對這篇新小說不熟悉，如果我們按照線性時間整合這七個人物的第一人稱視點複合敘述，這個時間跨度長達四十年的中篇小說大致可以做如下概括：1968 年「文革」武鬥時，瀋陽市某大學哲學系的傅教授也即傅東心的父親遭到毆打，被路過的少年李守廉所救，傅教授的同事被紅衛兵莊德增毆打致死。1980 年捲煙廠供銷科科長莊德增，通過相親與 27 歲的傅東心結婚，婚後有了兒子莊樹。李守廉成為拖拉機廠的鉗工，妻子難產去世，留下女兒李斐。1988 年 6 歲的李斐認識了五歲的莊樹，傅東心開始在家中給李斐講課。1995 年 7 月，莊德增從捲煙廠離職，帶著傅東心以李斐為原型畫的煙標入股雲南某捲煙廠，有了第一桶金後回到瀋陽收購曾經的工廠。1995 年冬天來臨，下崗工人激增，治安不穩，有人專尋計程車司機搶劫行兇，已死多人。1995 年 12 月 24 日，員警蔣不凡化裝成計程車司機巡查，將無意中上車的李守廉、李斐父女誤會為兇手，這個平安夜李斐本想坐車去郊外放一場焰火給莊樹看。蔣不凡開槍將李守廉擊傷，坐在車裡的李斐被追尾的卡車撞成癱瘓，憤怒的李守廉將蔣不凡重傷成植物人，從此帶著李斐躲在豔粉街開診所的朋友家中，朋友的兒子叫孫天博。1998 年蔣不凡去世。千禧年前後，已經將捲煙廠私有化的莊德增，打車到紅旗廣場看老工人遊行，紅旗廣場上的毛主席像即將被替換為太陽鳥雕像，而開車的司機正是李守廉。同一時期的莊樹打架鬥毆，屢次進看守所，在看守所中見識了一位硬氣而富於尊嚴的年輕輔警，後這位輔警遭到報復遇害，莊樹受其感染，選擇讀警校。2007 年 9 月，莊樹成為刑警。當月兩名城管被襲擊致死，這兩名城管在一次執法中造成

12歲的女孩被毀容，有關部門對此定性為女孩自行滑倒。警方在一名城管屍體上發現了蔣不凡當年失蹤的手槍子彈，莊樹受命調查，發現李守廉有重大嫌疑。莊樹登報尋找李斐，兩個人懷中揣著手槍，在公園的湖面上各划一條遊船相見。

如上可見，〈平原上的摩西〉的故事時間很清晰，在小說中經常精準到某年某月某日，為什麼雙雪濤不以線性的時間來講述這個故事，而是選擇了多重第一人稱視點？筆者認為，正是我們所擁有的共同體生活的破碎，導致哲學層面的思維總體性的破碎，思維的總體性深刻依賴於共同體的生活。

如果一定要在文學史中定位雙雪濤的敘述探索，〈平原上的摩西〉的敘述技法可以追溯到北島的〈波動〉（1974）。〈波動〉安排楊訊、蕭淩、林東平、林媛媛、白華依次講述，從不同人物的第一人稱敘述視角出發結構文本。在五〇至七〇年代小說中，占據絕對主導地位的是第三人稱全知敘述，文本所依附的價值秩序是高度穩定的，小說的語調徐緩沉穩；而在〈波動〉中，已經沒有任何一種價值秩序能夠統攝這些顯露出巨大階級差異的青年的生活。

這一總體性的瓦解，落實在具體的文本形式上，形塑了〈波動〉的敘述形式。同樣，在〈平原上的摩西〉中，1995年之後，每個人都只能通過他的視角，及其視角所聯繫的社會結構性的位置，來理解眼前的時代，理解他人，並以此講述自己的故事。故而，理解〈平原上的摩西〉的形式藝術，不必援引福克納或其他作家，這是對應於當代中國的歷史內容的「形式」，做到了這一點就是我們這個時代的現實主義。

與此同時，〈平原上的摩西〉不是對我們過於強大的現實主義文學的複刻，小說敘事沒有依附於歷史事件，像一些「底層文學」小說那樣將敘述輕易地組織進歷史的「大敘述」。這篇小說特別不凡的地方在於，偶然性與必然性在小說內部無限迴圈，既不是必然性，也不是偶然性，而是二者的辯證衝突，推動著小說敘事不斷向前。小說中不同人物的命運，對應於所屬的階級在「下崗」中的命運，這場悲劇有一種必然性，李守廉一家逃無可逃。但是，具體到小說處理的核心事件，1995年平安夜警方對於李守廉的抓捕，完全是一場誤會，李守廉與李斐上了蔣不凡的計程車，不過是一個意外。在一切矛盾交織衝突的地方，是無法把握的命運的偶然，歷史的必然性在這一時刻分崩離析。小說藉此掙脫出「老現實主義」的窠臼，從每一個人回到所屬的階級，又從階級還原到每一個人。

理解〈平原上的摩西〉的核心線索是：摩西指的是誰？或者用更直接的方式提問：哪個人物承擔著小說確定性的價值？在所有人物的中心，我們都和李守廉相遇。筆者認為，只有李守廉真正承擔了摩西的角色，他錨定著這篇小說的價值基點。李守廉始終在沉默地承擔著不間斷的崩潰，工廠的崩潰，共同體的崩潰，時間的崩潰，作為隱喻，他一直在費力地修理著家裡的老掛鐘。小說中他始終在保衛那些淪落到社會底層的下崗工人，從接到下崗通知的當天起，就一而再地反抗欺辱。這種反抗就像青年摩西，《聖經》如此記載：「後來摩西長大，他出走到他弟兄那裡，看他們的重擔，見一個埃及人打希伯來人的一個弟兄。他左右觀看，見沒有人，就把埃及人打死了，藏在沙土裡」[1]。

尤為重要的是，在小說中李守廉不僅僅是反抗具體的不義，而且自覺地反抗不公正的敘述。小說中一個意味深長的細節，就是紅旗廣場上的毛主席像要被換成太陽鳥雕塑，老工人們群起保衛。已經將煙草廠私有化的莊德增，神差鬼使地坐上了李守廉的計程車，兩個人隨著抗議的人群緩緩前行。莊德增基於念舊，將毛主席像理解為「好像我故鄉的一棵大樹」；李守廉的感覺更為複雜，他認為靜坐的老人「懦弱」，在莊德增下車的時候，他告訴莊德增毛主席像的底座，一共雕刻了三十六位保衛毛主席的戰士。

然而，我們也不能簡單地將李守廉左翼化，李守廉和毛主席像的關係，並不能類比於摩西與上帝的關係。小說中有兩種對於「文革」的想像：老工人對於毛主席像的保衛，傅東心回憶中的紅衛兵的暴行。這兩種矛盾的想像沒有對話，只是並列在小說中。〈平原上的摩西〉還無法整合這種分裂，這也完全可以理解。整合當代中國「前三十年」與「後三十年」這種分裂的小說，將是劃時代的巨著，那樣的作品尚未出現，在今天的我們所能想像到的範圍之外。

李守廉感覺到了共同體的存在，但他的反抗終究是個體化的，像一個好萊塢式的城市義警。他更多的是基於內心的道義，而看不到歷史性的習得。在〈平原上的摩西〉中，儘管李守廉無力拯救他的共同體，但他人性中的正直與尊嚴，使得小說有一種內在的明亮。他反抗著不義，對其所忠誠的共同體而言，活在每一個人的生命裡。

在當代小說中，李守廉重新擦亮了「父親」這個角色。面對著種種斷裂，在以講述「自我經驗」為重心的時代，雙雪濤逆向而行。雙雪濤的小說文體有鋼鐵與冰雪的氣息，但在骨子裡，他是一位溫情的小說家，他的所有小說，都是寫給平原上的父親與姊妹兄弟。〈大師〉、〈無賴〉、〈我的朋友安德烈〉等等莫不如此。這些小說篇幅更為短小，結構相對簡單，也因此更為抒情。[2] 在這些作品中，〈平原上的摩西〉是代表性的典範，作家不僅直面著廣闊的被侮辱與被損害的人群，並且在人群中最終找到了「父親」。「父親」淨化了這類小說中軟弱的悲憫，以不屈不撓的承擔，肩住閘門，賦予「子一代」以力量。

且讓我們重返鐵西區，站在豔粉街，在死寂的工廠的墳墓裡，感受著被九千元擇校費所驅趕的下崗家庭的痛苦，重溫作為小說核心的摩西的故事：「只要你心裡的念是真的，只要你心裡的念是誠的，高山大海都會給你讓路，那些驅趕你的人，那些容不下你的人，都會受到懲罰」。[3] 當代文學迎來一個讓人熱淚盈眶的時刻：下崗職工進入暮年的今天，他們的後代理解並擁抱著父親，開始講述父親一代的故事。一切並沒有結束，似乎已經被輕易揭去的歷史一頁，突然間變得沉重。以往籠罩著我們這一代人文學的，是那些纖弱的虛無與可笑的自戀，矯情的回憶與造作的修辭。當背叛了父親的我們成為父親，我們準備留給子女的，就是這些小鳥歌唱一樣的作品嗎？〈平原上的摩西〉的出現，讓我們得以重溫文學偉大的品格。

雙雪濤的出現並非偶然，在近幾年的「東北題材」乃至「下崗題材」文藝作品中，一種新的美學正在悄然出現。〈平原上的摩西〉中李斐想放而未得的焰火，在《白日焰火》（刁亦男編劇、導演，2014 年 3 月公映，柏林電影節金熊獎）這部電影的結尾處升起。《白日焰火》同樣聚焦于東北，同樣運用從九〇年代末期跨越到新世紀的「案中案」的架構，以「黑色電影」的視覺風格，表現著灰暗低沉、迷離不安的東北，一個內在瓦解的、喪失穩定性的世界。誠如美國電影批評家潑萊思與彼得森對於「黑色電影」的看法，「在這個環境中，沒有一個人物具有堅定的、使他能充滿自信地行動的道義基礎。所有想要尋找安全和穩定的企圖，都被反傳統的電影攝影術和場面調度所打破。正確和錯誤成為相對的，服從於同樣的、由燈光照明和攝影機運動所造成的畸變和混亂。」[4]

由於總體性的破碎，生活重新成為令人不安的謎，這是《白日焰火》乃至於〈平原上的摩西〉運用刑偵案件之類故事外殼的關鍵所在。在電影界，不惟《白日焰火》，《鋼的琴》（張猛編劇、導演，2011 年 7 月公映，上海國際電影節最佳影片獎）、《八月》（張大磊編劇、導演，2017 年 3

月公映，台灣電影金馬獎最佳劇情片）等等電影都在回到破敗的工業區，重新理解「下崗」對於生活的衝擊以及下崗工人的尊嚴。最近幾年屢獲國內外大獎的、標誌著國產電影藝術上的突破的，也正是這批電影。這幾部電影形式技法各異，比如《白色焰火》的黑色電影風格、《鋼的琴》的黑色幽默、《八月》的「子一代」視角等等，但貫穿其中的有一致性的美學追求，這種美學立場也是〈平原上的摩西〉的美學立場：從本土歷史經驗出發，回到現實的的生活之中，思考尊嚴、命運以及我們與生活的關係，以充滿創造性的形式，將生活凝聚為藝術。

回到本文開始的段落，雙雪濤這樣前途無限的青年作家，同樣要警惕對於「八〇後作家」而言市場寫作與職業寫作這雙重陷阱。或者為了市場上的快錢向電影票房傾斜，或者開始大談小說的節奏、細節、韻律、心理、動作、場景，發言開始帶著獲獎詞的口吻，像一個美國青年作家講話，這些精緻的投機和令人疲倦的表演，都會毀滅一個有抱負的青年作家。幸好雙雪濤對於「寫作的根基」有所自覺，「小說家有點像匠人，其實完全不是，天壤之別，跟書法、繪畫也有著本質區別。沒有所謂技術關，只有好還是不好。」[5] 現在流行的「小時代」的文學觀，似乎忘記了這個世界上曾經有過托爾斯泰、巴爾扎克、雨果、狄更斯這樣的作家，對好作家的理解近似於對受過良好訓練——或者說馴服——的作家的理解。而雙雪濤寫作的根基，是他的憤怒，他的寫作有一種和名利場格格不入的東西。但願雙雪濤像摩西一樣，永遠銘記一個群體被驅趕的痛苦，從「父親」走向吾土吾民。

雙雪濤出生於 1983 年，在 2015 年的《收穫》上發表〈平原上的摩西〉時，雙雪濤 32 歲。時年 32 歲的北島登上文壇時，孫紹振先生在《詩刊》1981 年第 3 期發表著名的〈新的美學原則在崛起〉予以呼應。三十多年過去了，作為另一種致敬，請允許我在今天反寫孫紹振先生 1981 年的這段話，獻給在 1980 年代出生的我的同代人：

他們不屑於做舶來的文學的號筒，也不屑於表現自我感情世界之內的豐功偉績。他們甚至於回避去寫那些我們習慣了的技巧和語言、彌漫的虛無和空虛生活的場景。他們和我們八〇年代的先鋒文學傳統和九〇年代的純文學傳統有所不同，不是直接去讚美文學大師，而是表現生活帶給心靈的震動。

（原文：「他們不屑於做時代精神的號筒，也不屑於表現自我感情世界以外的豐功偉績。他們甚至於回避去寫那些我們習慣了的人物和經歷、英勇的鬥爭和忘我的勞動的場景。他們和我們五〇年代的頌歌傳統和六〇年代的戰歌傳統有所不同，不是直接去讚美生活，而是追求生活溶解在心靈中的秘密」。[6]）

【黃平，上海華東師範大學中文系副教授】

註

1 《聖經．出埃及記》，《聖經》和合本，第 54 頁。

2 有的評論將獻給父親的〈大師〉與〈棋王〉對比，這是沒有讀懂〈大師〉的旨趣所在。雙雪濤對此在〈關於創作談的創作談〉，《西湖》2014 年第 8 期，有過微妙的譏諷：「〈大師〉和〈棋王〉有很大的關係，具體關係是，時間上，〈棋王〉在前面，〈大師〉在後面。」

3 雙雪濤：〈平原上的摩西〉。

4 J．A．潑萊思、L．S．彼德森：〈「黑色電影」的某些視覺主題〉，《當代電影》，1987年第3期。

5 走走、雙雪濤〈「寫小說的人，不能放過那個稍瞬即逝的光芒」〉，《野草》，2015 年第 3 期。

6 孫紹振：〈新的美學原則在崛起〉，《詩刊》，1981 年第 3 期。洪子誠在答李雲雷的訪談中講過，「但裡面也確實有著我的一個基本看法，即並不將 1950 年代要崛起的『美學原則』，和 1980 年代崛起的『美學原則』，看作對立、正相反對的東西」。（洪子誠：《材料與注釋》，北京大學出版社，2016 年，290 頁）洪子誠先生的這個提醒筆者覺得十分重要，今天不應該再用一個「美學原則」替換另一個「美學原則」，任何一種「美學原則」都不是永恆的，而是將「美學」理解為社會結構變化的對應物，隨著社會的變動，「美學」也要隨之變動。

在正典與想像間
讀雙雪濤〈平原上的摩西〉

黃文倩

〈出埃及記〉:「耶和華指示摩西:哀號何用?告訴子民,只管前進!然後舉起你的手杖,向海上指,波濤就會分開,為子民空出一條幹路。……」

——雙雪濤〈平原上的摩西〉

雙雪濤曾自述他的文學淵源,包括《聖經》、柏拉圖、喬納森·佛蘭岑《自由》、福克納《我彌留之際》,以及卡夫卡、汪曾祺[1]。但作家對這些典律的吸收,最大的意義,仍在於參照、反思及接受不同的感性,他曾說:「《聖經》是因為我老讀,有時候就翻翻,因為我們這些人大多數接受了很多西方文學。西方文學的根基是西方社會,而西方社會和宗教的關係太密切。讀《聖經》,或者讀柏拉圖,都是接近西方文學的方式。我不相信一個東方人,能夠完全地理解西方的神,半路出家的信徒我也總是抱有懷疑,但是不妨礙我去了解他們的神。那裡面充沛的元氣,和捨我其誰的腔調，是寫作者非常需要的東西。」[2]

從這個角度而言，文學再度上溯正典／經典，事實上也是擴充對現實的想像的一種方法，因為現實本身雖然有豐富的可能，但如果作者或讀者沒有足夠寬廣的接受視野及想像力，任何對「現實」本身看似客觀的清理與反映，其實也仍然極容易教條化與框架化。

一

〈平原上的摩西〉（最初發表於 2015 年第 2 期《收穫》），以羅生門及偵探小說的敘事開篇，表面上講述一則連續出租車搶劫殺人命案。敘事的出發點從角色「莊德增」出發，時間在 1995 年，小說有兩條主線，一條從莊德增出發，第一小節即交待他早年的工人階級身份，以及和夫人「傅東心」（一個唯心主義哲學教授的後代）的婚姻結合偶然性與生命史，兩人結婚後有了一個兒子莊樹，但傅東心既不善於家務，對小樹的母子之情也相當淡薄，反而對鄰居的一個小女兒李斐非常上心，自願教她讀書，尤其讀《聖經》，使李斐從小就記得傅東心教給她的一種神聖的世界觀，小說中數度引用《聖經》（《舊約》）中的〈出埃及記〉的關鍵片段：「耶和華指示摩西：哀號何用？告訴子民，只管前進！然後舉起你的手杖，向海上指，波濤就會分開，為子民空出一條幹路」，文本推進的主要動機、懸念與整體特殊性都與此有關：一是這則命案跟這批人究竟有什麼關係，二是藉由聯繫命案和聖經典律，反映了什麼樣中國社會問題，同時展現了美學特殊性？

小說的社會背景，建立在 1995 年大陸國營企業的「下崗」大潮，李斐的父親本來是一個實在的工人，下崗後頓失工作機會，有一次帶著李斐搭上一台出租車，想去一個「結鄉結合部」的豔粉街上看中醫，這個地方一向被視為貧民窟，也時常被看成犯罪較多的所在，因此，連喬裝成出租車司機的警察蔣不凡，都懷疑這對父女，懷疑這個男人就是連續出租車命案的歹徒，就在這樣偶然性的混亂與誤會下，蔣不凡開槍射傷了李斐的父親，而李斐下半身雖然也受傷（後來殘廢），但她仍堅持拿出她偷藏的一罐汽油，因為她曾答應莊樹，要在那邊放煙火給小樹看，儘管莊樹因為另一些偶然性而沒有去。

另外的小節「莊樹」，則來到十二年後的2007年，此時的他已經又成為了另一個警察，因緣際會的負責重新啟動當年沒有破的出租車連續命案，在層層抽絲剝繭下，他慢慢發現李斐和她的父親可能是真正的歹徒——然而事實並非如此簡單，李斐和她的父親，僅僅只是在被誤會成歹徒後，因「意外」地傷了當年承辦此案的警察（成為植物人後多年才過逝），而被誤解為罪犯，小說最終就收在兩人（李斐與莊樹）的再度相會，李斐再度引用〈出埃及記〉帶有唯心與唯意志的希望的信念，似乎在請求莊樹為她開出一條不可能的救贖之道，但莊樹仍客觀地回應她：「沒有人可以」，意即沒有人可以如摩西般讓海水真能分開，並讓出一條新路來，但莊樹仍願給李斐希望，小說最後以一種奇特的逆轉客觀話語為抒情話語的方式，讓莊樹與李斐進入一種想像中的「平原」（他們小時候的煙盒上面的圖案，由傅東心所繪），在這裡，莊樹看著11、12歲的李斐最終仍向著岸邊走去。至此，命案的是非、對錯已經完全在過程中被層層的各自表述的話語所溶解，同時整體效果亦沒有在眾聲喧嘩下流向虛無，儘管歷史的客觀性不容輕易解構，但作者有意懸置對複雜的歷史是非、對錯的「終極」判斷，而以一種詩性的、純真的美學想像，來包容與寬恕這一切，整體結構完整、和諧，理性冷硬的話語書寫亦為形式亮點，確實可稱新世紀虛無主義大潮滲透下少見的文學佳作。

二

更深一層的來解讀〈平原上的摩西〉，我認為它其實幽微地打開且清理了一些中國社會主義實踐挫折下的關鍵歷史問題與感覺結構：一是如何理解文革的傷害，二是上個世紀九〇年代中國國營企業解體下的底層人民的再被剝奪的困境。

就前者而言，小說透過各自表述的敘事，慢慢帶出——莊德增（傅東心的丈夫），原來當年在文革時，曾打死過傅東心從美國回來教文學的叔叔，因此雖然傅東心後來嫁給了莊德增，兩人之間並無愛情，婚姻是傅東心基於一種「與工人階級」結合的現實妥協，儘管兩人在日常生活間彼此善待，但莊德增與傅東心始終存在著一種隔膜，小說把這種日常生活並非全然無恩的夫妻情份，以及客觀歷史傷害無法輕易消融的隔膜表現的分寸到位。同時，作者以文學式的方式，還原了混雜公共是非與個人恩怨的複雜歷史感性，其意義已超過了一般罪與罰的線性道德判斷，因為莊德增當年在文革時的作為，並非完全出於故意，某種意義上來說，昔日打人的年輕人，也是歷史集體暴力意識連動下的一種結果，更何況，小說對毛澤東所開啟的社會主義實踐的自由與平等的理解，並非完全負面（容後述）。此外，小說亦藉由傅東心對李斐父親的傾訴（因為李斐父親曾在文革中順手救過她的父親一次），將這背後的歷史創傷幽微道出，以進一步試圖反思：「人民」究竟能不能、或應不應該面對文革歷史傷害與現實，尤其是像這種廣泛牽連各種階級與關係的運動，落實在曾經歷過文革的當事人的人生中，求「真」與「善」究竟何者重要？小說藉李斐父親回應傅東心的文革創傷的「反應」，來表現作者並非簡單的迴避創傷，而是自覺選擇了然於心，同時以平衡與寬恕為救贖的世界觀：

> 他一下沒有說話，重又站在地上，說，傅老師這話和我說不上了。我說，我已經說完了。他說，過去的事兒和現在沒關係了，人變了，吃喝拉撒，新陳代謝，已經變了一個人，要看人的好，老莊現在沒說的。我說，我知道，這我知道。你能坐下嗎？他說，不能，我要去接小斐了。……我說，你就不能坐下？你這樣走來走去，我很不舒服。他說，不能了，來不及了。無論如何，我和小斐一輩子感激你，不會忘了你，但是以後各過各的日子。……[3]

在這裡，傅東心急於傾訴「真」，藉以解放一種個人傷害與歷史事實，同時表示她對李斐父親的感激，但李斐的父親顯然不願意再聆聽與知道更多，他顯然在價值的選擇與判斷上，寧願迴避更多的歷史複雜性，而將一切歸隱到相忘於江湖的日常的「善」。而如果我們節制西方審美標準，從中國人傳統的美學觀來說，和諧、「善」本身也就是一種「美」，我認為雙雪濤此作恰恰寫出了這種選擇與品質。

另一方面，小說也企圖清理上個世紀九〇年代中，國營企業解體下的底層人民的再被剝奪的問題。李斐的父親是這種再解放大潮下的受害者，他一生為國營工廠努力付出，最終卻又在改革開放後，資本主義全面興起下，成為被歷史拋棄的老工人，而此時，社會的工人「階級」的意識已逆轉，政治與文化的話語權，又再度重回知識分子（或更精確的說，是新的官僚資產階級）手上，作者在敘事的話語上，對這種老工人明顯是同情的，甚至還有一種基於工人階級意識的「人民」溫情，因此，小說也透過莊德增的視角，與一個出租車司機的對話，描述他在世紀轉型之交的千禧年，看到許多七十歲的老人靜坐在即將拆掉的毛主席像前的景觀，並對此抱持著一種社會主義相對公平的保留意識，因此能刻劃並還原出租車司機較複雜的形象與感性：

> 也許忍著，就有希望。他說。嗯，也對。就是希望不夠分，都讓你們這種人占了。我越發覺得他認識我。我很想讓他把口罩摘下來，讓我看看，但那是不可能的事情。我坐在出租車的後座，拼命回憶，他的音調，他的體態，但是總有些東西不那麼統一。[4]

在這裡，敘事者莊德增隱隱感受到的「不統一」是什麼？正如孟繁華的評述：「雙雪濤的小說看似簡單，事實上它的內涵或可解讀的空間複雜又廣闊。」[5] 這裡可能指涉的是一種大陸快速從社會主義階段，看似平和地過渡到資本主義下所造成的斷裂與文化人格上的難以穩定／統一。以一個資本主義時代下的出租車司機，這個人的「主體性」恐怕太強了些，但他必然曾有著或曾經歷社會主義階段不完全負面與教條化的主體，因此才能偶爾體現其尊嚴，由此來說，雙雪濤對文革的歷史和社會主義經驗的理解，實非鐵板一塊。願意放下，回歸日常和諧者有之（如李斐的父親）；願意或敢於爭取者（如出租車司機），也保留他們的話語空間；而如李斐願意相信一種唯心的形而上力量者，也讓她維持這種權利。由此，可以看出作者對自由及平等的理解，已超越了簡單左右概念式的教條，更多的接近一種能由上至下俯視的超越界的洞識。

是故，「摩西」的力量儘管是非現實的，但恐怕正是以這樣的力量為超視，雙雪濤才能成全與保留上述的反思品質與審美意味。也正如他在談另一篇代表作〈大師〉中曾說：「十字架是一種獻祭。寫〈大師〉的時候，我正處在人生最捉襟見肘的階段，但是還是想選擇一直寫下去。……我就寫了一個十字架，賭博，一種無望的堅定。」[6]〈平原上的摩西〉亦如是。

三

總的來說，〈平原上的摩西〉可以看作一種回應大陸當下城鄉轉型困境的文學結果之一，身為這當中困境的一分子的雙雪濤，與大陸的許多優秀作家一樣，都嘗試努力承載這種艱難。只是雙雪濤調取「摩西」（〈平原上的摩西〉）、石一楓上溯天理（〈地球之眼〉）、徐則臣走向「耶路撒冷」（《耶路撒冷》）。他們或將正典／典律體現為一種高精神純度的唯心甚至意志化的力量（〈平原上的摩西〉），或幻化為一種永恆的在場紀錄與觀察人間是非道德的凝視（〈地球之眼〉），或成為一種「到世界去」的精神方向與心／新的「根」（《耶路撒冷》）。在這些看似再次「復古」的靠近與求索中，他們試圖擴充更大的靈性與精神世界，以作為抵抗庸俗、世俗現實的力量。

終究，在 21 世紀如此多元並存、虛無的後現代社會與歷史語境下，即使大陸晚近有著積極意義上的「非虛構」書寫得以面對當下社會，但如果說「非虛構」也另有其客觀限制——包括難免瑣碎、難以開啟超越界，以及過於排除想像烏托邦等等的實用主義限制，我們仍需補充具有正典／典律意識的追求與再轉化的文學個案，才能更豐富地理解大陸晚近巨變的社會與歷史，以及當中難能可貴的綜合想像力及反省的深度。

【黃文倩，淡江大學中文系助理教授】

註

1 雙雪濤、走走〈「寫小說的人，不能放過那道稍瞬即逝的光芒」〉，《野草》，2015 年 03 期，頁 197。
2 同上註，頁 201。
3 雙雪濤《平原上的摩西》，天津：百花文藝出版社，2016 年，頁 36。
4 同上註，頁 24。
5 孟繁華〈從容冷峻的敘事、超驗無常的人生——評雙雪濤的短篇小說《大師》和《長眠》〉，《西湖》，2014 年 08 期，頁 23。
6 雙雪濤、走走〈「寫小說的人，不能放過那道稍瞬即逝的光芒」〉，《野草》，2015 年 03 期，頁 199。

兩岸作品共讀

在虛構與非虛構之間・閱讀

林立青《做工的人》

林婉瑜《愛的24則運算》

計文君《白頭吟》

蔣　峰《白色流淌一片》

《做工的人》的現實關懷
面向另一個世界的書寫

高維宏

兩個世界

讀《做工的人》，我首先回想起的是初中的能力分班，學生們依照成績的高低能力分班，A 段班是學校重點培養目的是為了考上明星高中，B 段班就是俗稱的放牛班，兩種班級有不同的教育資源。日後回想，兩個世界的區分從那時就開始了。升學以後我不知道以前認識的 B 段班同學過得如何，僅有一次當我在念大學時過往的朋友來找我，聽她稍微聊起過去當檳榔西施的工作種種，對於大一新鮮人的我是另一個截然不同的世界。現在想想我遺憾那時只看見自己在升學過程中的苦悶不快，沒有對周遭朋友抱持更多的關懷。而《做工的人》所描述的被鐵皮圍住的工地，同樣是我沒有看見的世界。

作者則在畢業後擔任監工直接進入了牆的另一側，用了許多篇文章把這個世界描繪出來。以工地周遭為背景，其中有工人、八家將、檳榔西施、外勞、拾荒者、身障者、性工作者等等在此討生活，他們是主流（中產階級價值觀）世界中時常被污名化的群體，不受媒體重視。

雖然這題材並非《做工的人》所獨有，但是像林立青寫得如此入木三分，以及能擺脫知識分子視角的人甚少。作者詳實的描述焊工、泥作工、鐵工、水電工的施工過程以及工作環境，這種寫作若非具體經驗難以為之。例如寫泥作工施工的段落：

> 蓋房子時，在混凝土拆模後，泥作師傅必須先進場測量拆模後的誤差，和安裝門窗框架的師傅討論施工時間的配合。接著在門窗框架安裝好後，拉水線、放灰誌。由門窗框的填縫可以看出一個泥作師傅的功力水準。

從中可以看出作者的敘述內容偏重實際的觀察經驗，少見現代主義所偏愛使用的修辭技巧。描寫人物時作者也多透過外部的對話以及觀察，而沒有人物的心理描寫。這種寫作手法不只是非常不「文青」，甚至可說是違背台灣現代文學讀者的閱讀默契。現代主義更重視隱喻與象徵的手法，偏愛深挖人的內心、無意識，強調個性以及個人化的書寫，外部大環境時常只作為背景呈現。以上種種現代主義的品質，作者可說都付之闕如。若以台灣現代主義文學愛好者的標準來看，作者的寫作更接近落後而應該要作古的寫實主義。

從作者的角度來看現代文學的「精緻」同樣不適合工作勞累的工人閱讀：

> 肌肉痠痛時，看書是看不下去的。體力透支的時候後無法理解過於複雜的形容詞，這也是我在工地時絕對不帶現代文學的原因。過於複雜的架構、難以理解的形容詞或是需要推敲的文字內容，都不會被我帶著看，以免翻書後就立即睡去。

因此作者偏愛的是「雨果的《悲慘世界》、托爾斯泰的《復活》、《安娜．卡列尼娜》，當然還有杜斯妥也夫斯基」，這些重視整體社會背景的書寫並且關注苦難人們的命運的小說。

從上所述，或許不只是現實區分成兩個世界，文學同樣如此，寫實主義的系譜像是工地那般地被人忽視。「現代文學」之所以變得如此精緻而不適於勞動工作者，在於它的內涵被「現代主義」所壟斷了，今日台灣「現代主義」的審美越來越向中產階級的意識形態靠攏，並且誤以為自身等同於「現代」。

如果說現代文學真是描寫「現代」的文學，那麼工業化以後福特式的生產流水線所造成的勞動異化，人成為資本的奴隸而無法在工作中找到意義，以及掌握生產工具的工廠主與工人之間的階級矛盾……等等又何嘗不是「現代」的一部分。台灣的現代主義文學有著以精美的修辭雕琢以掩飾自身經驗貧乏的傾向，而《做工的人》則是以實際經驗為基礎，描寫的已被現代主義的意識形態所遮蔽的工人生活。對於寫作動機，作者在採訪中說「為的是翻轉外界對工人迷信無知的誤解」。這種誤解不只是滲入大眾傳媒，也滲入現代文學的題材與表現形式。為了呈現被遮蔽的另一個世界，作者不得不一篇接著一篇的寫下去。

寫實主義的血脈

但《做工的人》並非一枝獨秀的寫作，它裡面流的是寫實主義的血脈。看著作者描寫鐵工因吸入過多鐵渣而導致的「鐵肺」，或是焊工眼盲的工作傷害，總讓我想起狄更斯的《孤雛淚》裡面掃煙囪的甘菲爾德。看到寫台灣人「對於外配、外勞，我們的文化則殘暴不已」等等段落，以及對於外勞令人髮指的壓迫與歧視，我會想起杜斯妥也夫斯基的《被侮辱與被損害的人》。看到書中寫不肖人士收養養女後，把她掛為公司的負責人莫名地使她背負還不完的債務，我會想起果戈里《死靈魂》中，收購尚未註銷戶口的死農奴作為抵押以騙取金錢的乞乞科夫……一百多年過後，世界變得富裕貧富差距卻依然懸殊；人性沒有變得更高尚，但現代文學卻變得高雅起來而越來越少寫這些「被侮辱與被損害的人」。

所幸《做工的人》彌補了這塊空白，作為營造商與工人之間的「監工」成為審視工地方方面面的絕好位置。裡面談到政府不合時宜與不知變通的法規，例如作者提及台灣的社會救濟：「我們的社會福利其實是會幫助窮人的，但你得是一個『標準的』窮人。很可能你很窮，但不是政府想看到的那種窮法，你就還是得去舉看板。」或僅僅是施工時淋紅磚流入水溝，就被環保員以事務汙水開了六萬元的罰單。以及「一切價低者得」的政府標案，「舉凡一切業務內容都循往例公文套用發出」，「若是有人想用更新、更好的方式，那容易招來大量質疑」。

更多談到工人的工作環境，多數是令人不忍卒睹的職業傷害。例如焊工：

> 首先是眼睛的老化。從事電焊的工人們，在幾年內就必須戴上有色鏡片。接著是夜盲。剛從業幾天，就可以感受到眼睛和眼皮中間似乎有了砂；再過幾年後，眼睛內就如同有結石般地難受。反覆發作的發炎也使得焊工必須在工作和休息間取捨。但不做沒錢，阿祈就是這樣，撐到一眼全瞎後，不得不退休。

鐵工的鐵肺症，木工、泥工的鼻塞喉痛，焊工的目盲與爛肺。在書中這些工人的處境還算好，因為至少是有一技在身的師傅。更悲慘的是被社會拋棄的畸零人，例如僅能出賣肉體維生的肢體殘障、燒燙傷的中年失業婦女，她們與工人之間成為另一種相濡以沫的共生。另一個兼顧現實與文學表達的形象是「看板人」，意即在建案附近舉著跟建案有關的廣告看板的人。「看板人連離開定點的權利也沒有」，「像個地縛靈一樣困在原地」。「人的時間被換成極低價值的等待」，看板比人還重要，「舉牌的看板人毫無被看見的可能和價值」。

作者以「看板人」來書寫現實之中弱勢群體的苦難，筆者則認為其中隱隱折射出現代社會的寓言。人的面孔被看板取代，時間被販賣至單調而重複的工作，人存在的意義因而消失了。我想起 2014 年諾貝爾文學獎得主莫迪亞諾的小說《暗店街》裡面提過存在意義消失的「海灘人」的形象：

> 他在海灘上和游泳池邊度過了四十個春秋，嘻嘻哈哈地同避暑者和無所事事的富翁們聊天。在成千張假日照片的角落或背景上，總可以看到他穿著游泳衣，混雜在歡樂的人群中，但是沒有人能說出他叫什麼名字，也不知道他究竟為什麼呆在那裡。因而當他有一天從這些照片上消

失了的時候，誰也沒有注意到。

莫迪亞諾的「海灘人」大多沒有國籍，居無定所到處流浪。例如從納粹德國佔領之下逃離的流亡者，他們失去自己的根，在浩瀚世界中他們的存在如同「海灘上保留幾秒鐘的腳印」。存在主義式的「海灘人」形象引起許多人的共鳴，但是「海灘人」終歸是有一定的經濟能力得以尋找自己的存在意義的，他們存在意義的消失是因歷史的原因使個人遭遇的特殊生存情境。

而筆者認為「看板人」則更具有普遍性的意義：在資本世界中，當人沒有資本，又沒有專業技術，又沒有可販售的身體（肢體殘缺），那就只能連自己的存在都販售掉。作者通過對現實的觀察以及寫實主義的寫作姿態，同樣深達了人類生存命運的幽暗之境。

理解他者的視角到對普羅大眾的關懷

以特定群體為主要的寫作對象，情感距離如何拿捏是一門課題。太遠則流於無關痛癢的旁觀，太近又容易忽略社會的其他群體。作者並非用同情而是以尊重與理解的角度去看待他者。例如作者提到工人習慣用偏方治病，並非以啟蒙的方式批評工人愚昧不理性，而是設身處地的從工人的角度分析原因：「老師傅們不習慣於說明自己的身體狀況，且擔憂慢性病的治療要花上大筆開銷。加上這些過勞的師傅們所得到的醫生建議，千篇一律地難以和現在的工作互相配合」。勞苦大眾沒有時間與金錢治療慢性的職業傷害，於是「繼續使用麻痺的藥物配合高粱飲下」。

這些觀察都讓我想到費茲傑羅《大亨小傳》的著名開頭：「每當你想要批評別人時，你要記住，這個世界上所有的人，並不是個個都有過你擁有的那些優越條件」。這既是敘述者尼克從父親得來的教誨，同時也是敘述者在全篇小說之中理解其他人的方式，或許作者也是以這樣的寬容與理解看待周遭的人。即使是提到工人因為時常被警察找麻煩而蔑稱警察為「賊頭」，作者同樣提到：

> 警察並非真的是「賊頭」。我們的國家給予警察不可思議的混亂業務，只要是和公部門有關的業務，無一不要求警察到場。作為執法和廉價保全的結果，就是一旦發生衝突，所有的公部門擺爛離開後，徒留警察在現場面對憤怒的民眾和接連而來的不滿。

作為收拾公部門各種爛攤子的警察，作者認為他們「是用最為過時、最落後的威權管理體制，去面對無與倫比的複雜社會」。並且因為大多數警察「連出社會都沒有，就直接進入警界」，因此總和工人之間用著「完全沒有交集的對話」。

除了同理他人以外，書中也時能感受作者強烈的情緒。例如提到台灣的工程「有一個專有名詞，叫做『共體時艱』，說穿了就是在沒有錢的狀況下，比賽著如何剝削底層領班」。談到非法外勞：「小時候，我媽媽告訴我，曾有警察來市場抓打工的外配，活生生地在麵攤拆散一個家庭。現在我知道，我永遠不會配合警察辦案抓外勞。」談到即使是合法的外勞仍遭受各種歧視，這些親眼目睹的經驗令作者「噁心而憤恨」。作者把外勞以及勞工當作「人」看，因此反思資本主義習以為常以金錢衡量人的品德：「較我們富裕的，優待以禮；較我們貧困的，輕藐排斥」、「這種不基於一個人的道德品行而只看出身所訂下的規定，野蠻而暴力」。

我看完總想著作者的關懷以及憤怒若是在其他國家必不孤獨。外勞以及勞工問題，本就是一般民主國家的左翼政黨所念茲在茲的焦點。但我們身在長期把工人運動視為共產黨同路人的反共以及反社會主義的政治氛圍之中，工人運動在資本家眼裡如同洪水猛獸，如同作者所說「從政者不會憐憫他們」，無論是國、民兩黨都不會為勞工以及外勞發聲。

我也想著能否用左翼的理論作為工人運動的支撐。對此我想到出身工人階級家庭的雷蒙．威廉斯日後為提升工人教育而竭盡心力，把學院之中的左翼理論彙編成《關鍵字》以方便工人掌握，使工人獲得對抗企業主與體制的理論武器。但是若套用在台灣情況同樣不可能。首先是不同於左翼理論萌芽的歐洲，台灣即使是是一般大眾也不懂左翼的經濟理論，即使學了這些理論也缺少可以對話與爭取的對象。更重要的是缺少金錢與時間，作者寫到勞工因為工時長薪資低而被迫不停地工作，使勞工沒有時間與金錢進修；「不可能團結」，「因為每個人只求可以在今天領到自己的那一份錢」。

面對作者所描述勞工分子化、無產化的困境，我不知道已成為台灣學院知識體系裝飾品的左翼理論，除了讓知識人們聊以自慰以外是否還有哪些改變現狀的積極作用。比起理論，或許現在更需要的是《做工的人》這樣的直面勞苦大眾經驗的寫作，使讀者大眾得以直接感受過往視而不見的工人、外勞群體。

可再借鏡的左翼文學資源

同時，我也認為《做工的人》有更多可以承襲的左翼文學資源，例如林立青以和工人之間的對談為材料加上自身議論而寫成的作品，會讓我想到小林多喜二的《工廠黨支部》，全篇小說同樣是以和工人的談話以及工人的日記為材料加工而成。其中的議論與故事自然地穿插，現實經過小說藝術（素樸點說或許是再現典型環境中的典型人物）的加工而更具有感染力。

《做工的人》的寫作手法偏重從外部白描的方式，修辭中的隱喻與象徵都減到了最低，不知道這是否是因為對現代文學詰屈聱牙的修辭的反感。然而常被忽略的是，被歸類為寫實主義的文學也有自身的修辭技巧，例如小林多喜二的小說多把勞工動物化以顯現工人的悲慘處境。果戈里小說也運用了獨特的諷刺手法。以上並不是說《做工的人》需要依循前人，而是筆者認為其中作者有許多人物形象都值得進一步加工深掘，例如看板人、賊頭大人、工地大嫂等等。即便單以《做工的人》而言已是令人耳目一新的作品。比起大多只書寫自我的作品，作者選擇了面向被隱蔽的他者、布滿荊棘的文學之道，我對此抱持敬意，並期待日後看見作者下一部作品。

【高維宏，北京清華大學中文系博士生】

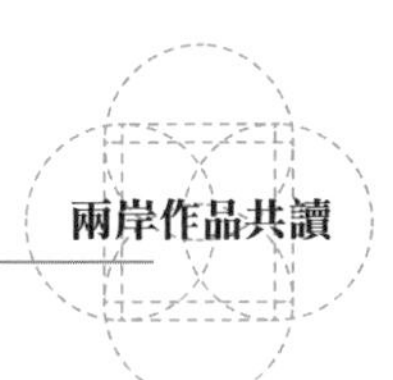

在工地看見台灣
評林立青《做工的人》

劉永春

「不管在任何時候，我們身上的味道一點都不好聞。褲子被汗水浸透，褲管的地方帶著烈日曝曬後的白色汗水鹽分結晶。腰帶濕透，屁股、大腿間悶脹著甚至燒襠。」本書的作者林立青就是這樣一群營造工人中的一員，但又不是普通一員。他看見他們的艱難生活，也看見自己內心的苦掙扎，更看見了整個台灣社會的邊邊角角。作為一名十年經驗的工地主任，他洞悉營造業相關各個行業、各個階層的人的命運，更從這個獨特視角看到了台灣社會存在的種種無情與不義。因此，林立青具有某種唐・吉訶德的品性，無望地觀看著、品評著、抗議著，自覺地與社會管理者進行區隔，也自覺與不輕不重地議論著的文青們區隔開來。他盡力讓自己融入工人師傅的視角去觀照發生的一切及其背後的社會動因。他不是學者，沒有嚴謹的學術思維，但無所不在的感性中恰恰流露出在世的同情心與在場的參與感。

英國《衛報》專欄作家波莉・湯因比曾經描述道：「在繁榮時代裡，大眾沉浸在愉悅中，沒有人想要知道社會底層的事，而且社會其他階層看到的和知道的越少，就越會以為從事這些出路的工作的人只是一些不可救藥的個例，甚至會以為他們是一些心智半缺陷者。又或者，他們舒適地以為財富在向下流動，而且窮人們正緩慢地向上層行進，加入其他每一個人。但是事實上並非如此：窮人們是被遺忘的人，發現即便伴隨著國家財富的每次增長，自己卻遠遠處在社會之外。在一個瘋狂增長的房地產市場中，他們永遠不可能一下子從廉租房就跳到擁有自己的、更貴一點的住房，而且他們被永遠地限制在貧民區中，那裡有著更糟糕的學校和自己孩子可悲的未來。」在每一個社會結構中都會存在這樣一群「永遠處在社會之外」的人們，他們被輕視與侮辱，被共名化與汙名化，就像菁英社會視而不見的影子，或者主流意見必欲除之而後快的見不得人的尾巴。

林立青所做的工作卻相反，他努力從這些人群中，找到台灣社會中值得所有人珍惜的美好品質，善良、同情、顧家、擔當、沒有浩洋狀語卻持續反抗命運的欺凌，這些品質所在多有地生存在工地師傅們中間，不管哪個工種，那種職業，都因為貧窮和艱難而被緊密結合在一起，形成了處在社會邊緣的特殊族群。林立青試圖以中立的眼光記錄他們的生活和自己的認識，從而「見證台灣官方和主流社會對於這些勞力的漠視，也更凸顯他們蓬勃的生命力」。與此相應，林立青的情感立場也偏於非主流的邊緣狀態，以自己「在工地現場沒有靠山的年輕人」的視角，處處留心，處處用筆，在書中所存留下的正是這些「做工的人」們的生活處境和精神印痕。這種接近田野筆記的記錄形式最大程度地剝除了主流社會和媒體的意識形態偏見，形成「繁榮時代」的另一種影像。記錄方式和記錄結果因此而具有特殊意義。

顯然，林立青對自己的身分尷尬是是有明顯知覺與自覺規避的。在書中，他常講述自己怎樣應對來自公司管理層與工人師傅的壓力與要求，也常細細分析自己對「公權力」的反感與反抗。在工地的情感場域中，他自有自己的存活之道，那就是「嘴炮技能」，「我在這種環境中，練就了無論何時都能鬼話連篇的嘴炮技能，至今還是習慣用『哀』的方式去要求師傅。總之，扯長官、扯法規、扯晚點勞檢、扯怕被看到會罰錢都行。位小職卑者，裝孬勝逞強。」其中含有林立青對勞工的理解與同情，也含有對自身弱勢地位的體認與感受。對台灣法律與媒體的抗議，是林立青勞工立

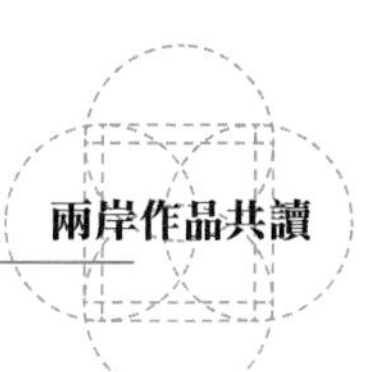

場的具體體現，在書中則無處不在。「如我這種階級者，沒有支援社會結構的理由，終究翻身無望。」〈台灣媳婦〉一篇直面那些在工地艱難做工的「外配」們的命運，開篇即言「台灣的社會歧視無所不在」，在詳細描述「外配」們受到員警的欺壓與媒體對她們的標籤化之後，林立青憤慨地抗議道：「我們的社會再對弱者加上標籤，那無疑是將他們推往這個社會的更加邊緣處。而一些謠傳和政治的挑撥，使得這些原本就處於弱勢的女子們，更成為社會上幾乎無聲無息的人。你看不到她們的無助，更聽不見那些哭聲。」這樣的憤慨加深了作者對主流社會的自覺疏離，與這些受欺壓的族群靠得更近，甚至價值認同迅速加深：「我往往在接觸後，都被她們堅韌無比的生命力而感動，甚至自慚形穢，也真心認定，她們值得我們這個社會更好的待遇。」邊緣知識分子與底層人群的親和是天然存在的，這個「在工地現場沒有任何靠山的年輕人」對社會結構中的溝壑感同身受，也對社會底層的命運給予了最大程度的同情。整部書中，林立青也是自覺將自己當做「做工的人」的，自己亦是其中一員，作為「勞力者」對由「勞心者」統治的社會現實提出了最為尖銳和強硬的解構，雖然知曉這種努力不會結果，但是記錄本身就是力量。

同樣明顯的是，在台灣的現實面前，林立青是毫無還手之力的，那些「做工的人」更沒有。他與他們相濡以沫、擁抱取暖，他們沉默，他在言說。往往，每篇到結尾處都是他的哀歎。〈隔閡〉描述社會與媒體對泥水工的誤解，之後是作者自己自覺的命運「代入」：「愈是和這個世界接觸愈深，我就愈明白其中的差異。也因此，我始終不能接受論述式的教科書、自以為莫測高深的經文，也討厭那些成功者的傳記和論述。我知道，我這樣是畫地自限，為自己設下了這樣的隔閡。可是會不會哪天我也和那本商周一樣，只能在自己的世界裡，看著自己所要的內容？」即使不惜「畫地自限」、自我「隔閡」於主流社會之外，也格外警惕「只能在自己的世界裡」的菁英立場，這種反菁英主義的姿態滋生於台灣社會的土壤中，當然屬於極少數。

同時，其中所包含無奈與辛酸都以略顯偏激的態度洋溢而出，既反映了台灣社會中存在的族群撕裂，也體現了社會底層的毫無出路。在這方面，最明顯的是〈走水路〉一篇。阿欽與阿祈兄弟世襲了家族的鐵工職業，但是在現實社會裡，他們越來越淪為社會最底層，最終只能由弟弟為哥哥實施注射死，除此而外，這個家庭沒有別的出路。事實令人無比沮喪，然而，兄弟兩人的命運卻是無可更改。「隔天早上，他拿出了那一對針頭和兩個注射瓶。這總共花了八萬。哥哥笑著千恩萬謝他，他卻悲痛難抑地對著哥哥哭了起來。四萬元全部打入了哥哥的身體。兄弟倆手牽著手，阿祈不停祝福著弟弟，兩兄弟抽抽答答地哭。接著，阿祈的聲音慢慢變小。他臉上掛著笑容，再沒有反應了。」阿欽也知道自己距死不遠，「他在祖墳裡，留有一支針給自己。」這樣的人間慘劇被作者連悲帶喜地寫來，事實本身就充滿巨大的情感張力。兄弟倆所代表的小手工業者在時代大潮的衝擊下只能走上絕路。這是台灣社會整體經濟的個案，但也是極具代表性的案例。林立青在冷靜到極致的講述中賦予他們最大的同情，雖然這種同情只能是旁觀者的同情，但同情本身就是力量。

基於對工地生活方式與工作生態的深入理解，林立青在書中採用了縱橫交織的結構方式。第一部分〈工地人間〉主要講述圍繞工地生活的各個現象，以現象寫人，展示各個工種中的工人師傅們工內工外的生活形態，並由此揭示作為社會邊緣結構的工地與社會主流生活狀態之間的嚴重對立，甚至強烈的反抗意識。這部分主要採用素描的敘事手法。〈工地「八嘎囧」世代〉總體上剖析了常出沒於工地和宮廟兩處的八嘎囧們：「他們對

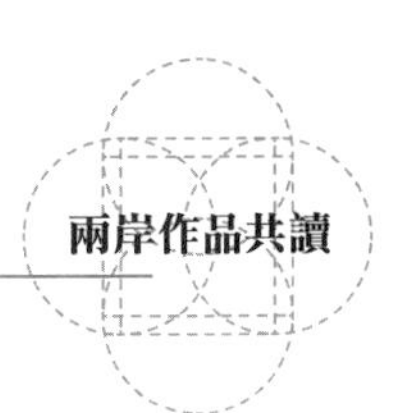

於家鄉和自己的宮廟有一種非常獨特的認同感，對主流社會的議題沒有啥太大興趣。普遍來說，胸無大志卻又積極擁抱社區，不愛讀書卻甘願為家庭付出，完全不求上進，卻熱情加入宮廟祈福繞境。」這是一群獨特的人們，自發地認同所在社區，因為社區的價值觀與主流社會相反；同時，他們也在通過自己「甘願為家庭付出」、「加入宮廟祈福繞境」等具體行動深化和改善著社區的意識形態，促進其與主流社會的分野加深。〈呷藥仔〉揭示的是工人的病無所醫，只能在衰老時帶著一身病痛流離失所。〈工地調酒〉則有趣地聚焦工地上慣常的飲料，以此揭示營造工地勞保福利之差與工人勞作之苦。〈工地外勞〉在工地的階層劃分中敘述外勞的慘境，對待外勞的態度甚至可以成為切割族群的有效方法。作者直指：「歸根結底，台灣的政府為罪魁禍首。」這種分析方法實際上也是全書的共同價值取向。〈工地大嫂〉剖析工地的性別結構與性別政治，以此窺見女性在台灣社會的重要性和不受重視：「這些女性完全就是台灣社會女性最為堅強、最為溫柔，又最為美麗的縮影。」〈共體時艱〉以反諷筆調揭示流行於各個工地的「一些令人哭笑不得的管理方法」，其共同特徵是對工人師傅進行盡可能的盤剝來實現利益的最大化，卻絲毫不體恤勞工的權利與死活。「三層皮」「從小事開始賺起」等盤剝方式窮形盡相地展示了工人所受的剝削與壓迫，所謂「共體時艱」不過是資方剝削勞方的藉口而已，其中的荒誕性可以說是觸目驚心。〈人定勝天〉、〈賊頭大人〉、〈罰單〉三篇則集中敘寫工地工人與公權力之間的博弈，而作為工地主任，「什麼也做不了」。從這幾篇開始，控訴意味在逐漸加強。

第二部分〈愛拼〉則聚焦人，以現象寫人，具體的人，是個像，而非群像。這部分延續了強烈的控訴氛圍與言說方式，每每都有極其犀利的諷刺與嘲弄。「我曾經想過，我們的社會有罪，因為我們讓他們犯罪；這樣一來，創建並支持社會的我也有罪。可是後來想想，覺得這樣的想法太痛苦了。」於是，「反正十字架上的不是我。關鍵時刻不認耶穌，會讓我活得輕鬆一點。」〈進修部〉裡的監獄規訓、〈透支幻想〉裡的樂透依賴症從另一個側面闡明社會結構的不合理及其惡性後果。阿國、阿欽、阿祈、阿忠等個像無聲地生活，亦無聲地控訴。〈種族歧視〉、〈隔閡〉則關注工地中的族群壓迫與外配的無辜命運。第三部分〈活著〉將視線拉開，對準工地周圍的生活形態，主要是工人們的業餘時間與娛樂方式，從而為他們進行更加深入的精神塑像。三溫暖、伴唱小吃部、檳榔攤、茶室、美甲店、便利商店；工人、工地管理者、檳榔西施、色情從業者、茶室裡的越南姑娘、工地拾荒者、看板人，人與環境融合成為光怪陸離的景觀，投射出工人沒有未來的生活和空虛絕望的內心，作者的同情更加深刻。正如作者所說：「這些人的人生就是如此。在他們身上諸神隱退，基督未顯。」

林立青以精準的視角探視到了那些每天出沒於工地的人們的生活真相，並將其含著悲憤地真實呈現出來，人物命運本身所具有的悲情色彩，與極具情感張力的敘述所產生的悲劇意識交相呼應，成功的人物塑造和深刻的社會掃描。使得書中對工地生態的顯現十分全面和立體。從工地上的人與命運，我們可以看到整個台灣社會存在的諸多問題以及族群撕裂。全書的普羅美學與反抗者立場使得人物、情節、情緒栩栩生動，彷彿一面鏡子，照見台灣社會深處不為大多數人所知的焦慮與躁動，喚起對特定人群的深切理解，這是其最重要的意義。

【劉永春，魯東大學文學院副教授】

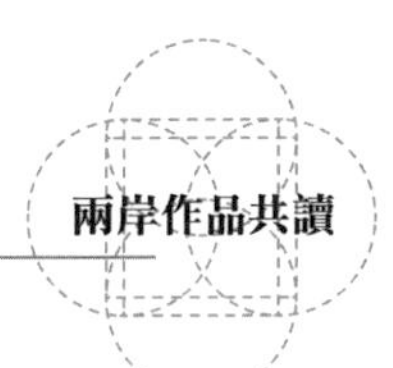

詩藝荒原的踏查者

讀林婉瑜的《愛的24則運算》

楊瀅靜

一

林婉瑜在〈落單的骰子〉中，虛構出某種人生困境，加入情節，讓讀者在閱讀過程中生出力量：

曾經
在絕望得想死
的那天晚上
看到桌子底下
一顆
落單的骰子
而
活了下來
骰子說
總還有
另外的五種選擇

這不僅僅是一首鼓舞人心的詩，我認為這首詩還展現了林婉瑜詩的某些特質，因為戲劇系的背景，她擅長為讀者準備好情境，引領讀者走入詩中，她曾自言：「大三決定主修劇本創作，寫劇本時總是練習這個過程：揣摩情境－置身其中－書寫－完成－離開。寫詩也習慣如此：想像一個情境，想像自己置身其中，用詩的語言去說話、表演。」她常使用第一人稱「我」出發，與「你」互動，以傾訴的口吻娓娓道來，彷彿是讀者正透過詩人的筆端傾訴出心事。詩裡的主角背景，不需要透露過多細節，最好面目模糊，才容易讓讀者代入填充，讀者因此得以「附身」於作者詩中，感覺被詩人所理解，而得到心靈上的慰藉。我認為這是林婉瑜的一種書寫策略，不具體反而更顯普遍性，不煽情反而更有真實性。

安排好各種情境，讓讀者經歷做出反應，但產生的反應並不單一，最後不會只有一種結果。在林婉瑜的詩中，同一種情況下，通常會有兩種以上不同的可能，比方說〈剪刀石頭布〉，讓兩個相愛過的人互相猜拳，以輸贏決定分手的細節，但除了輸贏之外，她提醒讀者不要忘記還有平手的可能，「如果剛剛好平手／我們就都留下來／再試試看／看可不可以／再愛對方」，兩人經由猜拳之後，會出現不愛了，或者再愛一次的結果，卻也不必說明後來的發展，愛與不愛全交由讀者決定，詩人只是負責把選擇呈現，告訴讀者在各種情況下，往往好壞消息並陳。在〈兩種消息〉中，她會先問你「有一個壞消息，和一個好消息，你要先聽哪一個？」然後再羅列各種情況之下的好、壞消息，就從自然之景開始，「雲朵」、「櫻花」、「雪」各自會有什麼正反結果，再層層遞進到人物日常生活中可能遇到的事情，接下來「你」、「我」「他」人稱的出現，讓現實情節加入兩種消息的行列——「他」送你一個禮物，「你」去參加喜劇的試鏡，「我」捨棄了一部份隱隱作痛的自己。林婉瑜動用她的筆，盡可能呈顯各種面向，加廣讀者的視野，詩人其實更像智者，我們才發現，僅僅只是一句話，也會產生這麼多的結果，比方說〈14 種告白的結果〉裡，一句「我愛你」的表白，得到的反應多到無法想像，猶疑不定或者接受也可能拒絕，不然這愛也可能是宗教上的大愛，甚至是變化成格言式的勸勉……，一句「我愛你」因為立場的不同，產生不同回答，造成愛的不同結果，這絕對不是一句單薄的話，如果能夠從各種角度考慮，話語才會豐滿，充滿立體感，像骰子轉動的不同面向，林婉瑜利用詩的形式，做到多樣性的展演，她將不可預測的做出預測，無法想像的給出想像，在詩人的筆下，有各種可能的風景。

二

這種多樣性不僅僅在詩作內容上，也可以在形式上突破革新。林婉瑜在《愛的 24 則運算》裡，將固定形式的中（英文）試題卷、心理測驗、評分表，都納入她的詩中進行「改寫」。

試卷的單一性、標準化侷限了學生思維，訓練出框架內的思考方式，多選題、單選題計分方式清楚，對錯分明。但是這份試卷，如果按照詩人方式作答，卻會得到意料之外的答案，總會逸出「對」的框架逸出之外。在〈某詩人的英翻中試卷〉有一題「When she was about to open the window，the rain stopped.」詩人將之翻譯為：「當她接住一個意外和一個偶然，雨聲停止了。」第二句翻譯爭議不大，第一句卻不符合一般人的標準答案，而翻譯裡那些不精確的地方，正是詩意展現的所在。經過英翻中後，第一句的模糊加上第二句的精準，合構成一個想像空間，如果明確的意識到翻譯者為詩人，就不奇怪她會刻意模糊原本中規中矩的句子，使用另一種表達方式重新詮釋。又，這張試卷的第五題：「Worst of all, when she got home at 6pm, she couldn't open the door because she had left her keys inside」，詩人翻譯為：「她把自己鎖在門外，門內是她的人生，裡面傳出誘人的音樂聲談笑聲，更糟的是天色漸漸晚了，她踮起腳尖從窗戶頻頻張望她的人生，對裡面的重重人影揮手大叫：『嘿，我在這裡。』」我們將英文與詩人的中文翻譯比對，會發現詩人在翻譯的過程，保留了最基本的事實——「她把自己鎖在門外」，而根據此事實延伸出門內世界的一切，極具戲劇性，儼然就是一篇極短篇，保留部分框架作為背景，再延伸出新的支架，立於舊又能破舊，讓詩的雛形出現。

在〈期末試題〉裡，出現了三大題型，這是詩人給予讀者詩世界的邀請函，隨後的〈連連看〉、〈心理測驗〉、〈選擇題〉、〈公主的抉擇〉、〈評分表〉等詩也是這樣，詩人設計情境，邀請讀者入戲，光從題目敘述看起，就如此新鮮有趣，設計出來的選項也別出心裁，讓讀者也能成為共同作者，做出最後的定奪。廖炳惠在《關鍵詞 200》中定義「互文性」（intertextuality），他說：「文本會利用交互指涉的方式，將前人的文本加以模仿、降格、諷刺和改寫，利用文本交織且互為引用、互文書寫，提出新的文本、書寫策略與世界觀。」這正是林婉瑜詩作裡的企圖，她不但要革新定型的文本形式，更要改變定型的文本內容，〈公主的抉擇〉除了以選擇題的形式重構〈青蛙王子〉的故事，也將最後結局變成選項，讓讀者自行決定，跳脫已被定型的童話，讓公主的行為、反應與原版童話不同。這本詩集裡有不少「互文性」的作品，雖然前有所本，林婉瑜卻能在既有的根本上進行翻新，詩集首篇之作〈童話故事〉就是這類的作品，如同李癸雲所說：「讀《愛的 24 則運算》，俯拾皆是她古靈精怪的顛覆，以及重組事物的可能性。」而沈眠說：「這樣的林婉瑜，像是從談情典雅說愛優美的典範，轉身而出，去至知性之光趣味多變的領域。」有別於林婉瑜以往作品，這次她企圖從定型的文本中進行解放，賦予語言更新鮮的氣息。

林婉瑜在〈後記〉自言：「詩意也來自於語言邏輯的瓦解、重構、碰撞、遊戲。如何發明驚奇的創意，寫出有重量的意識、離開舊有探索新形式……種種，對寫詩的人來說也是獨特的能力。」這是詩人的自我陳述，與我們在《愛的 24 則運算》中看到的那些多變的詩作吻合，她時而抒情時而知性，文字技巧更趨於成熟，更能靈巧的將某個創意、某種思緒發展成詩。

三

一首詩最基本的元素便是語詞，當詩人的詩藝純熟到某種程度，便會開始思考語詞的問題。在〈後記〉中，林婉瑜說：「我經常感覺，語詞也有年紀，也有外在形象和人格。」有些語詞已經垂垂老矣，有些語詞卻是剛剛誕生，當然有些語詞已經與死無異，有些語詞卻能長存不朽，我喜歡她這些對於語詞的見解，也喜歡她在檢選語詞之後，所開創出來的嶄新的詩貌。在〈更新〉裡，她表達想念的主題，迥異於過往的方式：「天氣晴朗時／見個面吧／我心裡儲存的／有關你的影像檔／已經舊了／／需要更新／要取得／你的最新畫面」，用「你的影像檔」取代「你的形象」，用「更新」換句話說「約會」，關鍵詞的轉變，更換上年輕的語詞之後，讓整首詩更鮮活靈動，充滿生命力。而在〈寂寞是真的〉，利用三種不同的情境，烘托出最後的寂寞：「每天／好多人寄 Email 給我／——是垃圾信件和詐騙信件／／馬路上／好多人遞小禮物給我／——是廣告傳單和面紙／／臉書常常通知我：／「某某在 Facebook 上提到了你。」／「某某在一則貼文中標註了你。」／——是購物社團的假消息／／騙人的／都是騙人的／——可是寂寞是真的。」日常生活中，人與人互相接觸，卻都只是在發放傳單和面紙之時，網路上接收到他人的 Email，或是在其他時刻被別人所提起，不是詐騙就是為了販賣東西，完全缺少感情的交流。這首詩最令人驚豔的地方是，詩人加入現代生活才有的語詞，她將臉書購物集團的標註他人，以取得曝光率的方式寫入詩中，這是我們不會想到的表達，使用新鮮的語詞，不但貼近了年輕一輩，同時也更恰當的呈現出現代人的人際困境。

除了「新鮮」語詞的使用，林婉瑜在《愛的 24 則運算》中，還呈現了「跨界」語詞的使用，有些語詞長久的居住在某個世界裡，幾乎不會被動用或驅使它們來到詩裡面，但詩人卻做到了。在〈愛的 24 則運算〉裡，林婉瑜在詩題小序中寫道：「這首組詩以 24 則小詩構成，每則小詩都寫入一種數理概念如：絕對值、無限循環小數、等差數列等比數列、立方體、概數、反曲點……等，是台灣的數理教育曾經教過的概念。」將數理概念入詩，竟然也可以將「我」與「你」之間愛的關係，演算的一清二楚，數語裡面涵藏無盡情語，如第六則：「窮盡愛與不愛的追問／得到無限循環小數／你愛我你不愛我、你愛我你不愛我……／永不結束的迴圈」，單相思的人會以玫瑰花瓣一片一片數落，表達內心對愛情的掙扎渴望，與不確定對方心意的惶恐不安，這已經是陳詞套語，而詩人用無限小數點來代表綿延的不絕的，關於愛與不愛的追問，每一個點都是一個念頭，賦予數理概念文學上的美感，更加俐落新奇。或是第十三則：「當我們不斷地產生／衝突和摩擦／最後磨合成／拘謹的圓形／有時，也突然想念／那些鋒利的銳角和筆直邊線／都到哪裡去了？」本來不是圓形，但兩個不同的形狀在磨合中，都失去了自己的樣子，把銳角、邊線磨平，與對方融合。這對應在現實生活中，兩個人相處過程何嘗不也是需要磨合，才能成為和平共處的「我們」。

〈一些精密的計算〉裡，詩人說：「和你之間，只剩下六首詩的距離就結束了。」、「只要再說 64 句廢話，就可以讓這冗長的下午過去。」、「你不經意說出的那句話，帶來 1000 磅的力道，擊中我的防備，並產生 144 平方公分的裂痕。」量詞或單位詞產生的目的，是為了能更精確的表達計算的結果，精密的計算通常用於具體物件身上，然而詩人的測量卻是為了表達抽象的情感，我們好奇「六首詩的距離」是怎樣的距離？「64 句廢話」需要多長的時間？經過詩人的示範後，讀者才會知道，測量時間的單位不僅只有分、秒、時而已，我們還可以用另外一種方法去表達時間的流逝。而「1000 磅的力道」以及「144 平方公分的裂痕」是可以理解的，但卻被詩

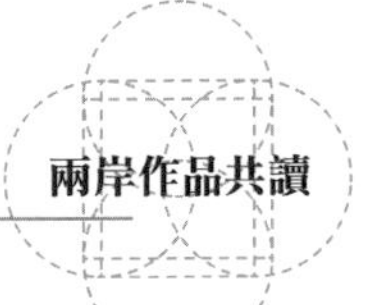

人用在語言傷人的威力上，傷害本是不可測量的，但如果要讓「你」清楚「我」到底受到多大的傷害，就必須借助於量詞、單位詞來讓「你」瞭解。

除了「新鮮」與「跨界」語詞的使用，我感覺印象深刻的是，林婉瑜使用「對話」入詩的作品。她在接受夏夏採訪時說：「對話的形式，一往一復，容納了很大的，拉鋸和張力的可能。」這類型的詩有〈好久不見〉和〈道別〉，對話變成一種寫詩的形式，詩人設計對話的內容，讓這種新形式的對話詩成為可能。以〈道別〉為例，在兩人應對之間，讀者可以感受到，同一件事兩種相似的說法：「請保留這場友誼的票根。」「收妥我們並非陌生人的證據。」；或是同一件事相反的說法：「我會幫日子打磨上蠟確保你經過的時候它非常光彩。」「我會做相反的努力確保日子頹廢消極又無意義。」道別的話語可以如此不同，充滿想像力。若說〈道別〉是好朋友之間的互相話別，那麼〈好久不見〉就是分外眼紅的仇人相見，隨時可見話語裡面針鋒相對，「你霧霧的。」「你最大化了。」，或是「你猴子穿新衣了。」「你衣冠禽獸了。」就在對話的一來一往之間，成就了詩意發展的空間，更顯趣味盎然。

在《愛的 24 則運算》中，筆者讀到一個技藝純熟的詩人，在不斷的開發語詞的各種可能性，拓展她自己寫詩的邊境，正如她在〈後記〉裡所說：「詩人是走上踏查路途的第一人，發現這樣的意識、發明這樣的圖騰；而那些還不存在的詩，也正等待著，等待著被發現、被創造。詩是迷人的，它容許很多的變化和試驗，每個時代的環境，都為文學創作加入一些新的體質。」在這本詩集中，林婉瑜在詩裡加入新體質的語詞，並不滿足於文字現況，並不滿足於定型的形式，她對於詩的好奇心與企圖心，讓她走上踏查之路，開闢出獨特又創新的文字風景，並且越遠越遠，越走越遼闊。

【楊瀅靜，東吳大學中文系兼任助理教授】

暗夜裡長出的亮光
再讀林婉瑜詩歌

解蕾

轉眼，離開淡水已有將近一年的時間，我卻有恍如隔世之感。林婉瑜的詩是台灣賜予我的一個禮物。我想念淡水的日日夜夜，想念婉瑜詩裡的夜色和星光——她筆下最常出現的意象。於是我抬頭仰望，想穿透這靜謐無窮的夜空，到夜的另一端尋找海上的燈塔。在淡水時，我讀到更多的是婉瑜的浪漫和溫柔，是她那些明亮美好的地方。婉瑜的詩把我帶回日落時的淡水，也讓我在北京的暗夜裡捕捉到了一縷縷亮光。她是都市裡的行吟詩人，在這個浮躁喧嘩的年代裡，孤獨地唱著自己的歌，也給過往的行人帶來溫暖和慰藉。

正如她所言：「如果我的詩有明亮的地方被看見，其實我會記得，它是從絕望中長出來的詩行，它先是安定了我自己。」

都市與自我：殘酷劇場某個角色

如今我們正處於一個後現代主義社會的階段，物質至上、慾望膨脹、人的異化這一幕幕荒誕劇正在城市的每一個角落上演。都市的夜，迷人又危機四伏。詩人林婉瑜就像幾米繪本裡那隻從遊樂園跑出來的兔子，趴在城市的高牆上靜靜凝視都市發生的一切。詩集《可能的花蜜》就是一本都市視野下的台北速寫薄，像陳義芝的評論：「她以人文的眼光、氣息、心情為地景照相，以個人的人生斷片映照台北的星辰秩序。」婉瑜的書寫裡沒有冷漠的批判，因為她不是高高在上的冷眼旁觀，她就置身於這座城市裡，用真實或想像的手法來描繪都市與人的故事。她說，詩歌：「還是要

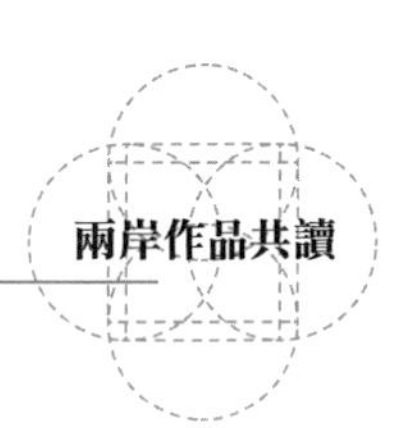

從人出發，寫人在環境中的體會。」她筆下的西門町，總是把所有事物混在一起。

紅包場歌手、刺青少年並肩行走
日系少女與汗衫老人緊靠
政見發表會和小丑隊伍一起遊行
不管誰的沮喪
不管誰過敏

——〈西門町總是〉

西門町就是城市的微觀縮影。在偌大的都市裡，個體顯得無比渺小，我們都被社會的巨大洪流推著往前走。每個人都像小丑一樣戴上面具，掩飾真正的自我，成為殘酷劇場的某個角色。如詩人所說：「你我是四散星光，並不總是發亮」，這種寂寞被婉瑜準確捕捉到。雖然她說其中很多地方其實從未去過，但情節為虛，情感為實。她冷靜的筆觸裡帶著溫柔，她是真愛這個殘酷平庸又充滿驚喜的世界。就像〈那些氣味〉這首詩的獨白：

我喜歡隱身人群裡
跟所有人一樣
開懷大笑，張嘴大吃

炸雞排、生煎包是暗夜裡的煙火氣，只有真正孤獨的人才會留意到這些細小的事物。看透了生活本來的模樣之後亦明晰了真正孤獨的自我。在夜市的喧鬧中，寂寞可以被暫時偽裝。

婉瑜的詩總是充滿轉折，猜得到開頭卻料不到結尾。這與她戲劇專業有關，或者其實，這才是人生的真相。〈你要去哪裡〉這首詩即體現了詩人的思索和追問，台北車站人來人往，每個人都在尋覓一個棲身之所，它對「我」來說也只是一個路過的地方，「離開後，這城市會記得我的臉嗎？」每個人都宿命般地，在遠方和故鄉之間迷茫地追尋自我的歸屬。

大自然與詩意：微物之神

如果都市是巨大到無法褪去的黑夜，自然萬物就是那暗夜裡長出來的點點亮光。長期的都市生活對一個詩人來說難免會適應不良，出於一種叛逃或救贖，婉瑜的詩中總是出現與都市景觀相對立的大自然意象。單看這些詩題就可以窺探出詩人的詩心所在，〈香杉的告白〉、〈雪降〉、〈閃電〉、〈花開的速度〉、〈落葉之夢〉、〈雨的身世〉。大自然裡最平凡的事物轉化為詩人筆下的詩意，微小的事物開始閃現靈光。婉瑜說，「詩意存在之處才是詩的存在。」雨、閃電、海、霧是她詩歌中最常出現的意象，但每一次的出現又不會讓人覺得重複，因為在不同的情境下事物也被賦予不同的詩意和情緒。不懂詩的人不會覺得艱澀，懂詩的人也不會覺得淺顯。正如陳義芝所言「以一顆慧黠的詩心，似不經意的抒吐竟發出精細的釉光。」

在〈雨的身世〉裡，詩人寫：「有一顆雨前世是晨霧／有一顆雨前世是海水」，晨霧、海水、雨源於一物，寫出了自然界的循環和宿命，富有時空感，盡顯神秘。〈親愛〉這首詩中，多組自然界的意象更是成對出現：風和葉脈、樹枝和鯉魚、魚和海、閃電和野草、雷聲和山谷、芒草和雲朵、光和影，詩中的「我」目睹他們的美，「人間所有／正彼此相愛」。詩人細膩溫柔的眼神注視這一切，將大自然中的生命體驗柔軟又有力地訴說。

對大自然的書寫是久居都市的人尋求的一種心靈寄託。婉瑜也曾搬到雲林鄉下居住，又從台北回到了家鄉台中。在闃寂無聲的暗夜裡，在自然界的微小之處，神靈之光寂靜閃現。

愛與孤獨：世界的孩子

婉瑜是一個有靈性的詩人。她的詩柔中帶剛，別出新意，有一種獨特的氣質，讓人一下子就可以嗅出，這樣的氣味只屬於林婉瑜。《那些閃電指向你》是一本關於愛情的詩集，她寫了 75 種愛的面貌，充滿了戲劇化的場景和轉折，其中許多情節故事雖為虛構，但個中情懷卻是真。新詩集《愛的 24 則運算》也以不同的形式、題材書寫了層出不窮的愛。讀詩然後內心的種種柔軟被召喚出，從現實中帶來反省和沉思，讀者和作者間搭起一座無形的橋樑，在兩個時空中產生共鳴。

讀婉瑜的詩總是很感動，是那種帶著些許苦澀然後回甘的清甜。在這個急功近利、物質至上的時代，讀到「我想掙脫所有束縛／朝你遊去」，「如果想念會使人發胖／很想念你的我／現在已經很胖了吧」這樣的詩句還是會大為震動。主人公像是要從巨大的暗夜裡掙扎而出，因為「你」就是黑暗裡影影綽綽的光。如此柔軟而勇敢的字句，惟屬於一顆純粹的詩心。我一直覺得，詩人骨子裡都是最天真的人。

但再多讀幾遍這些詩，就會發現甜蜜背後是像影子一樣尾隨的暗夜和孤獨。即使是兩個相愛的人，也無法完全懂得彼此，靈魂總是獨自前行。詩中主人公曾以「寄居蟹」自喻，在這個龐雜的世界上生存，我們都給自己裹上一層保護殼，用冷淡、驕傲、寡言來掩飾內心的脆弱和膽怯，但沒有人會看到外殼內裡真正的自我，即使是戀人、親人或好友。這種巨大的孤獨感時刻侵蝕著詩人。婉瑜說，「所有的文學創作都是孤獨的，寫詩則更為孤獨，能做個詩人，做個好詩人，即使孤獨，卻也有隱密而巨大的榮耀存在其中。」

她所說的那種榮耀來源，我覺得，就是那些詩中的「你」，其實也是詩人所尋求的另一個自己。這個「你」寄託了詩人在孤獨中對愛、同情和理解的渴望。也就是說，這個戀人的角色與世界之間有一個牽連不斷的紐帶。在生活中，我們必須在各種不同的場合隱藏內心真正的喜怒哀樂，久而久之那些被壓抑的情緒就會被封鎖凝固，像套中人或者小丑一樣無力表達。正如〈完整〉這首詩所說：

我們無法完全
對世界袒露自己
但那些沒說出口的部分
才使我們完整
那些沒有目的的出發
才是最好的行程

而〈世界的孩子〉這首詩，索性連一個假想的戀人「你」都去掉，直接表現出「我」與世界的關係，「我是世界的孩子／有人喜愛的孩子」。在〈隱形的小孩〉中，詩人寫道：「我與世界之間有著／一個隱形的小孩／最開始他只有／一公分大，喜怒哀樂也只是一公分……這一天／小孩子三公分大／他知道了更多一些／他知道的更甚於從前／有關這個／億倍於三公分的世界」。這首詩講述了孩子離開母體後漸漸長大的過程，孩子來自於一個黑暗的地方，對光和溫暖的渴望讓它降臨到這世上，這是一個母親與世界之間隱祕的關聯。

在暗夜裡停留太久的人，總會強烈地嚮往光。

用一整夜
去懷念
天空三秒鐘的煙火
「再綻放一次吧……。」

——〈苦痛〉

無論是煙火或是稍縱即逝的閃電，它們都是那道轉瞬即逝的光，包含著對他人、對自然、對世界的情感。也許是一片落葉、一朵雲，是雨日的星星，或懷中的日光，給人帶來一種古老永恆的浪漫，「像是世界伸出的手掌，好像會托住某一種墜落。」愛從孤獨與痛苦的暗夜中掙扎著生長出

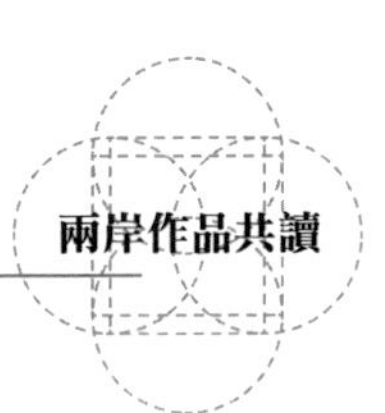

來，發出點點亮光，帶來溫暖和希望。

創新與實驗：未完成的詩

今年，婉瑜出版了一本新詩集，名為《愛的 24 則運算》。與之前的詩集相比，這本詩集囊括的作品更加豐富，風格也更加多樣。如果說《可能的花蜜》、《剛剛發生的事》和《那些閃電指向你》是她對現實世界的洞察和關懷，那麼《愛的 24 則運算》就是一顆超現實思維中誕生的果實，極富趣味，讓人讀來眼前一亮。會心一笑，驚異於詩人的聰慧。但片刻後卻彷彿被一隻手拽入這些光亮背後的黑暗深淵，它迫使你沉浸在這無盡的悲觀和思考中，等待你找到心靈的歸屬。所以，儘管這本詩集的形式和風格發生了轉變，但詩人的內核並未改變，那種對他人、對世界的情感一直延續下來。

這本詩集中，最有趣的部分，我覺得是和孩子有關的作品。或許是母親的角色，將婉瑜心裡孩子的那一面啟動喚醒，兒童世界裡的各種角色自由自在地行走在她的作品之中，有只想睡覺不想被吻醒的睡美人，有喜歡藍色帽子卻被奶奶告誡女生要戴紅色的小紅帽，有變胖之後不能遨遊天際就被關在動物園裡的獨角獸。這些角色不再是我們從小被引導去認識的那個形象，它們逃脫了我們固有認知模式的框框，讓讀者看到了另一種可能性。詩人筆下的童話故事也不再是傳統概念中的大團圓結局，王子和公主的婚姻生活並不幸福，「他想變回從前那只青蛙／那只單身的青蛙」；食夢貘也瘦了，「城裡的人們最近缺乏盼望，因為收到太多隨機殺人事件的驚嚇，暫時喪失想像力，所以近日沒有產生任何豐腴肥美的夢。」

這些詩句顛覆了我們以往對童話的認知，傳統的人物形象和故事情節被詩人打碎、解構，然後賦予新的內涵。獨角獸不再自由、可怕的食夢貘也變得羸弱，詩人通過這些超現實的想像，來隱喻現實世界中的人事。這種反童話的童話，帶有一種黑色幽默的味道，將現實社會的歡樂、痛苦和荒謬攪拌在一起，勾勒出這荒誕世界的一個暗影。

《愛的 24 則運算》中，另一個創新所在就是婉瑜的實驗詩歌。譬如〈心理測驗〉、〈期末試題〉、〈連連看〉、〈某詩人的英翻中試卷〉等，詩人採用了選擇題、填空題、排序題、連線、翻譯等各種不同的形式將詩歌呈現出來。與傳統的試卷考題不同，詩歌的試題不是唯一解，沒有一個準確的答案，個體經驗的差異使得不同的讀者會有不同的答卷，不同的讀者會收穫不一樣的詩，而這恰好是詩歌的豐富性所在。詩人瘂弦曾為婉瑜的詩集《剛剛發生的事》寫過序言，當時瘂弦就提出一個文本開放的可能。法國批評家羅蘭．巴特將作品分為兩類：「可讀的」與「可寫的」，婉瑜的實驗詩歌無疑屬於後者。她讓文本維持在一個未完成的狀態，讓讀者也享有作者的權利，這樣作者和讀者一起參與到文本的「重寫」中，從而使詩歌生發出更多的意義、開闢出更廣闊的空間。詩人這種形式的創新，表現出了詩歌本身的內涵和張力，散發著詩歌的靈性之光。

同時，我們也注意到，以口語入詩，是婉瑜詩歌一直以來的特徵。這個特點在《愛的 24 則運算》中，更加明顯，無論是童話故事、還是形式實驗，詩歌的語言都是日常口語化的，很多語言原有的邏輯也被瓦解、重構、碰撞和遊戲。只有回到語言最樸素本真的地方，才能挖掘出更豐富的內涵，這也正是為文本的開放性創造了可能。

暗夜裡長出的光亮

黑暗夜，死陰的幽谷

你前來，周身的光華

使我暖和

——〈天使〉

在婉瑜的詩裡，出現過數十次的暗夜、黑夜、深夜這樣的字眼。她筆下的「我」，是比較適應黑暗的那種人，終究會走入自己的夜色中。可是習慣了黑暗的人，對光反而會更加敏感而嚮往，因此這樣的暗夜總是和星光、微光、光亮相伴出現。

我曾想，婉瑜的詩離開台灣之後會不會水土不服。可是當遠在海峽對岸的我也深處在同樣的暗夜之中時，她的詩給予我一種溫柔的力量。雖然時空都在發生變化，但生活、生命、愛和痛苦，這些東西是永恆的，永恆的東西最打動人心也最有力。

她在這個蕪雜喧嚷的世界上一直孤獨地堅持寫作，這種溫柔的倔強在這個腳步匆匆的時代裡，顯得彌足珍貴。她用敏感細膩的眼神體察人世，用真實的生命體驗和虛構的想像寫出柔軟、深刻又強韌的詩句，將愛與掙扎的過程包裹著溫度展現予讀者，給所有深處暗夜的孩子以關懷。「在廣漠的草原／天使緊緊挨著我／我便擁有了／十四萬燭光的幸福。」

不同的人為某種共同的信仰而被召喚來到一個部落，他們在黑暗中擎起火把，她的詩就是這蕪雜世界裡的點點星火。

最後用婉瑜〈霧中〉的一句詩來做個結束。

朝向南走
冰河緩緩地化解
成水，沸騰
朝向西走
日頭不再
下落

光在暗夜裡靜靜生長。

這是一種西西弗斯式的堅持，孤獨而美麗。

【解蕾，中國人民大學碩士生】

喧囂中的古典心靈

讀計文君《白頭吟》

蘇敏逸

河南作家計文君（1973－）在台灣出版第一本中短篇小說選集《白頭吟》（台北：人間出版社，2017年1月），從作者到書名，讓人聯想到漢代才女卓文君的〈白頭吟〉，充盈著中國古典氣息。而這氣息從書封浸透到作品的內在肌理，從小說篇名到作品的筋骨、血脈、靈魂，無不瀰散著沉靜、內斂的古典韻味。計文君於2001年發表小說處女作，至今在大陸出版了五本中短篇小說集。儘管計文君的出道時間並不算早，創作量也不算大，但從本書所收錄的〈白頭吟〉、〈帥旦〉、〈開片〉、〈剔紅〉、〈天河〉等五篇小說來看，計文君可說是讓人眼睛為之一亮的小說家。

一

本書的五篇小說在主題上相當集中，具有高度的互文性。作者以個人的生命經驗和社會觀察、思考為出發點，書寫當代都市女性的身心感覺，在寫作題材的選擇上是很務實的。小說大致圍繞著女性追求事業與情感需求等兩個面向展開，實則指向同一個目的，即現代女性生命價值的確認與身心安頓之道的探問。

這個看似所有現代知識女性都不得不面對與思考的普遍問題，在計文君的小說中，由於古典元素的加入而有了新的表現方式和思考視點，並因此開展出不同的生命與社會關懷。

其中，發表時間較早的〈天河〉、〈開片〉兩篇，較集中描寫女性的生命發展及其主體之建立過程。2008年發表的〈天河〉向來被視為計文君的

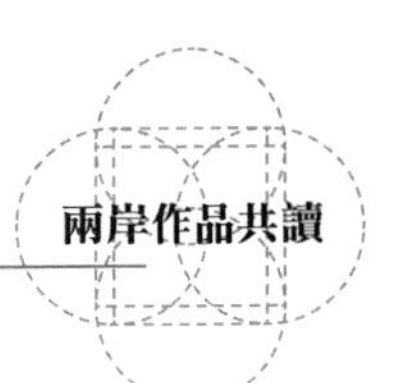

重要代表作，小說題名來自中國經典愛情傳說——「牛郎織女」的故事，小說主軸講述豫劇女角秋小蘭在競爭演出織女一角的過程中完成自我主體的建立。值得注意的是，小說中當年姑媽秋依蘭所主演的大戲《天河配》，在這次重編中被改名為《織女》，戲名的改變意味傳統強調「配」的愛情故事發生位移，轉向「織女」的主體表達與生命選擇。因此小說中的重編豫劇《織女》顛覆了傳統牛郎織女被王母娘娘以「天河」隔絕的被動性，織女是主動選擇飛回天庭的：牛郎因受叢林女巫的誘惑，想要試探織女究竟是仙女還是蜘蛛精，織女傷心之餘插上了外祖母在她新婚時贈與的髮簪，決定重返天庭。但她聽到背後來自牛郎追悔的呼喚，猛一回頭，髮簪掉落化成隔絕在兩人之間浪濤滾滾的天河。

《織女》的劇本改編本身即是一則涵義豐富的現代愛情寓言，愛情關係的瓦解往往不在於外在壓力，真正的破壞總是來自於堡壘內部，其中包含著現代愛情生活所遭遇的外在誘惑、愛情的猜疑與試探、個體生命之間的隔膜與傷害，以及身在其中的女性的主體選擇和真實情感：面對愛情總是容易心軟，一如織女的回頭，但這回頭卻不意味著復合，而是清醒而傷心地面對真實的殘忍。《織女》故事對應著秋小蘭的情感生活，輻射出更為複雜的現代愛情樣貌。從表象來看，秋小蘭和丈夫的關係包含著虛假、隔膜與背叛，但這「不戳破」、「不離婚」的婚姻之下，卻是丈夫對秋小蘭的溫柔善待：秋小蘭因曾經流產而無法生育，丈夫認為若是離婚，秋小蘭將再也無法找到好的歸宿，因此只要秋小蘭不提離婚，他也絕不言「離婚」二字。而在秋小蘭對《織女》導演竇河的情愫中，也包含著愛情的幻象，秋小蘭對竇河所知不多，因此得以維繫她單方面的，想像式的，對於竇河的愛戀，而這虛無縹緲卻也因此不被現實消磨的愛戀，竟轉化為秋小蘭成就自我藝術生命的真實動力。情感的虛實真假，在秋小蘭的生命經驗裡碰撞折射出複雜的面貌。

但計文君的意圖還不僅止於此。如同重編《織女》演繹的是儘管有情，卻仍然破碎、隔膜，萬古傷心的愛情，女性主體建立之路顯然便不在外求的愛情或婚姻上，而在於秋小蘭作為一個舞台演員的藝術生命之開展。如同姑媽秋依蘭所言：「戲是苦出來的，戲裡戲外的苦都得吃」（頁246），在姑媽名角光環的保護／覆蓋下，秋小蘭性情樸實溫和也膽怯，遇到困境，她最擅長的就是「逃」。受不了劇團複雜的應酬交際和男女關係，她逃向婚姻；婚姻觸礁，她逃回姑媽家，姑媽幫助她重返舞台。但生命總有逃無所逃的時候，在秋小蘭競爭「織女」一角的幾度波折中，也正是姑媽病重到過世的時刻，在秋小蘭失去庇護之時，她的生命才得以真正獨立、成熟，藝術潛力也才真正展現。真正的主體建立極其艱難，女性只能肉身獨行，孤獨面對，無所依傍。

小說最有意思的是，秋小蘭最終能達到「王者之香」的藝術境界，是在她失去一切，並讓出織女一角之後。此時的她失去了至親姑媽，失去了登台機會，結束了婚姻，也不再念想竇河，真正回到一個人的時候，她想起童年的鄉村，遙遠的戲臺如仙境一般，她知道即使沒有秋依蘭，她依然會唱戲。這意味著真正的主體價值與生命安頓，是不假外求，也不需要外在如社會成就、名利、表演舞台、眾人目光的包裝、加持或文飾，只是回到自己的本心而已。

二

將〈天河〉的概念進一步發揮的是〈開片〉（2010），這篇小說描述女主人公殷彤的成長史，從學跳舞到寫稿、編輯，她找到安頓自己生命的工作，其中穿插、交錯著殷彤與魯輝、張偉、蘇戈等三個男人的三次戀愛經驗。在殷彤的成長史背後，又帶出姥姥、母親等母系家族女性的生命經驗傳承，猶如〈天河〉中織女的髮簪來自於外祖母。家族中的三個女人性格迥異，姥姥強悍幹練、母親篤定通透、殷彤溫順內斂，家族中的男性或因早逝或因離異都不在場，女性獨力尋求生存之道。殷彤先後由姥姥及母親帶大，而姥姥和母親生命中的苦難與痛創、犧牲與付出都成為殷彤成長過程中理解和反思女性生命課題的鏡像。

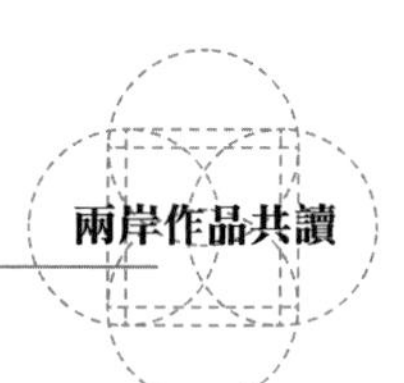

河南禹州有著名的「鈞瓷」，〈開片〉這奇特的篇名即來自瓷器製作過程中的專有名詞。如小說所言：「開片原本是陶瓷工藝上的一種缺陷，因為陶坯與釉遇熱後的膨脹係數不一致，從而使釉產生了破碎……」（頁157）這破碎形成瓷瓶身上均勻細密的「冰片紋」。「開片」由此形成隱喻，人際之間有意無心的奢望或傷害正如陶坯與釉遇熱後不一致的反應，而個人內心與外在現實衝突拉扯的傷痕也如破碎的開片。在殷彤經歷種種情感的挫敗、掙扎與體悟後，她最後得到承擔破碎與安頓生命的結論：「破碎是我們的命運，但破碎未必就是悲劇，……這世界上有一種美麗完整的破碎，叫開片。」（頁160）生命的「開片」形成女身獨特的美麗，小說中形容在深夜靜室偶聽似有若無的開片之聲，如「風過寒塘」、「雨落竹梢」、「雪壓寒枝」、「深潭龍吟」，猶如破碎低聲密語生命的故事。而殷彤安身立命的方法，也如同秋小蘭，回到自我本心。

這篇小說後半部逐漸形成一組女性形象的對照：林風與殷彤（〈天河〉中的秋依蘭和秋小蘭也是類似的對照）。前者是文化界、媒體界的女強人，展現的是積極進取、針鋒相對、鋒芒畢露的強勢姿態；相較之下，殷彤更強調「開片」的自我反思：「如何確認自我，遠比跟全世界作戰更重要！」（頁160），一如殷彤溫柔內斂、沉靜少言的性格。在小說中，林風作為殷彤的上級領導，決策上自然是殷彤服從林風。計文君當然沒有批評林風的意思，但私意以為，作家也許更欣賞後者。

〈開片〉涉及現代社會中的「剩女」現象，小說中所有女性角色或因喪偶或因離異或因未嫁，都處在沒有配偶的狀態。這個特色延續到〈剔紅〉（2011），作家的社會視野和觀察也更為開闊。「開片」之名來自於陶瓷燒製過程，同樣奇特的「剔紅」則來自於髹漆工藝的製作工序：在器物的胎型上塗上幾十層朱紅大漆，在紅漆半乾柔軟的狀態下雕刻繁複的花紋，即為「剔紅」。剔紅是中國傳統重要的雕漆工藝，剔紅器物常有富貴華麗的象徵。

〈剔紅〉中的秋染面對兩種截然不同的世界。她原本所處的，也習以為常的現實世界，是以出版界創造神話的傳奇人物江天為核心的文化市場。在江天的策劃、包裝和行銷下，天一書局先掌握現代人講究健康養生的心理，推出《喝水喝出生命真智慧》一書，大賺一筆，後推出「古典愛情」系列「偽小說」，讓秋染成為暢銷言情小說家。下一步，江天打算推出「玉女心經」，專講女性養生保健。此時秋染決定介紹具有中醫專業，少女時期的好友林小嫻擔任「玉女心經」的作者。然而這個名利雙收的難得機會，卻被金牌主持人崔琳戲稱為「當代資深美女版陶淵明」的林小嫻拒絕了：她認為被媒體包裝、炒作之後的知識，都是破碎而虛假的，因此不願做看起來漂亮實則炫惑他人的事。

從世俗的眼光看，林小嫻是個婚姻失敗，事業無成的人，但在她破敗老舊的小院中，卻展現「大隱隱於市」的寧靜與生機。小院裡合歡、木槿花開花謝，葡萄架下果實纍纍，殘陽斜照，貓兒來去自如，空氣中瀰漫著淡淡的煎中藥的氣息。吃的是自做的，簡單但精巧的家常菜；喝的是未被市場炒作，便宜但雅致的武夷岩茶，林小嫻的生活模式完全是消費時代都市生活的反面。林小嫻在自家小院外開一間小小藥店，工作之餘的閒暇時間便灑掃庭院、烹煮洗滌，照顧患有精神疾病的母親，日日從事平凡的勞動。每半個月還去西郊外的老年公寓探望前夫的奶奶，無償為公寓裡的其他老人們把脈開藥、針灸埋線。林小嫻簡單樸實的生活一如她沉穩淡定、從容嫻靜的心性。秋染在林小嫻家住了幾天，在林小嫻的食物、勞動和中藥調養之下，原本煩憂於事業困境和男女情愛的思慮竟變得平靜澄明，一夜好睡，醒來之後神清氣爽，身心舒暢。

秋染對照著自己與林小嫻的生活，她認為：「小嫻和她的內心和解了，放逐了世界；而秋染，她與世界和解了，放逐了內心。」（頁228）計文君並沒有簡單二分地評價兩個世界的優劣，作家透過林小嫻的內省，道出現代生活對生命的撕裂，「受得了就忍著，受不了就要逃。」她坦言自己也在逃，「所謂愛惜心性的說法，也許是怯懦的托辭。」但她給了秋染這樣的忠告：

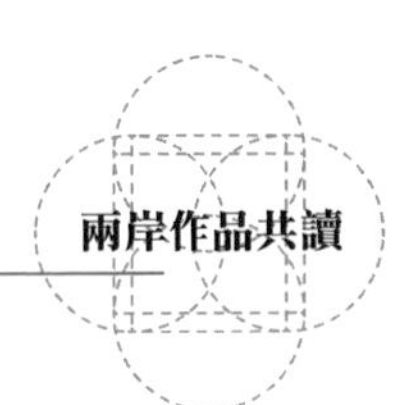

「想要的東西那麼多——想要就要吧，只是別讓它們傷你太深，別太委屈了自己的心。我有時候覺得我們這個時代比起姥姥爺爺、媽媽他們經歷的時代更說不清——你被傷害了，都不知道被什麼傷害了——」（頁 237）

這溫柔的忠告仍是持守本心，尤其在這不知戰場、敵人何在，也可能無所不在，不知道應該算是「治世」還是「亂世」，讓人目眩神迷的欲望時代。這也是林小嫻不喜歡「剔紅」器物的原因：「這端凝華豔的紋路，分明竟是慘烈的傷口」（頁 238）現代都市生活的繁華富貴，冶艷妖嬈，正是一個巨型的、疼痛的『剔紅』」。

三

從〈天河〉、〈開片〉到〈剔紅〉，計文君一直辯證地思考著現代生活人際之間的隔閡與溝通、破碎與完整、進取與持守，並透過秋小蘭、殷彤和母親、林小嫻等女性角色，隱隱然拉出一條道家「不爭」的生命安頓之道，用以對應急功近利、喧囂焦躁的時代。

在〈帥旦〉和〈白頭吟〉中，這樣的思維依然時時閃現光芒。〈帥旦〉（2011）描述「現代穆桂英」趙菊書一生的征戰殺伐，其生命歷經大躍進、文革、文革後落實房產政策到市場經濟時代的都市更新，她攻城掠地的沙場是自家的房產。打了一輩子輸贏難計的仗，她回顧自身，發現自己終究敗給了時間：「帥旦也許只在戲台上有，在戲台上才會有浴血拼殺依舊雍容華貴的女人」（頁 92），現實中的拼殺沒有真正的贏家。在生命的最後一瞬，她模糊的意識想的是「也許她的人生角色本不必這樣演」，她更嚮往的是「雅正，蘊藉，溫暖，四時有序，父母在堂，無憂無懼，不急不躁，千秋萬世的安穩歲月」（頁 93）。

〈白頭吟〉（2012）借用卓文君和李白的〈白頭吟〉，展開談芳面對婚姻與工作時的體悟與思索。如同卓文君所遭遇的婚姻危機，談芳也經歷了丈夫「疑似外遇」的考驗，計文君鋪寫夫妻各自的孤獨感，但同樣孤獨的兩人即使懷著善意擁抱對方，也無法真正溝通和取暖，兩人之間隔著遠遠的天河。同時，計文君藉由談芳為生活雜誌寫社會記實故事的工作，賦予「白頭吟」另一層涵義——老年的身心狀態與現代老人的生命困境，如同小說中的女作家周乙所寫的小說〈白頭吟〉。談芳採訪的對象周老爺子因為恐懼年邁孤獨，總是運用帝王權謀制衡之術來控制子女，甚至不惜與照顧他的保姆合演一齣苦肉計，就為了逼兒子接他回家同住。談芳個人的婚姻危機與周老爺子一家的親子紛爭，同時呈現父子夫妻之間的猜疑與隔膜，以及現代人普遍的孤獨狀態。

但計文君也沒有悲觀到底，周老爺子家人父子之間的齟齬衝突，與談芳和丈夫一直在努力的「做人」計畫最後綰合在一起。談芳從周老爺子的故事思考年老的狀態與親子之間的關係，最後和丈夫討論「生孩子」的意義。談芳說她的媽媽認為「生孩子是為了有親人」，而她「相信媽媽」。在計文君的這幾篇小說中，作家頗著墨於家人之間的情感牽絆與相互疼惜、理解，也許是想從最基本的人倫關係，找尋人際之間溫暖和善意的可能性。

讓談芳得以從夫妻的「偽交流」狀態轉向溝通與和解的，是周老爺子的保姆韓秋月。韓秋月是個喪夫喪子的苦命人，被婆家嫌棄，從鄉下來到城市，輾轉從事賣身、做飯和看護的工作。韓秋月曾經遇到一個奇特的客人，告訴她「火中栽蓮」的道理：「人苦得沒辦法，才會一有機會就為難別人，讓別人也苦——誰要是為難你，你就可憐他，你要能看見他的苦，他的孤單，他的害怕。老天爺讓你苦，那是要成就你，人活著，就是火中栽蓮，苦就是火，蓮花就是你自己，你要把自己栽活……」（頁 60），「栽蓮」這個意象即是護守美好善良的本心。這充滿佛教意味的道理讓韓秋月有了新的眼光，她特別容易「看見」他人的苦。因為能夠體貼、理解每個人不同的苦，使她產生了超脫利益、澄明通透又悲憫厚道的心懷。小說中的韓秋月因為眼病總是流著淚，但那眼淚也可以說是為著世人的受苦而流，這讓韓秋月有了觀音菩薩的模樣。

四

計文君的小說從女性生命價值和主體建立的思索出發，進而走向尋求現代人的生命安頓之道。從〈天河〉、〈開片〉、〈剔紅〉的回到本心、持守本心，到〈白頭吟〉中韓秋月「看見他人之苦」的溫柔理解，我總覺得，計文君想在這「說不清」的，讓人迷惑迷失的時代，重尋古典的「修身」精神。這個「修身」的概念有怎樣的思想資源？應該如何實踐？有多大的有效性？答案並不非常具體，也可能沒有確切的答案。但在小說中，由於「不爭」、「退讓」的心性而產生的平靜、沉穩、淡定、通透，也許是計文君想給浮躁忙碌的現代人的提醒，而「看見他人之苦」的悲憫情懷，則開啟打破隔膜與孤獨困境的可能性。

計文君很喜歡描寫植物，談芳的家裡、趙菊書西關大街的院落、殷彤幼時居住的姥姥家、林小嫻破敗的老宅、秋小蘭在姑媽家練功的寂靜小院，處處都有斑駁的葉影，矮牆上爬滿各種自生自長的藤蔓，依著季節遞嬗開著不同的花。這些細膩美麗的描寫既達到幽靜的造境效果，同時也產生人事代謝的滄桑感。年年歲歲花相似，歲歲年年人不同，花開花謝既對應著生老病死的生命歷程，大自然的循環也對比人事的渺小和短暫。當人發現自己的渺小，也就更容易回返自身，靜觀內心，卸下戾氣，謙卑以待世界。

《白頭吟》這本小說集大致按照作品發表的時間排序，有意思的是，排在最前面的是最晚發表的〈白頭吟〉，最末的則是最早發表的〈天河〉。若按照本書的排序閱讀，正是一個「回返」的過程，回到本心、回到過去，從豐富的古典資產中找尋調和現代生活的藥方。

【蘇敏逸，成功大學中文系副教授】

火中栽蓮
計文君的小說

黃德海

一

「我寫小說的第一年都用來建造世界：在一個中世紀的圖書館裡所能找到的所有圖書的長長的目錄；眾多人物的名單和他們的身份，這其中許多人被排除出故事。誰說過敘事要與身份登記機關競爭？也許它還要與城市規劃部競爭。為此，我翻遍建築百科全書，長時間研究其中的建築圖片和設計圖，以便為我的修道院畫出設計圖，確定其間的距離，直到螺旋梯的臺階數。」儘管現代小說越來越看輕這個完整構造世界的傳統，甚至不惜代價將之撕裂開來，但我仍然固執地認為，願意且能夠在小說中虛構一個如埃科以上所言的完整世界，是寫作這門手藝值得珍重的原因之一。

讀計文君的小說，能明顯感覺到她對虛構完整世界的耐心，只是這世界並非埃科式的可以畫出設計圖，而是滲透在每一個角落，攜帶在每個人身上。滄桑的風雲，代際的遞嬗，花木的生長，房間的格局，器物的陳放，只要在小說中出現了，就一定有著特殊的氣息和溫度，氤氳出一派別樣景致。人物一經出現，也不會行囊空空，匹馬單槍，必然隨身攜帶著時代、地域和家庭合力灌注在身上的小世界。這些小世界與周遭另外一些小世界相摩相蕩，又生成為另外一個略經變化的世界，看起來風光依舊，卻已經是流年暗換，非複昔日景致。或者也可以這麼說，計文君虛構的世界，並非一座在風雨剝蝕中頑強挺立的城堡，倒似一個伸縮如意的陽羨鵝籠，不斷移步換形，臨機而變。

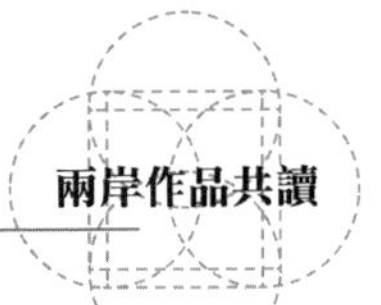

仔細推究起來，這個一直變化的虛構世界，乍看與現實世界酷似，卻並不真的是我們日常置身的這個——雖然使用的材料無疑來自這裡。怎麼說呢？相比這個虛構世界的乾淨整潔，日常世界太塵土飛揚了；相比這個虛構世界的風致宛然，日常世界太直白無隱了；相比這個虛構世界的明暗錯落，日常世界太混沌無序了；相比這個虛構世界的典雅古樸，日常世界太粗陋淺顯了；相比這個虛構世界的小心翼翼，日常世界太大大咧咧了……自然，這個不同並非虛假，是寫作者個性在作品中的必然滲透，就彷彿任何世界都是我們眼中的世界一樣，並沒有一個統一的世界在眼前。特殊的只是，日常的任何東西，只要進入計文君的小說，就有了一種追光營造出的效果，顯而易見地鄭重起來，連平板呆滯的神情都因為籠上了虛構的色彩而有了光澤。

我很懷疑，這個虛構世界的光澤，很大一部分來自計文君對物的注視或精微觀察。在她的小說裡，有各式各樣的物，衣飾，陳設，清玩，是虛構世界裡真實的那一部分，與人物妥帖地伴生。它們在小說裡隨時出沒，一經出現，就帶著與之相關的人的神采、氣度、經歷。或許正是因為有了這些物，人就不是晃蕩的影子，行走在經不起推敲的背景裡，而是可以心安理得地走進無論怎樣複雜的現實。「一陣帶有洋甘菊甜美香氣的細雨落下來，被潤澤了的蓬亂鬈髮跟著梳子恢復了嫵媚細密的波紋」，走出來的一定是帶著文藝腔殘留的談芳；「一頭秀髮結結實實地紮著辮子，連根鮮豔點的頭繩都不用，她只用黑毛線纏過的皮筋」，這是老實本分的秋小蘭即將出門；「從地鋪上坐起來，大吼了聲『滾』，就又躺下了。深藍格子的粗布單子，把她裹得嚴嚴實實，什麼也沒露」，接下來，「帥旦」趙菊書就要起身對著生活排兵佈陣了。

有時候，這些虛構世界的物不只是人的一部分，它們幾乎從人情的世界裡獨立出來，有了自己明豔無比的風姿，給荒寒無根的塵世以安慰，給孤獨寂寥的人生以希望，甚至啟發人對自身的心性加以調理。一家老人有囤積衣料的癖好，去世時，「家裡還有她十幾年前從杭州買回來的成匹的織錦緞、香雲紗、重磅真絲，顏色老，花色也舊，沒人稀罕」，但這「可笑的癖好裡，藏著對日子天長地久的大信」。殷彤經歷了人生的深痛隱衷，偶然聽到了瓷器「開片」的聲音：「就在耳畔，啪的好像一根細細的枯枝折斷了……聲音遙遙地傳來……許久又是如此輕微的一聲，落進充滿緊張感的寂靜中去了，我閉上了眼睛，在下一聲開片落下之前，有時間和空間，來想些什麼……」林小嫻把剔紅工藝的漆盒送秋染，那些富麗的裝飾，需要繁複的心力，「拿刻刀在石頭、木頭這樣的硬東西上刻叫雕，這東西是在胎上的漆半幹柔軟的狀態下動刀的，所以叫做剔」——什麼樣的心性，產生了這樣的工藝？

二

上面引到的部分，遠不是計文君小說中最華彩的部分，尤其是對那些明豔無比的器物來說。可是那華彩是所有文字組合成的，需要總體來看，無法句摘，比如得意識到說話人身上的陳腐氣息——「開片之聲，卻如深潭龍吟，聲清而靜，能滌人邪思」，比如得認識到自語者剛從痛苦中掙扎出來——「破碎是我們的命運，但破碎未必就是悲劇，媽媽，知道嗎？這世界上有一種美麗完整的破碎，叫開片」，比如得明白人物經過了一次切切實實的成長——比如殷彤聽到了開片聲。這些與人物複合在一起的文字，連同那些韻味別具的篇名，「開片」，「剔紅」，「窯變」，形成了一個個獨特的意象，幾乎要從現實中獨立出來，卻又牽連著冷冷暖暖的人世——「一器一物的高下，關鍵在會心處，再好的瓷器如果遇不上懂它的人，遇不上能悟出它好處的人，那它也是瓶子罐子……」

計文君小說中的高光人物，多有一份對自己和人世的清醒認知——如果不是過於清醒的話，對世間和人心都看得深細。這看得深細的人呢，偏又是多愁善感的心性，冰清玉潔的神情，迫不得已踏入塵世，對污濁的感受就比別人深，卻又沒個知冷知熱的貼心人在身邊，只好自己擔待所有的難堪——敏感的心性彷彿吃飯時隨身帶了顯微鏡，不小心就放大了食

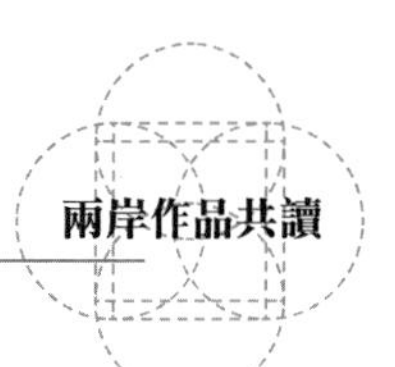

物上的髒汙和黴變，卻不得不強忍著吞食下去。可這強忍呢，也大部分時候只在嘴上，那雙眼睛難免風刀霜劍，銳利得要把人經營日久的畫皮全剝下來的樣子：「江天的目光扯過來扯過去，總忍不住要往小嫻身上落。余萍在一邊吃乾醋，崔琳眼尖，笑著暗示秋染快看……餘萍一腔心思都在江天身上，崔琳使壞要逗她，秋染就興致盎然地在一邊看她們眉毛眼睛打架……」

「偶開天眼覷紅塵，可憐身是眼中人」，那個自知的人，很可惜不能置身事外，不小心自己就進了藏垢納污的劇中，「這邊秋染要吐，崔琳歪在椅子上動不得，小嫻只得丟了余萍照顧秋染……秋染出酒後一直出虛汗，臉色慘白」。這種明裡暗裡的冷眼熱心，冷心熱眼，看起來把世界管帶得風生水起，熱鬧非凡，卻改變不了骨子裡的計較和荒涼。甚至，我很懷疑，這世界骨子裡的計較和荒涼，就跟這密密匝匝的心思有關，跟這過於自知和知人導致的涼薄有關。冰清玉潔的高光者映照出來的世界，竟是一個自纏自縛的脆弱人世，裡面的心思太微妙精細了，脆弱得經不起太大的風浪，人也無法在裡面踏踏實實生活，即便把自己所有的精力都賠上去，也未必能夠全身而退。

或者，當我們把多數的心力都用在這些心思上面，還剩下什麼力量來面對人生中最為艱難的獨處時刻呢？「這一刻，天地間只剩下她自己——談芳哭了，孩子似的在深夜哭著找不見的媽媽。這種無助和孤單，似乎和丈夫的深夜未歸有關，但終究又無關——它飄渺而浩大，是一個人面對匝天星斗，是一個人迎著海雨天風，是一個夜行於磷火幽微的荒原，無所依附無所交托……」這個因具體的由頭引起的無所依附無所交托的感覺，跟由頭本身並非直線關係，而是有朽的人類必然面對的困局，即便身邊是挨挨擠擠的人，即便你在親密的人身邊：「說著話，我們之間會突然出現瞬間的沉默，在那沉默中，我耳邊會響起細微的斷裂聲，像我小時候獨自在那張漆黑的大床上，聽到窗外寒枝被積雪壓斷，整個世界滿是孤寂和憂傷……」

計文君當然識得這無可抵禦的孤寂和憂傷，也知道即便是怎樣不堪的人，骨子裡也得面對這必然的困局——甚至人不堪一擊的脆弱，就是為了抵抗這孤寂和憂傷而採取的奇特手段，因而越寫越小心，於是就有了真正的體恤：「小心是因為越來越能體會生命個體的艱難，不肯輕易對任何人任何事下斷語，於是曖昧，於是欲語還休，於是敘事的時候，機關重重地保衛著每個人物的各種可能性……『情不情』，說穿了不過是『體恤』二字。然而體恤不是件容易的事，不僅要深情，更要智慧。」

深情是對人世的善意，只是缺了點節制；智慧是對人世的理解，明白事實而不自視優越——談芳去醫院探訪周老先生的過程，就有了對生病和死亡的新理解：「談芳理解的病與死時刻盤旋其上的人生，悲哀一如天鵝絕唱，蛩蟲鳴霜，這不過是帶著文藝腔的膚淺想像。站在這裡她才知道，人會用最庸常的生活狀態來和疾病死亡對抗。」而周老先生跟子女玩弄制衡的帝王心術，背後也不過是因老病而來的無助和恐懼的悲涼心境而已。看清楚了這些，人也就來到了現實的身旁。只是，在如此簡陋到有些殘酷的事實面前，就像〈白頭吟〉裡談芳和丈夫困惑的那樣，什麼能給人帶來真正的安慰呢？

三

除了顯見不斷更新著的世界和複雜的人心，計文君小說裡有一個隱含的內核，就是人物的成長。如果再仔細辨認一下，那差不多可以說，計文君寫的是兩次成長，而重點落在第二次上。小說中的人物甫一亮相，就差不多已經完成了自己的第一次成長，那些密密匝匝的心思，各式各樣的心機，都是第一次成長的結果。而相比第二次成長，此前所說的種種樣樣的世界和人心，不過是盡職盡責的鋪墊和基礎，再繁複和充滿誘惑的事物，與後面一次成長相比，都顯而易見地黯然失色了。

第一次成長，是在姥姥的擰掐，祖母的打罵，姑姑的臉色和父母的壓力下形成的，上一代要把自己經歷世界獲得的經驗用強力原封不動地灌輸

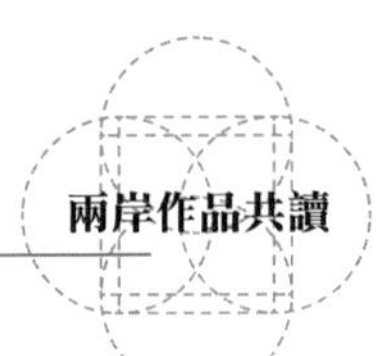

給下一代和下下一代——「（我和母親）灶就用大姨家的，我住校，而母親要跑好幾家做工，早出晚歸的，做不了幾頓飯，但母親不錯日子地給大姨用灶火的錢。姥姥的話，這叫明白事理，不然親戚是處不長的。」「秋依蘭看不慣小蘭的嬌氣樣，怎麼著了就那麼些眼淚？……秋依蘭從不當著人挑剔小蘭的戲，她在背地裡下狠勁，弄得小蘭成天眼淚汪汪看見她像個避貓鼠似的畏畏縮縮，秋依蘭恨她不大方，通身沒氣派，更生氣。」

所有上代的教育如果不是根據下代人的性情變化，弄不好都要造成障礙，最後就弄僵了一個人，如康昆侖學琵琶，因為此前的好本領，反而成了學習更高技藝的障礙，得「不近樂器十餘年，使忘其本領，然後可教」。不加第二番的淘洗，人不是讓自己的心和處世方式跟現實的複雜世界同質同構，生成如上面所說的計較荒涼的人世；就是像秋小蘭那樣只在模仿裡存在，停止了自我的生長：「秋小蘭一直是那個小姑娘，她還在那堵葉影斑駁的牆前面踢著腿，想著舞臺，而這些年扮裝上臺的，不過是秋依蘭的影子，一個沒有生命的影子。」

古典時代人物的成長，人們面對世界，「一切既令人感到新奇，又讓人覺得熟悉；既險象環生，卻又為他們所掌握。世界雖然廣闊無垠，卻是他們自己的家園，因為心理深處燃燒的火焰和頭上璀璨的星辰擁有共同的本性」，人只要在這個穩定的時空中展開自我，完成對世界的認識並與之平和共處，成長的過程即告完成，因而作為與世界和解的成長「閃爍著的不滅的生命喜悅」。而到了現在，「任何有譜系有背景有限制的知識，經由現代傳媒這個粉碎機，都成了無拘無束零星破碎的資訊，這些漫天飛舞的資訊，往往帶來的不是瞭解，而是遮蔽和污染」。一個從上代那裡學會了處世的人，得把上代人教會的那一套忘掉才能出門，否則難免會碰得頭破血流。

也果然是艱難的成長，人得用出在一棵大樹下長成另外一棵大樹的力氣，才能在這破碎、偶然甚至殘酷無比世上，完成一點點真正屬於自己的第二次成長。〈開片〉裡的殷彤，〈剔紅〉裡的秋染（和並非作為配角的林小嫻)，〈白頭吟〉裡的談芳，都付出了巨大的代價才認識了一點自己，成長了可憐巴巴的一點點，而略一轉頭，複雜的生活仍然幕天席地。最為典型的是〈天河〉裡的秋小蘭，她殘酷地認識到，「她的婚姻是假的，空的，她的戲也是假的，空的，秋小蘭虛度韶華吃苦受罪維持的不過是兩份假，兩份空……」姑姑秋依蘭拼盡餘力為她爭取的舞臺機會，也隨著她的去世終止，秋小蘭失去了所有的依持，被孤零零地困在世上——或許沒人會期望這樣的時機：「一個『臥魚』倒下，長長的水袖拋向空中，淚水和汗水在臉上縱橫。無人看到，一個風華絕代彌散王者之香的秋小蘭在這一刻破繭成蝶！」

不怕有人說成比附，我想說，雖然小說裡人物的經歷只是虛構，但計文君小說裡的成長，就是她自己的內在成長過程，是她對生命的反身自識。仔細看，這個屬於人物也屬於作者自己的成長，其自省的時間是從童年到青春期結束，開出了充滿青春性光的奪目之花，而此後生命中經受的那一切，似乎還只是他者的故事，沒有能夠融進新的成長中去。這原因，或許是現實的變化越來越快，「使得小說家們遭遇到前所未有的挑戰，他們不斷修改著虛構的方式，努力消除自己筆下的世界與讀者身處的世界之間的隔閡」；或許更直接的原因，是寫作者容易忘記，人類始終處在不停的變化之中，「問題不在改變，而在認識」。人只有先於世界的變化反身自識，完成自己的成長，才有可能提前抵達現實，在變動不居的世界之火裡栽出不變的永恆蓮花。如果把人生看成一個不斷綿延的過程，計文君此前寫作中的花朵就必然再次變成此時廣袤的根和亭亭的葉，或許，從〈化城〉開始，那朵蓮花即將有更為浩大的盛放。

【黃德海，《思南文學選刊》副主編】

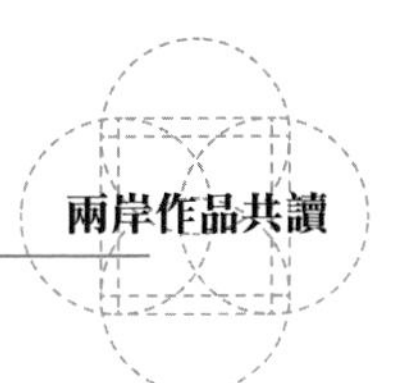

敬畏與急切

讀《白色流淌一片》

黃琪椿

據說當年《人民文學》的編輯收到蔣峰小說〈遺腹子〉時，便決定刊載；而後又陸續刊載了〈花園酒店〉、〈六十號信箱〉和〈手語者〉等篇，並把 2011 年度最佳短篇小說獎給了〈遺腹子〉，2012 年度最佳中篇小說獎給了〈花園酒店〉。等全部發表後，這才「確認」這是一部「長篇」小說。這個小故事不無戲謔的成分，但卻很形象地點出蔣峰《白色流淌一片》的特色。

首先，這部小說不是傳統意義上的長篇小說，它由六個中短篇組成，除了由一個共同的人物許佳明的生平串起各篇聯繫之外，基本上各篇是相對獨立的中短篇小說。這樣的結構安排給了作者相當大的空間展現技巧，例如首篇〈遺腹子〉筆走兩端，交插敘寫兩個遺腹子出生前的故事，一端是八十年代初，長春斯大林大街上老工人老許輕微低能的女兒許玲玲結婚的前夕，新郎出車禍成了植物人，拼死命生下孩子的故事。一端則是二十一世紀北京仰賴「包養」過活的林寶兒聽聞前男友死訊後，改變心意墮掉孩子的故事。一生一死之間，都是主人公許佳明，巧妙地撐開了個長篇小說的敘述空間，作者的巧思與功力可見一般。

其次，相對獨立的篇章，不僅能清楚交代以許佳明短暫一生為主軸的故事，也能為個別人物或者情感關係營造能飽滿呈現的空間，使各章有不同的風格。〈花園酒店〉主線是許佳明的童年生活，但更引人注意的莫過於許佳明的外祖父——退休老工人老許。老許經歷過解放、朝鮮戰爭，是國營企業退下來的老工人，喪偶後對活著沒甚麼慾望，但為了低能的女兒與外孫，他只得活著。他強迫許佳明叫許玲玲姑姑，想方設法把許玲玲嫁給了啞巴于勒。他收破爛、幫半癱的老王跑腿領工資，收購工人盜賣的鐵條，甚至比起自己的命，他更在意死後保險夠不夠支付外孫大學畢業前的費用。看似不計一切活著的老許，卻在第一次從半癱老王手上領過微薄二十五塊薪資時感到「不安」；為老王癱趴在地上在年輕法官皮鞋上咚咚磕頭的舉動「兩手發抖地哭了出來」；在雨中為設計于勒道歉並將許佳明鄭重託付給他。作者塑造這麼一個低微僅餘殘命的老工人，不輕賤不悲憐，寫出老人身上的強韌與柔軟，賦予老許飽滿的老工人形象。

同樣的情況也出現在〈手語者〉這章。〈手語者〉描寫的是許佳明繼父于勒殺人逃獄的事件，蔣峰並不滿足於平鋪直敘的書寫，而是通過許佳明視角，採用倒敘寫法，一層層剝開于勒殺人越獄的經過。小說有著偵探小說的筆法、好萊塢電影情節與節奏，雖然稍嫌浮誇，但無損於蔣峰把握人物性格與情感的細膩度。許佳明的繼父于勒是個聾啞人，只能發出「啊咦哦」的單音，但堅持在啞巴樓裡裝上響鈴加閃燈的電話，電話一閃燈還搶著接，「啊咦哦」一番，掛掉電話後翻電話本比對看誰打來。這個不起眼的小細節帶出了于勒執拗性格與對尊嚴的堅持，唯有如此，我們才能了解于勒為什麼明知老許的欺騙，仍然跟著老許在雨中走了幾個小時，最後答應扶養許佳明成人。也才能理解為何寧願常年跪在馬路上拿個「救救聾啞人」的牌子擺攤賣小工藝品，也堅持讓許佳明不要兼職實習準備考研爭取到美國讀碩或讀博。因此，當認定于勒殺人，為之痛恨不已的許佳明逼問

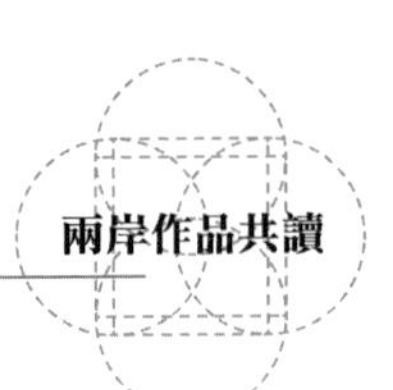

他為什麼不跟許玲玲離婚時，于勒像被逼急的野獸掙扎、乾嚎著用手語打出來的答案竟是「離了婚，你就不是我兒子了」時，逼出了許佳明的痛哭流涕，也讓讀者為之疼痛。蔣峰處理這段繼子與繼父的男性情誼，不急不躁，慢慢鋪陳堆疊，讓最後的爆發水到渠成合情合理，有其過人之處。

其他像是〈六十號信箱〉中把年輕肉體交付給教育局副局長以換取進入省實驗資優班資格的房芳，是個吃酸辣粉不放辣椒和醋的高中女生，小細節烘托出人物的真實感。又如，〈花園酒店〉裡半癱的老王寧可聘年老的老許幫忙跑腿，也不願請個二十四小時的保母，只因為保母通常是年輕的小姑娘，「讓她看見我這麼爬，跟狗似的在這兒爬，我還不如死了」，點出身障者幽微的心理與情欲。凡此，雖然筆墨不多，但都有畫龍點睛的效果。總的來說，蔣峰在書寫社會邊緣人物的點上，飽滿而深刻；相較之下，許佳明、譚欣、林寶兒與李小天等城市青年，則顯得蒼白薄弱。《白色流淌一片》以許佳明的成長為主要軸線，按理說，許佳明的人物形象應該要比其他次要人物來得飽滿突出才是，但是除了父親是植物人，母親是精神病患，繼父是聾啞殺人犯的悽慘家世，以及青春期的苦悶與性啟蒙之外，讀者對於許佳明的性格其實所知不多，僅能從譚欣與許佳明對話中隱約知道許佳明沒有偶像、沒有方向，有著小聰明，對甚麼事都看不順眼。但是一個在母親、外公、繼父護持下成長，老許和于勒眼裡聰明懂事會有出息，自己也一心往更好的地方奔去的幼年許佳明，成年後，作為一個清華畢業的菁英，不但半途轉了彎想當個藝術家，怎麼還成了個不著調的憤青？林寶兒也是一樣，18 歲考上中戲，懷抱著北京夢來到北京，雖然不成氣候僅僅當了個臨演，成了高速公路上 T 霸的廣告模特兒，但何以就淪落為靠出賣肉體依附男人過活的拜金女？因為缺乏這些前因後果的鋪陳，讓許佳明和林寶兒只能是蒼白單薄的形象。雖然蒼白與茫然是當下中國大陸城市主體狀態的主流敘述，但是許佳明和林寶兒蒼白與茫然則顯得不夠接地氣，不具感染力。

之所以如此，從形式來看，或許和蔣峰創作甩不掉的包袱有關。蔣峰在訪問中提到自己是個怕無趣的人，所以他的小說從來不寫無趣之人。為了怕無趣，蔣峰用了很多的技巧經營每一篇的敘述形式，製造懸念，為的是吸引讀者繼續讀下去。以這部《白色流淌一片》來說，結構的安排，多變的視角轉換，伏筆的設計與偵探小說似的懸疑，在在讓人感到新奇，但是也因此喪失了對於主要人物與主軸線的經營與細緻處理。讓小說有趣可讀，固然是可敬的想法；但當有趣與否成為主要著力點時，有趣變成了包袱，抖也抖不掉，反而失去了通過小說引領讀者剝掉表象真正進入複雜現實的可能。

其次，或許是最根本的原因在於蔣峰如何看待改革開放後社會與人的精神狀態問題。表面上看來，《白色流淌一片》是成長敘事，但蔣峰不滿足於青春的挫折與哀傷，而是把許佳明的成長擺放在改革開放以來社會歷史背景下，通過許佳明的成長過程，看人如何走向了扭曲墮落，這是蔣峰作為作家的現實關懷，卻也是弱點所在。蔣峰出生於1983年，是典型的「八〇後」一代人。作為主人公許佳明的同代人，蔣峰通過許佳明與林寶兒，寫出了「八〇後」的無理想與精神上的蒼白狀態，他一方面通過許佳明之口說「我知道我有多可悲，我一直以為這世界沒甚麼值得我許佳明窮盡一生去追求的」，「我不屑Ａ，不屑Ｂ，我都不知道自己這輩子要怎麼

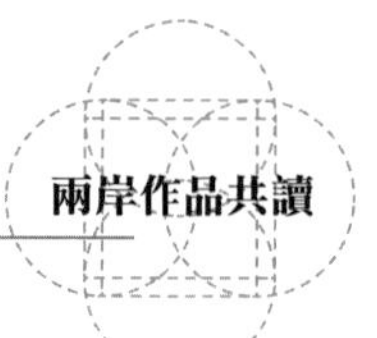

過」，表達對這種蒼白的精神狀態不知所以然的不滿。另一面卻也對這種狀態感到絕望。這部小說的後兩章〈我私人的林寶兒〉與〈和許佳明的六次星巴克〉，一般評價都不好，尤其是〈我私人的林寶兒〉，被批評過於狗血，滿紙的性與金錢，是整部小說的大崩壞。但恰好是（或許力度還可再加強的）許佳明與林寶兒幾乎是用盡全部力氣相愛相殺，彷彿人世間除了性愛與占有再無其他的狀態，點出無理想精神蒼白的八〇後主體只能在情欲（包含了占有的成分）中確認自我存在的意義，除此之外別無可能。站在這個懸崖邊再往前推，就是殺了許佳明的李賀與李靜萍。李賀與李靜萍同樣用盡全力去愛，但當愛與情欲已經不足以確認主體存在的意義時，就只剩下了無差別連續殺人。從艱難環境中背負著未來會更好的期望出生成長的許佳明，一步步走向了蒼白與扭曲，好不容易想認真做點事，剛剛有夢想時，最終卻像蟑螂一般死於更年輕更無以名之的李賀李靜萍手中。這毋寧是蔣峰對於改革開放以來社會與人的精神狀態最深刻的絕望感。

正因為對改革開放後社會與人的狀態的不滿與絕望，構成了連蔣峰自己或許都未必願意承認的急切與怨氣。因為急切，蔣峰不惜打斷情緒，讓敘述者代替年僅四歲許佳明在許玲玲相親的場合想著「要是沒戲，就按著答應老許的條件辦，一句話也不說」；代替老許回應許佳明的「為什麼」：「外孫不是真的想知道原因，那只是對成人世界的一種參與方式」；當童年許佳明終於爬上尚未落成花園酒店頂樓時，敘述者急著告訴讀者「成年後他回到長春，拿出一筆收入，住進花園酒店，乘著電梯上來的夜裡，他知道這一次的登頂對他有多麼重要」。甚至敘述者直接附身在許佳明身上，對著第一次見面的房芳父親房傳武大談青春期對於高尚的追求與性困惑，至於通過許佳明與李小天代言就更不用說了。也因為急切與怨氣，讓蔣峰觸及了城市變遷、國企沒落、軍人創傷、聾啞人生活、法制公平性、中學教育的腐敗、教育官員誘姦女學生、美術協會的世俗傾向、畫作造假、以及連環殺人案等等敏感的社會問題，每一個問題只要深挖，都可以是一個深刻的故事，但是蔣峰都是稍微碰觸一下便離開，所以每個敏感問題在小說中都只能是點到為止的現象描寫，顯得總有那麼一絲怨氣存在於其中。這就是為什麼蔣峰處理改革開放初期的長春，處理老許、老王與于勒顯得不愠不火，游刃有餘；處理改革開放中期以後的城市和城市裡的許佳明、林寶兒卻顯得那麼扁平不著調的根本原因所在。

小說裡譚欣批評許佳明是一個對世界沒有「敬畏」之心的人，這裡的「敬畏」與其說是對神聖或權威事物的敬重與畏懼，不如更指向對於世界總總人事物的敬重與畏懼。因為畏懼，使創作者必然拉開自己與對象之間的距離，才得以細細審視；唯有敬重，才能促使創作者深入對象的脈絡中，使個別因素與現象得以有機地形成結構，讓對象能以飽滿的形象出現。蔣峰對社會邊緣人老許、于勒等人是有「敬畏」之心的；相反的，對於「八〇後」一代人則不滿與絕望，以至於沒有「敬畏」感。作為許佳明同代人的蔣峰，若能找到對當代社會與人的精神狀態變化的「敬畏」之心，使社會現象不再是一個個孤立的現象，而能組構成脈絡與結構時，相信蔣峰將能引領我們進入當代中國大陸社會的心靈秘史。

【黃琪椿，高雄義守大學博士後研究員】

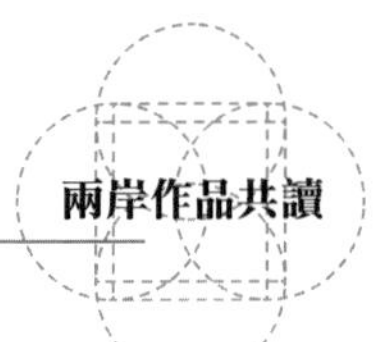

在通俗與先鋒之間
關於蔣峰的《白色流淌一片》

徐勇

在被稱為「八〇後」的作家中，來自東北的蔣峰應佔有比較重要而獨特的位置。他甫一登場就顯出十分成熟而老道，他既有鮮明的文體意識，也一再在再造經驗方面顯示出巨大的潛力。他的小說，既熔鑄了年輕一代成長的軌跡，又有對這一代人所不能承受之輕重的細緻把握；既讓人愉悅輕鬆，又令人沉重無比，甚而如墜五里煙霧，不知了了。他來回穿梭於偵探、青春以及兇殺等各種時尚文體之間，深知如何調動並牽引讀者的興趣，但他又對純之又純的文學理想持之以恆，並能以此寂寞始終。這就是蔣峰，一個難以定位，充滿反諷而具多面形象特徵的「八〇後」作家。

真正標誌蔣峰的小說創作走向成熟的，是長篇《白色流淌一片》（北嶽文藝出版社，2015 年）。這是作者迄今為止寫得最好且最有分量的小說，依次由〈遺腹子〉、〈花園酒店〉、〈六十號信箱〉、〈守法公民〉（〈手語者〉）、〈我私人的林寶兒〉和〈和許佳明的六次星巴克〉等六部系列中篇組成，其中尤以〈六十號信箱〉和〈守法公民〉最為感人至深。借用傅雷曾經用來稱讚張愛玲的話，這兩篇應該是近幾年華語中篇小說中「最美的收穫」之一了。

一

這一系列小說寫的是遺腹子許佳明前世今生的故事。未及出生，許佳明的命運就已籠罩在悲劇結局的宿命中。父親因車禍變成了植物人，母親又患有精神病，只留下年事已高的外祖父和幼小的許佳明。難堪的家庭處境，自小形塑著許佳明的性格，早熟而聰明，柔弱而堅強。整個系列小說，其實試圖回答的就是這樣一個問題，即，造成許佳明後來悲劇命運的原因到底是什麼？而即使是許佳明的死亡，悲劇式的結局並沒有終結，他的命運暗示了他的後代的生命指向，這一延續其實也是在重複他的悲劇。小說以一種奇怪的方式書寫著這樣一種不可掙脫的宿命。

這一系列小說，雖然以許佳明短暫的一生貫穿始終，但各個篇章之間側重各有不同，但又各個篇幅之間留下空白和懸念，只有綜合各個中篇才能把各個故事連綴成前後相連的整體。〈遺腹子〉以許佳明的媽媽許玲玲和許佳明的妻子林寶兒不同時空交叉出場的方式，讓許佳明的生和死在一種宿命般的對應依倚中並置一起，以此提綱挈領，預示著它們之間神秘的聯繫：生的那一天是否就已經預示著死？〈花園酒店〉寫許佳明的外祖父老許，〈六十號信箱〉寫少年許佳明的成長，〈守法公民〉寫許佳明的繼父啞巴于勒。〈我私人的林寶兒〉寫許佳明和林寶兒的愛情宿命，最後一部《和許佳明的六次星巴克》寫的是許佳明和朋友李小天的交往，以及被殺的經過。

〈遺腹子〉作為長篇小說的開篇，講述了兩個女人有關生產的故事。都是未婚夫的意外死亡，並都懷孕在身，一個竭力要生下來，一個卻去做了流產。表面看來，這兩個故事是以一種交叉平行的方式得以呈現，但其實是分處不同的時代，指涉主人公許佳明的前世和今生。這一「生前死後」的兩條人生線索，雖然彼此了無關係，但正如作者所坦言的那樣「藏了不少事」：正是那不可解釋的宿命，把這樣兩條互不關聯的人生線索聯綴在一起。〈花園酒店〉講的是將近七十歲的老許，在得知自己癌症晚期後，想盡各種辦法給患有精神病的女兒以及外孫許佳明安排後事的辛酸故事。相比〈遺腹子〉中兩條明線的交織，這篇小說則採取的是一明一暗兩條線索的敘述結構，明線是老許得知患有癌症後所做的種種絕望的努力，

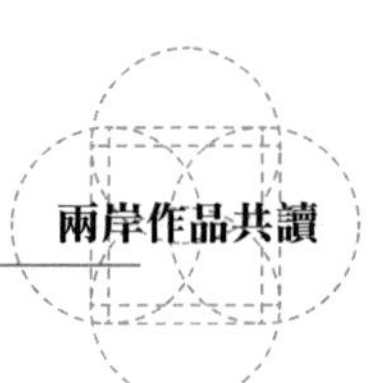

這同作為暗線的「共青團花園」的命運有著某種神秘的聯繫。反諷的是，作為歷史遺跡的「共青團花園」即將迎來新生（被拆後建成高聳入雲的「花園酒店」），而老許則漸漸走向人生的幽暗盡頭。〈六十號信箱〉延續前面的情節，呈現的是少年許佳明渴望早日長大的成長故事。這一成長既聯繫著教育、環境和時代社會的發展，也與性的苦悶、幻想，孤獨、自強，絕望和希望糾纏在一起，因而格外顯得沉重，讓人嘘唏不已。雖然說，這一成長並不太具多少象徵意義，但其直指人心的力量可謂罕有其匹。

在結構上，〈守法公民〉與〈遺腹子〉相似，都是採用複的結構。兩條線都是採取從故事的中間開始敘述。這是一篇表現怨恨的小說，女友譚欣離敘述者「我」（許佳明）而去，繼父也於殺人後被投進監獄，「我」的生命中重要的兩個人都「棄我而去」，更行加重了敘述者「我」的心理負擔，「我怕我挺不過這一年」，敘述者多次這樣說道。但隨著情節的推進，最後發現，原來一切並不像表面上顯現的那樣：女友所委身的畫家，其實已身患絕症，她是想與之一起走完人生的旅途；繼父的鋃鐺入獄實在是被冤，而即使身陷囹圄，他也還在時刻想著乞求「我」的原諒。這樣來看這篇小說，其實是想表達一種原諒和自我救贖的願望。

就人物性格的塑造而論，「八〇後」作家大都不意於此，以此來看蔣峰，堪可稱為其中的佼佼者。雖然，這於蔣峰本人而言，形塑人物並不一定是他的初衷。因為他一向注重小說文體的實驗，而很少關注人物性格的刻畫。但其意義也正在於此。這一系列小說在蔣峰的小說中的意義在於，他不再僅僅執著於技巧上的實驗，而是開始專注於對人物內心隱祕的探索和把握。而事實上，在這一系列小說中，蔣峰充分展現出他對敘述語調和節奏的成功把握，正是那種冷靜而深入人物內心的觀察，出之以簡潔乾淨的語言，和不動聲色的敘述，使得這一系列小說別具感染力。這一系列小說的成功，顯示了蔣峰在寫實方面的巨大潛力。

除此之外，蔣峰還開創了一種長篇小說的新的模式，即構成長篇的各個部分之間，同整體上的若即若離的關係。這一結構模式在同為東北籍的「八〇後」作家雙雪濤的《聾啞時代》那裡亦有表現。在蔣峰這裡，各個部分之間，合則是一個整體，拆開來又都是獨立完成的小說。其各個部分可以獨立成篇，有頭有尾，自成一體，不需要特別的交代；而且，各個部分，敘述的側重點不同，呈現的面也不同。這就像古人所說的「橫看成嶺側成峰，遠近高低各不同」。敘述的目標很明確也很簡單，但因為進入的角度，呈現的面貌也各不相同相映成趣。

二

閱讀蔣峰的小說，一個特別深刻的印象是，他特別迷戀死亡和兇殺。這在「八〇後」作家實屬罕見。〈維以不永傷〉圍繞少女毛毛被殺這一刑事案的發生展開敘述，試圖揭開背後的原因及其兇手所在。這看似一部偵探小說。而蔣峰也似乎熱衷於偵探小說的手法，首先是告訴讀者案件的發生，然後從多個角度試圖靠近，但當經過各個角度不同敘述視角的敘述後，卻發現原來離案件越來越來遠了。這部小說分為四部分，第一、二和四部分分別從杜宇琪的表弟周賀、員警隊長雷奇和毛毛的父親張文再的視角展開敘述，其中第一、二部分是採用限制視角敘述，第四部分則採用冷靜旁觀的全知視角以第三人稱的形式。小說中最為奇特的是第三部分。

在第三部每一小節都會出現一個由數位組成的標題。其中前邊的數字表示敘述此節的人物，中間的數字表示此節講述的是誰，後邊的數位表示從時間順序上看此節在第三部的位置所在。這樣的做法使得小說除了按著頁碼閱讀之外，還會有三種不同的閱讀方式：以三位元數位的順序依次閱讀。在這裡，作者向你保證，每一種重新組合的文本都會令你有新的發現。(《維以不永傷》)

不論如何，這種敘述手法都有點類似於先鋒寫作。馬原是這方面的大師，他的〈虛構〉和〈疊紙鷂的三種方法〉等等都一再表明，故事其實只是

「虛構」的結果，故事是被建構的，至於是否實有其事或事情的真實性，是可以不管不顧的，也無關緊要的。這樣來看蔣峰，又似有不同。蔣峰的小說中，事情特別是案件是確確實實的，但對於這一案件的由來及其原因，卻又不可追尋。蔣峰想還原案件發生的始末，卻最終發現原來只是徒勞。這在他的另一部小說《去年冬天我們都在幹什麼》（2005，上海譯文出版社）中也有同樣的呈現。而事實上，作者也似乎無意於此。他並不是在寫偵探小說，因此兇手或嫌疑人是誰並不重要，重要的是敘述過程，是過程中的各色人等和他們鮮活的性格。正如作者在小說的自序中聲明或辯解的那樣：「兩個月以前喜歡我小說的朋友讀過對我有些失望。我們說沒想到你在寫供人消遣的偵探小說。我解釋說我想通過二至六章展現每個人不同的性格，甚至是表現八〇後出生的一代人的生活狀態。」（《去年冬天我們都在幹什麼・自序》）偵探之於蔣峰，雖只是形式，但其為作者所鍾愛，卻似乎不僅於此。偵探小說的好處在於，其既具有可讀性的外表，同時又能通過案件的進展充分調動讀者的想像力和邏輯思維，也能圍繞案件便利安排人物的上場離場。案件就像一個謎或能指，而為了達到對謎底或所指的揭示，就有必要從各個方面多個側面努力接近，這恰好為文體和敘述的探索提供了條件。蔣峰熱衷於偵探小說的形式想必應有這方面的考慮。

同樣，《白色流淌一片》也是如此。小說中寫到了兩場連環兇殺案，一個涉及許佳明的繼父于勒，一個是由許佳明的被殺引起。在這部作品中，蔣峰沒有再去玩弄所謂的先鋒式的形式技巧，但他仍舊採用了藏珠和設置懸念的方法，讓兩起兇殺案，在一種謎一樣的穿插中——揭開或解開。就這方面而言，蔣峰確實是顯示出了高超的敘事能力。故事的講述是沒問題，但故事本身其實卻與整個小說的宿命式的氛圍不符。就故事的講述和故事本身來說，涉及于勒的兇殺事件，可以說處理得超乎意料的完美。因為，這些戲劇性的情節，及其偶然事件的疊加，使得于勒越走越遠。他不惜越獄，殺害獄警，然後又殺害同盟，這些都只是因為他的某種邏輯：他是冤枉和誣陷的。他並沒有殺害前妻和她的情人，雖然他套取了前妻情人的鉅額財產。這些事故的造成，都是因為他是啞巴，他無法順暢的表達所致。他打電話報警，卻被理解成是自首。就此一兇殺事件的講述而言，其事件之間雖然不可思議，但又都合乎邏輯。但對於許佳明的被殺引起的一系列事故，卻多少有些牽強。許佳明因為在超市排隊付款而與兇手發生爭執，結果遭致被殺。這當中有太多的偶然因素在內，稍一出現偏離，兇殺事件就不可能發生。首先是他在買了鐵錘沒有派上用場後，為什麼非要去超市退貨，而不是隨手一扔了事。其次是，他在付款後，為什麼還要上到超市的二樓繼續閒逛，而不是立馬離開超市。一把鐵錘並不值幾個錢，扔了也就扔了。而且事實上，許佳明也並不是一個特別計較財物的人，犯不著為一個不值錢的鐵錘跑回去找商家鬧著退貨。同樣，付完款出了超市而又升至二樓繼續閒逛，這也並不符合許佳明作為一個外地過客的心態。許佳明並不是到上海去旅遊，他本是去找李小天興師問罪的。見面之後他應該回到北京，或繼續流浪，而不是莫名其妙地跑到超市然後接著閒逛。

本來，就故事的講述，和敘事的語調而言，這一小說都是無懈可擊的，但因為蔣峰迷戀兇殺和死亡，他在一種偵探小說的框架，以及對故事間的偶然因素的過分倚重，傷害了小說的內在統一性，因而使得這一小說在整體上並不平衡。甚至可以說，第六章其實頗為失敗。去掉第六章可能會更好。誠然，作者想在一種偶然的情節中表明主人公不可掙脫的宿命，但這種通過偶然以表現宿命的做法，使得小說在整體上做不到「輕」和「重」的辯證轉換。命運和宿命過於沉重，某些事件卻太過偶然和意外，因而又顯得輕飄，在小說中，「輕」和「重」之間其實是兩張皮，缺少有效而很好的過渡。

三

蔣峰曾立志要寫出最好的華語小說，從小說〈維以不永傷〉中藉敘述人的口吻對〈維以不永傷〉這部小說大加讚賞推崇備至這點，即可以看出作者的信心和野心。但另一方面他也意識到他的小說不一定就能很快獲得世人的認可，他的價值要等到將來才能被發掘。這種矛盾和痛苦的心態，一度貫穿於他的小說創作的始終。他把自己理解成活在「未來」的當代人，因而無人能懂也就勢所必然。他一方面在這種錯位中倍感孤獨和寂寥，一方面又把它視為「愛與文學」的永恆而沾沾自喜，這在他的〈戀愛寶典〉中有淋漓盡致的表現。這部小說的寫作仍不改他玩弄技巧的「伎倆」，但很多事情往往是物極必反。這是一部無法評價之作，是蔣峰的小說中最難讀也最讓人左右為難的小說。它以一種傾訴的筆調，講述我的戀愛經歷和文學寫作過程。邏輯上的混亂和內容上的繁複，讓人目不暇給；而事實上，戀愛同寫作其實早已經融為一體，難分軒輊。這就有點類似於「莊周夢蝶」：在小說的虛構和想像中戀愛，乃至於最後敘述者「我」深陷其中，分不清現實和虛構，只好在想像中渴望美好的結局。整部小說就是在這樣一種纏繞中展開和結尾的。作者並非沒有意識到這種纏繞，而若從小說的副標題——「愛與文學永在」——來看，作者其實是想表明，文學創作即如想像中的戀愛一樣，互相纏繞，不需要分清，也不可能分清何為現實何為虛構的，「即使文學就是個騙局又如何？重要的是改變，可能一成不變比悲傷痛苦還令人沮喪。」小說中的敘述者這樣說，小說也可以這樣來讀。文學的力量在於能讓人分不清現實和虛構的差別，而又能一往無前。這就是文學的力量，也是愛的偉力。蔣峰以他的〈戀愛寶典〉試圖告我們這一點。

從蔣峰目前的小說創作來看，他的長篇小說很多都可以從互文的角度加以理解。這並不是指廣義上的互文，而是就小說內容和人物之間的具體勾連而言的。他把這視之為「冰山敘事」，文本之間，彼此藏著某些事，單獨看來，有些細節似乎並不重要，只有合起來才能明白其中的深層涵義。最典型的莫過於〈六十號信箱〉中偶一露面的人物李小天，在〈淡藍時光〉中則成為小說的主人公。即以《去年冬天我們都在幹什麼》而論，如果不聯繫〈維以不永傷〉，便不會明白這部小說的敘述者「杜宇琪」的行止態度。同樣，只有結合〈維以不永傷〉，我們才能更好地理解《一，二，滑向鐵軌的時光》。

他的小說，往往採取故事中套故事的做法，一部小說中指涉另一部小說中的情節，這使得他的小說創作，在整體上形成了一個較為嚴密的系統。而這，也正表明了蔣峰的雄心所在。蔣峰一直熱衷長篇小說的創作，少有短篇問世，即使偶有發表的中短篇，也常常是他的長篇小說中截取的片段。他很清楚，要想成為有影響力的作家，沒有有分量的長篇是不可想像的。這很容易使我們想起巴爾扎克，他的「人間喜劇」系列就是一個龐大而嚴密的結構。雖然說，在這裡把蔣峰同巴爾扎克比較有點不倫不類，但在創建一個想像和敘述的王國這一點上，他們卻是共通的。但問題也會隨之而來。心力的不濟自是其中的一個原因。而隨著生活經歷和經驗的增長，和創作思考的深入，初始時的構想並不一定能完全囊括於其中。此外，往往為了照顧整體的需要，也會造成細節的割捨，而對於文學而言，細節往往比整體的構想更來得重要。因此，如何處理整體同細節之間的矛盾，以及怎樣才能突破以往的構想而又能有所進益，某種程度上就成為制約作者的創作能走多遠的關鍵所在。

此外，一個關鍵的問題是，對兇殺和死亡的迷戀，純文學的執著追求，和先鋒的形式實驗，多種因素結合在一起，很多時候並不能總能完美契合，關於這一點，蔣峰自己是否已有意識？又如何有效規避？

【徐勇，浙江師範大學人文學院教授】

特輯

重溫《人間》雜誌：我們相信，我們希望，我們愛

記憶所繫之處
我的「人間」時光

范宜如

一

黑與白的影像映入眼簾，閱讀「因為我們相信，我們希望，我們愛……」，心中湧著一種熱熱的什麼，揣著劃撥單，走進印度黃檀旁的郵局。我不覺得我在訂閱一本雜誌，我覺得我在參與一項運動。1985 年我大二，《人間雜誌》的發刊詞攫住了我。那是生命的敲打樂，那文字、影像的撞擊，彷彿可以讓時間停格——那是永遠的《人間》、永遠需要「大寫」的陳映真。

閱讀《人間》雜誌就是正視「人間」的開始。每期的《人間》都是一則提醒，我對文學範疇認知的限制，對土地、人物、世界認知的狹隘。

我看見了自己種種的「不知道」。

第一期的封面人物是關曉榮在「八尺門」拍攝的少年水手。有那麼一點瀟灑不羈，叛逆又微帶憂悒的眼神，從「八尺門」開始，我才知道攝影的素樸的力道，鏡頭的凝視，是可以碰觸人物的生命，是可以召喚一個空間的地方感。這系列的影像敘述提示了一個地名所承載的人的遷徙與移動，揭示了生活在城市邊緣的人的處境。

《人間》成了我重新認識我生活的這塊土地的嚮導。那些莊嚴的憂心與思考，那些深刻的同情與共感，讓我也反思，自己對家鄉蘭陽平原、南方澳風土又有怎樣的理解？走在紅瓦古樸的校園，我感覺自己有點不一樣了。

是不一樣了，大三我擔任寫作協會社長，我準備邀請陳映真來師大演講。拿著申請單，課外活動組主任要我過來談一談。他問我，「你知道

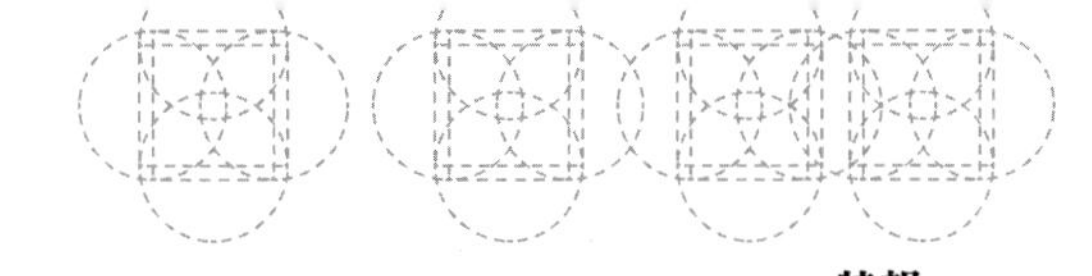

陳映真是誰嗎？」眼鏡後方慈藹的眼神盯著我，「不適合，我們不適合辦這場演講」。當年我接下無人問津的寫作協會，好不容易找到一群夥伴，想要帶動師大文學風氣，我要不要跟學校硬拚？——那是個所有刊物及活動都需要審核的年代。申請單往桌上一丟，「不行！」「我對你很失望，你為什麼會有找陳映真來演講的念頭？」課外活動組主任是當時很受學生歡迎的國文系教授，他把申請單丟在桌上，「他是思想犯，坐過牢你知道嗎？」那一刻我竟有種幻滅感，原來，這就是大學校園。原來，「遠行」歸來十年了，我們還必須錯過陳映真。申請單被退回的那一刻，也解消了我的某種單純與熱情。

因為這個否定，我好像比較了解了「大人」的世界，我不再那麼崇拜同學們競相推崇的師長，反而會保持一點適當的距離。甚至，這個否定成為我另一種閱讀的動力。台大附近賣大陸書籍的小攤（魯迅在當時是禁書）、唐山書店、結構群……成了我的逗留之所。這個否定也讓我對於行政制度抱持著一點懷疑。但是，我也看見自己的怯懦，我並沒有堅持要邀請陳映真來演講，我沒有足夠的論述能力去說服老師，這是我性格的弱點，我感到沮喪。

由於師大校地狹小，當時又沒有大型體育館，畢業典禮多在國父紀念館舉行。1988 那一年我大四，由於國父紀念館整修，畢業典禮要改在警察專科學校舉辦，箇中當然還有高層不為人知的理由。公費生的大四異常忙碌，但我無法認同自己的畢業典禮必須在陌生的空間舉辦。由於大三擔任社團負責人，加上參與基層文化服務隊，幾乎認識同屆的社長群。我邀集大家一起思索對策，提出改在分部中正堂舉辦的選項，並製作問卷，各自認領學院及系所，以具體的調查結果，成功地改變了學校的決策。如果我有某種勇敢，難道不是因為那個永遠不會實現的演講邀約？

現今，我站在大學的講台上，同時也是以古典文學為主要研究方向的學術工作者。《人間》給予我的「問題意識」依然存在。我之所以會研究地域文學，以及關注邊地的文學與文化論述；關注「非虛構寫作」及紀錄片，不也是因為《人間》的紀實觀照給我的啟示？

二

人，究竟是怎樣的存在？人間所映射的「人」的想像，如何在課堂中展現？ 2001 年我從博士班畢業，彼時系上銳意於課程革新，設置新的課程提供老師申請，憑藉著大學時代閱讀《人間》雜誌的深刻印記以及某種使命感，第一年回到國文系所開設的課程就是報導文學。《人間》給了我大量的資源與觸發，以〈不孝兒英伸〉開啟的對話與討論，創造了課堂上多元深刻的聲音。為什麼一個師專肄業的公費生來到台北九天就殺人？師範體系的管教系統是怎樣的型態？當前原住民的處境是什麼？如何看待「廢死」？這些課題，都透過當年官鴻志在《人間》的書寫一一顯影。不同的是當年的閱讀有一個動態的歷程，相對於報紙上簡化的內容與煽情的標題，《人間》不只是報導，而是參與其間，追索整個事件的成因以及命案審理的過程。逝者的生命並沒有因為「同情」湯英伸而被隱身，他們也從洗衣店老闆的角度，寫出這一家的苦痛。第九期（1986 年 7 月）以「不孝兒英伸」、「隱藏的陷阱」、「冰凍的春天」分別陳述死者一家人、湯英伸的生命史以及結構性的問題所在，第二十期（1987 年 6 月）則是「我把痛苦獻給你們……湯英伸救援行動始末」，包括人間編輯群的救援行動，各界人士的聲援短文。《人間》告訴我們，不要簡化一個人，不要標籤化一樁事件。

那時我真心相信閱讀與出版可以改變什麼，也相信連署的「槍下留人」可以挽回一個年輕的生命。那張湯英伸妹妹抱著骨灰罈的相片中鬱悒的眼神，戳破我大學時代的一廂情願，人的生命終究還是體制的歷史的債務。然而，這個文本所包含的不只是對於族群偏見的省思，城鄉之間的巨大落差，文化差異及其不滿；或是勞動者與中產階級不對等的資本，還有一個我們身處其中的社會體制與詮釋觀點的問題。同時，也影響我的媒體閱讀經驗，我對於「新聞」的信任似乎只剩下時效性。往後對於新聞媒體

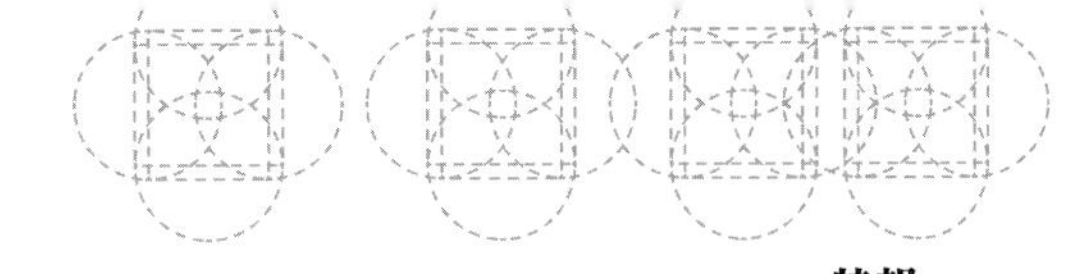

報導，我大多會採取一種思辨的角度：是誰在說話？是為誰發聲？誰會關心這個議題？然後呢？我開始會關注一個事件的完整過程，片段的事實不是事實，了解資訊也不代表理解整體事件的內涵及意義。

文章有一些看起來不怎麼重要的細節，卻成為另一個關注的起點：「在彭老闆小孩的臥房，彭喜衡用一張布簾和板架，隔出一個小角落，算是他睡覺的鋪子。就在這個灰暗的屋角，湯英伸每天把疲憊的十八歲的身體，拋在那鋪上，在思親的淚水未乾之前。」日後在《四方報》編譯的《逃：我們寶島，他們的牢》，讀到這一段：「我和阿嬤搬到臺中後，被安置在二樓狹小的房間，只夠放一張阿嬤睡的床，我只能睡走道。但走道也剛好是全家人要去廁所的入口，所以我睡覺時頭上就是廁所，腳下則是阿嬤大小便要放腳的椅子。因為離廁所太近，他們家的孩子上完廁所沖水時，都會吵醒我。」(〈奴隸〉，頁53)東南亞移工為什麼要逃？湯英伸為什麼突然情緒失控？難道不是因為生活空間的壓抑，以及不被視為「人」的對待？家庭空間的治理，不也是一種情感勞動？

湯英伸事件的影響不只是視覺的、文字的，更是社會的、政治的。我也開始開始檢視自己對原住民的認知，從番仔到原住民，從外勞到移工，名稱的移轉是否意味著我們更「進步」？我的知識樹如此貧弱如此有限，我得好好「補課」。同時，我從永康街附近的「大大樹音樂」找到了這篇報導中提到的為湯英伸製作報導音樂的邱晨的作品，開啟了我尋找「另類音樂」之路。

因為《人間》，我的閱讀範疇變得寬廣，國文系課程的內容無法成為我生活的全部，我走進電影圖書館(那時還在小南門附近)，和阿孝(現任教於輔大新聞傳播系)組成讀書會……那個時候對知識的渴望與追尋的能量何其巨大！回看過往，不得不說，那是《人間》給予的養分與力量。

三

究竟是忽視或歧視比較難堪？還是徹底的無視比較值得反省？廖嘉展

〈月亮的小孩〉與吳乙峰紀錄片《月亮的小孩》是課堂上對讀的文本。這個題材，也提供了我們對於「可見」的差異以及無知的反省。白化症者，由於其先天的白髮與畏光的現象，容易引人側目，也因此在職場上遭受不平等的對待。吳乙峰的紀錄片以長期「蹲點」，獲得白化症者的信賴，因此可以透過紀錄影像看見他們的生活現場。包括「人間燈火」系列的〈豬師父阿旭〉的文字與影像，這也讓我不得不去認真面對紀錄片的倫理與創作意涵。

還是要回到《人間雜誌》中的紀實攝影來反思我對影像的關注。攝影為藝術表達形式與紀實報導的「工具」，究竟是一種意識先行，還是因為深刻的認識之後必然採取的觀看行動？關曉榮、李文吉、阮義忠……張才，鄭桑溪（當然還有張照堂）……《人間雜誌》上出現的名字，成了我閱讀的指引。他們是具穿透性的觀看者與具紀錄性的見證者。而《人間》引進的域外攝影作品，也淬鍊了我的觀看之道。1986 年 5 月人間刊載尤金·史密斯（William Eugene Smith）的水俁悲歌，一張「智子與母親」的相片讓我不忍觀看，又不得不去直視水俁症的真相。日本水俁村由於工業污染造成的水銀中毒引起遺傳性疾病，這個影像與湯英伸躺在棺木中的黑白相片都是那個時代的視覺震撼。這種視覺衝擊是迴盪的，深沉的，充滿提問的。我打開蘇珊·桑塔格《論攝影》，想探問視覺經驗的本質；我看關曉榮的《尊嚴與屈辱·國境邊陲·蘭嶼》，八尺門的影像時不時讓我思考攝影者的位置，而蘭嶼影像又讓我反思「觀光之眼」與「在地」，「他者」的目光。我不能不直視何經泰《工殤顯影》那樣的殘缺、破損的身體，然而卻如此莊嚴。《人間》影響了我在大學課堂的教學內容，也引領者我的日常閱讀。

必須一提的是藍博洲到國文系的演講。我記得那一年他播放四六事件的紀錄片——尋找周慎源。台下的學生，包括前來旁聽的系上老師受到極大的震撼。這個在教科書、師大校史中缺席的重大事件很少被討論。原來師大是因為四六事件才「轉型」成（被視為）保守封閉的大學，原來年輕

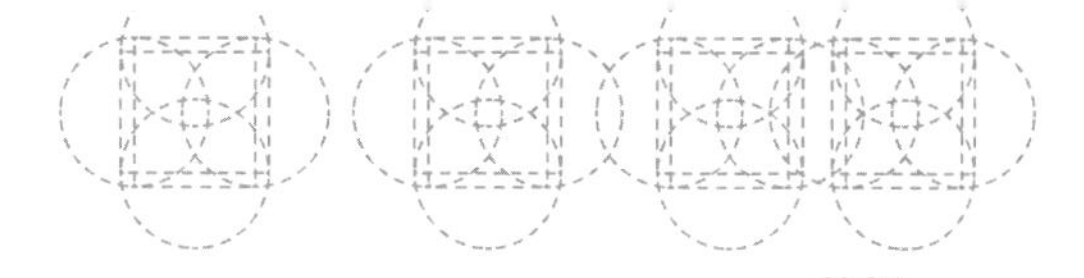

生命的死亡是可以全無痕跡，直到藍博洲走進歷史的深處，撿拾記憶的骸骨，再現這一段被湮滅的歷史。

課堂上學生對讀〈幌馬車之歌〉與侯孝賢〈好男好女〉，他們閱讀《藤纏樹》；歷史（history）原來是故事（hi, story），藍博洲對於報導寫作的堅持與行動，好像成了一種傳奇，長年來感染了我及學生們。

2001 年師大畢業典禮特別為當年因四六事件未能順利畢業的學子頒發畢業證書，那是師大正視四六事件的開端。（一直到 2016 年師大創校七十週年，才寫進校史）當年，我也是坐在台上的畢業生。看著體育館內青春、歡愉的大學生們，看著身旁戴著方帽子的白髮蒼蒼的老者——他們是周慎源的同學？台下的學子誰知道周慎源及當年的事件緣由？當歷史進入了生活現場，遺忘原來是一種日常。

因為藍博洲的緣故，我參與了 2005 年在長春舉辦的作家作品研討會。那一年，能跟陳映真老師握手（他那厚實溫暖的手掌！），能親身向他表述我閱讀《人間》的心情及成長轉折，是生命中永恆的印記。

四

雖說人間成為我感知、認識世界的方式，但我也必須說我怕《人間》。

我的「怕」或許是因為，如果當年的我是因為受到一種素樸的，不容自已的現象及情懷感染，那麼，現在的我是否比以前更有識見與實踐力？進入學院之後，我是否服膺體制的效度，而忘記那麼一點天真與熱情？

我怕的可能不是《人間》，而是這三十年來的自己。

曾讓學生讀《人間》，學生提到，接觸《人間》讓她覺得壓力很大，因為對這世界發生的種種，我們一點也無能為力。

「可是，我們看見了，因為我們有感覺，有意願去理解，這件事就會變得不同。」我對學生這樣說。

「難道讀了一本雜誌就會不同？」

「至少我們正在閱讀，正在思索。」

隨時保持一種不安與不適，也是一種生存的姿態。

「如果文學做為一個計劃吸引了我（先是讀者，繼而為作家），那是因為它擴大我對別的自我、別的範圍、別的夢想、別的文字、別的關注領域的同情。」（蘇珊・桑塔格〈文字的良心〉）這是人間帶給我的視野。我想起《人間》第一期陳映真訪問鍾楚紅的提問：「這個訪問，沒把你當明星看待。想把你當一個人，一個女人，一個表演藝術家……」

如何面對現世的荒蠻與媚俗？不就是尊重每個「人」的存在，有能力感受他者的感受，對每一個人都懷有相同的敬意及同情吧。

三十年前，我從蘭陽平原來到台北城，那時的青澀與樸質很難復現；重讀《人間》才看見那個時代的全景視野，那是人文關懷觸發的起點。當年的我自問：我有沒有能力，去探索更大的世界？現在的我呢？

還是陳映真的話：「文學為的是使喪志的人重新燃起希望；使受凌辱的人找回尊嚴；使悲傷的人得著安慰；使沮喪的人恢復勇氣……」，但願我在學院之中，也能秉持這樣的心念，「艱險我奮進，困乏我多情」，具備知識與視野去帶領學生碰觸這樣的「文學」。

畢竟，《人間》給予我的怕與愛如此珍貴。

【范宜如，台灣師範大學國文系教授】

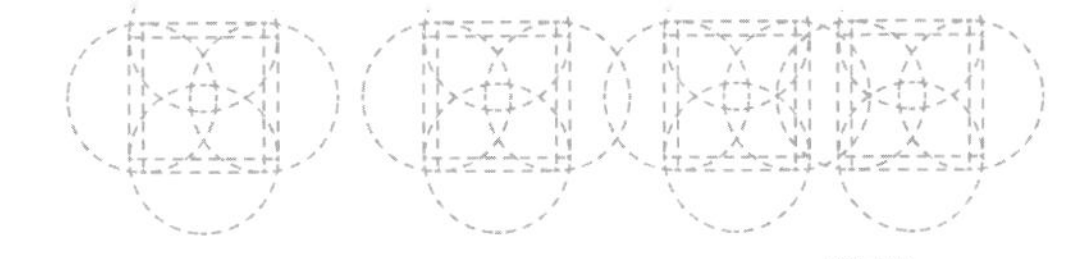

我的「人間」旅程

張立本

我與《人間》的關係，應該從我的舊書癖好說起。不過這種回想恐怕不是「科學的」而只能是一種感覺。

房裡那整套《人間》，是一本、一本從舊書攤，或高價或好運地廉價購得，或知我好者所贈，慢慢湊齊來的。我怎麼也想不起購買第一本《人間》的確實日子。我想了好幾天，印象才以無從確認的方式浮了出來。大概是十多年前，在龍泉街一間頗為明淨齊整的舊書店的某個角落，偶然被架上的〈台北病理學：都市住民運動〉吸引吧？因為我的本行是都市與空間研究。

只是巧合。沒活過 1980 年代據說的紛紛擾擾，《人間》對我沒有意義，便也沒認真地想集全。你知道，對某些舊書癖——偏執如我——來說，舊雜誌太難收集，孤本的不扎實感又難讓我放太多心思，於是，因著不識的忽視，我很長一段時間不把它掛在心上。剛接觸時，《人間》和別的雜誌、報紙、書刊、從這裡或那裡複印下來的片段沒什麼不同，不就是積著塵埃，而塵埃終於凝結為點點書斑的舊材料罷了。

作為舊材料，《人間》是很負責的，沒收齊也很容易找到適合課堂閱讀的材料。例如於今少有記憶的二重疏洪道上原「洲後村 」的事，原來陳映真的同仁們，還很關心城市發展的軌跡裡，以工程、安全、公眾之名厲行的不公。「洲後村」是平原上的以單姓為主的私有土地傳統村落，至少不影響當時〈當一個村落從地圖上消失〉的作者，記下人們遭逢拆遷、拆後淪入都市底層的愁慘，也從各方面，如都市工程的技術疑問，或周遭土地與房地產與政治構造的關係，供給省思人們呼喊著「不公」的意義。

那幾年我不斷地擷取各種「case」，包括各種各樣人的故事。幾乎每篇文章，或長或短，都能感受文字如何層疊著把癥結擠出來，於是每收一本都是豐富我的資料庫。我就是這樣不自覺地用著，當我把它當工具，也正忽視了它。直到某回，一位平時不大顯眼，總是默默挨在牆邊的學生的閱讀心得，警醒了我。當時的指定閱讀是描寫工人兄弟姊妹下工後在「卡拉OK 餐廳」交往、彼此慰藉的〈漂泊者之歌〉，不長的故事。她交來的心得也不長，但她說，讀完〈漂泊〉她終於懂得了媽媽的心情。啊！這不就是《人間》發刊詞的那句話：「透過我們的報告、發現、紀錄、見證和評論，讓我們的關心甦醒；讓我們的希望重新帶領我們的腳步；讓愛再度豐潤我們的生活」？當然，我並沒有追問她此前與此後與母親的關係，卻感覺到《人間》確實有什麼特殊的動人的質地，我自己也必須重新閱讀與感受。

大概是這樣的情境，我去圖書館翻閱自己缺漏的期數，因而找到創刊號的一則此後長期為我所用的文章：〈台北內湖垃圾山的小世界〉。還是「都市問題」，〈小世界〉具體分析了回收業的層層剝奪，但是，在那飛快的經濟指數所飛快地淘汰的各式物件堆成的山上，我看見的卻不是窮人，不，該這麼說，故事採訪與主述對象都是一般理解的經濟上「窮」「人」，卻不是賣弄貧窮處境之慘，也沒有鋪張的獵奇，而是如那張彩色跨頁照片，一位拾荒者在撿來的舊鋼琴前彈唱，讓我讀到了幾乎透過他的身體舞出頁面來的開心的感覺。「窮」是表象，但底下是什麼？由於真正關心「人」的狀態，它的報導才能勾動讀者省思「人」的本身。1980 年代，或者更早的狀況，是「前未曾有的、富裕、飽食的社會……高度的分工組織化……人與人之間失去了往日深切的、休戚相關的連帶感，和相互間血肉相連的熱情與關懷」，但要重新接起人與人的連帶，該如何呢？《人間》

同仁當時所想，是我想的這樣嗎？

讀得越多，就愈好奇。《人間》似乎內蘊著清晰的、卻因不招搖而難以言語形容的寫作寄望。它當然是報導，卻和尋常的新聞不同。《人間》和一般的舊文章更是不同，有時下性，卻不令人感覺過時。邊讀著，我也逐漸有了更多動力尋找和蒐集，甚至向同是舊書癖的友人們發帖請求留意。曾有位朋友也是自行收集，還在東海大學辦過一次回顧展，我也應該可以吧？

這時候距離初接觸已四、五年了，我想要讀它，但仍然稱不上認真、全面地閱讀，也沒有時間與方式反芻。而僅僅是收著、讀著，也還是發生一些閱讀上的感覺變化。人們一般談《人間》，不外乎幾個關鍵詞：環保、人文、人道、關心受辱者……。這大約是沒錯的，然而可能也是化約的。

某些層面比較容易察覺，也是我最早感覺到的層面。例如，除了貫穿數十期的高山森林議題，其中從北到南的環境汙染事件許多至今仍是影響至鉅、為禍人間的不可逆。報導基本具有一定分析厚度，使得議題本身不成為主旨。《人間》讓讀者看見那古老、巨大的樹林，不是抽象理念，而是意圖揭穿盤根錯節的由官僚結構深介著的利益結構。或者如核電，也是從技術面，而且特別是技術面，鋪開了壟斷、分贓，及也同樣涉及了做為分贓的媒介的官僚機構，且還由官僚的性質擴往更大的利益分贓構造。又再如〈嗚咽的二仁溪〉系列，從大的、世界範圍的、國際分工關係的背景，展開了何以有這麼多廢棄金屬不去別的地方，卻湧進了島嶼，及城鄉發展不對等的提問。

難以感覺的，或許也因於，藏在《人間》的豐富、多層的批判中的，存在著呼籲人們的信心的企圖。在飽食、隔離與隔絕、彼此仇視的今日，人人為自我保全，而競爭，而逐利，味著完成自我而人吃人「我們的關心、希望和愛。再也沒有立足的餘地」了嗎？《人間》說「不，我們不信！」我逐漸感覺到《人間》精神中最突出的態度。

在國際分工鏈的勾動下，發生了〈二仁溪〉的事件。然而，受到汙染所危害者是人，汙染者也是人，我們要如何理解，人們明知污染之害，卻仍然不能不在農田、賴以為生的溪流邊燃燒廢材？我聯想到另一貫穿數十期的主軸：原住民問題。台灣戰後的經濟快速成長過程、都市化過程，影響最鉅而不公之壓迫也最劇烈的，很難說不是原住民。但是，除了兩大主題「八尺門」與「蘭嶼」，讀者很難將散布在不同期的故事統包回收到「原－漢」關係的「議題」，或「關懷」。《人間》設法讓我們看到不同事件背後的動力，如都市化、城鄉流動，於是預留了觸及同樣遭受不公對待的非原住民的可能性。我不斷的反想，今天朋友、前人們難以忘懷的「湯英伸」的事情，之所以能在不斷出現類似事情時讓人提起為戒、為反思（已經開始移轉到外籍移工），也正在於〈不孝兒英伸〉不是主張著、嚷嚷著概念、價值、理想……。〈不孝兒〉文章群盡可能地展開了層次，當然是指向社會構造而疑問著的，然而，多面並陳地勾勒「湯英伸」作為一個「人」的素描，毋寧才更有力地震盪著人們思考，這樣的事，為什麼會發生？

閱讀《人間》，感覺到它質問著事情之所以發生的背後原因，也感覺到備受質問，只不過不是逼迫一個態度、一個立場。這樣的寫作也給了讀者更多後續的自我責任。如果我們批判，卻只是批判，而還不能有效看見湯英伸之所以做成那樣的事的後頭的嚴實窒息了湯英伸的社會、我們，如果不能看見人之所以為人的可能性，那麼除了控訴恐怕也沒別的了。

這種閱讀感受，讓我沉思了很久。還是湯英伸給了我解答。事後，兩個遭逢了死失、至大哀傷的家庭間，能說出「事情已經過去……我們兩家就此和好了……以後，你到台北來，一定要到我家奉茶……」？不就是這裡所提的：

> 不，我們不信！因此，我們盼望透過《人間》，使彼此陌生的人重新熱絡起來；使彼此冷漠的社會，重新互相關懷；使相互生疏的人，重新建立對彼此生活與情感的理解；使塵封的心，能夠重新去相信、希望、愛和感動，共同為了重新建造更適合人所居住的世界，為了再造一個新的、優美的、崇高的精神文明，和睦團結，熱情地生活。

你不能說《人間》沒有「揪」「責」，只是沒有將責任放置在首先承受著生之重壓的個體的身上。《人間》首先關心的也正是承受生之重壓的人，叫人理解而且看清自己也是這樣地形成的人性。兩家人的對話，怎麼能不讓讀者想更多？我猜吧，那些逢著課堂作業的學生，許因緊張而比我這出作業者更仔細地閱讀，於是有了比我更豐富的感受。

同樣是很草率的時間分野，約 2010 年末之際，我收齊了《人間》，也恰恰是這前後開始讀陳映真的著作。我思索著陳映真文學中所設想的世界的時候，再讀《人間》也有了新的感受。陳映真通過魯迅得來的感受：「我於是才知道了中國的貧窮、的愚昧、的落後，而這中國就是我的」，對我造成一定的震動；我開始想，先別說大陸中國了，就連我所處的台灣這島上，那些混亂、令人生厭的，人、群、意識與爭鬥等等，難道不也是「我的」？當然也不太能確定，究竟是閱讀了陳映真、想了解陳映真思想並且藉著陳映真思想獲得觀看、設想世界的可能性，讓我有新的閱讀感受，或者是我的學生教我的思索己身與陌生的關係，此時有了思考的往前。或許，就當是難以精確區辨源頭的閱讀與積累狀態，轉折了我的思考方式，也終於不再僅將《人間》視為「舊雜誌」。

它現在更像是一道門，開門所見是與我最親近的人事物。陌生與熟悉的感覺在相互催化。但很可笑，我比那位學生慢了一步，這時才想到自己。我想起了客廳櫥櫃裡，存著數不盡的黑白的或已經泛著微黃的彩色照片，裡頭的大領子襯衫、野狼機車、時興的喇叭褲、直筒褲、粗框眼鏡⋯⋯頹傾的木房柱，還有因為周遭田野過於荒煙而無法辨認是何處之曾經的走滿著手舉祭幡的鄉親的小道，以及一群群衣衫與行囊皆單薄的青年歡嬉於合歡山、阿里山⋯⋯。雖然是 1980 年代的雜誌，但它給我一套方法，毫不突兀地貫穿別的時間。那些人、那些事。人是怎樣從戰後破敗、貧窮的時間走出來？怎麼掙扎、奮力、苦難、喜樂⋯⋯？舊照片裡的大哥，如何因為父親早逝而必須擔負全家生計，及早就外出打工，然後最早北上工作求學。戰後的貧窮的日子，各人，該如何為了所設想的、好的、舒適滿足的生活而活，而為他人活？一人北上，接著是再一個、再一個、再一個⋯⋯然後一家子人約是瑟縮在當時仍屬於市郊的台北邊緣，然後一個、一個、一個再離開那小小的公寓。人的關係、心緒、感情、意念，是在這樣的過程確定成形的。人不是機器，沒有大量產製過程不得不的瑕疵，但仍有作為有機體的偶然的差別，成形為眼前所見的歧異。或好、或壞，我們想要解決的今天的現實，就是這樣組成起來的，未來一代代，也將以此為基底，沉積、累積著，因而逼我們必須省思整個過程。

於是我的《人間》旅途帶我回到「人間」。想要認真面對眼前的、最近的，熟悉與陌生都沒有什麼理所當然。然而，好似把我的思考引向了最最最、最現實的一面，其實，要提問現實後頭的真原因，卻又是極歷史的。思慮迂迴地，也終於帶我來到《人間》當中或許最不令人注意的文章群。

早在 1980 年代中，《人間》就通過介紹大陸中國偏遠地區、少數民族，開始了所謂「重新認識中國」。但是——有誰信呢？《人間》雜誌竟然還介紹《台灣閩南語典詞彙編》的作者許成章教授獨立、艱辛而甚少資源地完成他的著作。當然現在不敢說是「閩南語」了，你得扛著缺主體性的高帽。大量的台灣傳統民間藝術出現在《人間》，而仔細感受，民間傳統文藝在這兒不是與消費休閒放在一起，卻是與生活中的倫理、社會價值觀綁在一起。《人間》不知是否也是最早提出了客家人的生存、文化、歷史議題的雜誌，在那閩南沙文主義喧囂的時期，積極地把扁平的印象再展開。散落不同期數的單篇的，也能帶來啟發，如談越戰遺留問題（混血兒），或者談台灣人把孩子丟機在美國當小小留學生……。而當一般注意到，且反覆提起 1980 年代衝破鐵蒺藜的各種群眾運動，我也留意一般很少在乎《人間》試圖呼籲正視的命題。《人間》不斷地採證與舉證，控訴戰前的與復甦的日本軍國主義，談二二八中的本省籍共產黨員，呼籲重視台籍日本兵、因為海峽分段而留置大陸中國的台灣人、台灣的外省老兵……更關鍵的是，公開談論 1950 年代「白色恐怖」。這些我稱為「二戰遺留」的命題群，絕非過去了的歷史。當我再看到後來的幾期，介紹遍及亞洲的包括菲律賓與南朝鮮在內的反法西斯鬥爭或介紹西班牙內戰與當中的國際聲援者，我便真切地感覺《人間》供給人們非常多層的維度，來考慮現實問題。

那所謂環保、人文、弱勢……等眼前的事，恐怕得放回這些歷史的、世界的各種線索裡來想吧？這當然是很難的。然而，倘若要積極、有意識有所感知地生活在人間，這或許都是必要的罷？這是我自新的體會，《人間》留給我們的功課，但這大哉問就不急於在這兒回答了，旅程還繼續著。

【張立本，東海大學通識教育中心兼任講師】

我的童年關鍵字

傅素春

住著那個十歲女孩的村莊

> 黃佳琪坐在桌上，帶著耳機，把玩著一台隨身聽，十分愉快的樣子。……黃佳琪很肯定的告訴我，她國中唸完之後，要繼續念高中，以後才能上大學。「唸大學，以後可能就要去台北了。」[1]

那一年台南佳里塭內國小四年甲班的黃佳琪大約十歲，與桃園楊梅瑞梅國小四年甲班的我——同「班」同齡，如果沒有意外，三十年後黃佳琪將與我一同熟成四十歲的女性中年。出生於1977年前後的我與她，在人入中年時常緬想徘徊的童年時光，藉著閱讀《人間雜誌》相遇在八〇年代中期的鄉村場景。

當年一心嚮往讀大學並憧憬著臺北的黃佳琪，耳機裡播放著什麼音樂不得而知。那時遠赴馬祖當兵的大哥書桌上有台隨身聽，翻翻撿撿按下按鈕，丘丘合唱團〈就在今夜〉一路拔尖，我的童年拉高加速。看似恬靜的鄉村實則處在高亢的抵抗浪潮又極端商業化的圈內。那時的我未必嚮往台北，經由《人間》意外拾得童年片段，更深刻的感受到鄉村與城市儲藏著對列意義的同時，那穿透固態想像的文字更顯珍貴。走出鄉村與逃離城市是嵌合在時代的一組對列洋流。

八〇年代資本主義持續擴張躍進，《人間雜誌》以四十七期走過社會紀實報導的四個年頭，如果要清簡的概括其所涉足的議題，或許三十七期

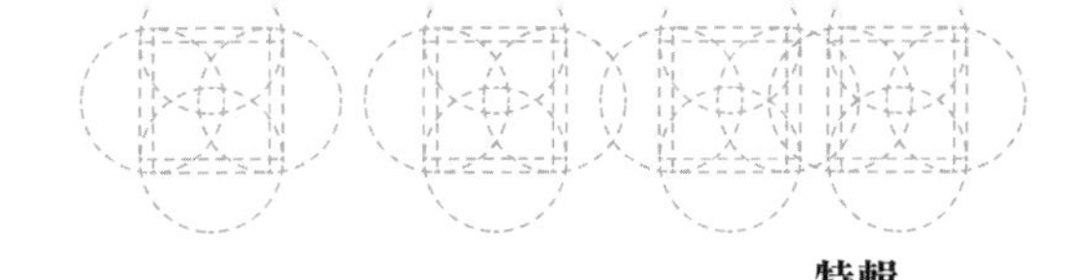

〈1980年代再編組和轉變的時代〉與〈和人民一起思想：終曲〉[2]兩篇，或可作為《人間》的診脈報告——台灣產業結構轉型、工人運動、農業政治、少數族群政治與泛原住民運動的興起，公害現況下環保生態的思索探勘。

然而，循著郭力昕鏡頭及文字聚焦的塭子內，喚起左心房漩渦中私我的生命經驗，是由核能、反杜邦、綠牡蠣、韋恩颱風、地層下陷、三晃農藥廠、李長榮化工、鉛鎘重金屬，無意間翻攪出的童年關鍵字編組而成。同時亦是我渴求閱讀而歪曲的童年史。

我的自然課——一台童年顯微鏡，一條瞬間變色的河

基隆河「黑得像墨汁」，是「一條被貪欲的文明荼毒致死的，親愛的河流。[3]」靜靜流淌在早已罹患絕症的台北。透過攝影鏡頭一路溯流，任意將垃圾拋棄在河川的習慣，從台北一路到瑞芳，從臨河之處到山坳，小則家庭垃圾、廢水、水肥，大則是汽車與鄉鎮的垃圾堆積場，甚或是各色工廠未經處理的工業污水。阮忠義試著在民權大橋上探問路人「知不知道橋下流過的是那一條河啊？[4]」每天在橋上來來往往的人答以淡水河、新店溪。一條河的死亡，在城市人不知其名的漠視下，眼不見為淨，悄悄發生。

基隆河〈第十四景：紅蟲〉，「往常，在垃圾山附近的基隆河河面，我曾看到一些小舢舨，在河上做不規則的迂迴航行，彷彿是在採集水底下的某種祕密。」突然眼睛鮮亮。我在屋邊水溝與灌溉溝渠交會處，款擺如髮絲的紅色水蟲，就是那個秘密。

四年級的自然課則帶我解碼了其他秘密。

與兄姐相差甚距的年齡造就我寂寞的童年，也造就我早熟的歪曲閱讀史。關於童年讀物一開始就不是由適齡讀物組成，更不可能有現在創造力豐美的插畫繪本。閱讀之於我，就是把哥哥姐姐的課本與報紙仔仔細細讀過。自然生物課本的圖片就是插畫；資本社會釀生的驚悚社會新聞，充斥著奇情的暗殺情殺姦殺就是故事；隨報紙張數增多的廣告，我讀出了赴日本女服務員、限女性高薪無經驗可的弦外之音。這樣的伏流引領我走進了

文學？

其實，那時我的志願是當科學家。在那個白而細瘦帶著塑膠黑框眼鏡，開著裕隆速利的年輕自然老師走進教室之後。

那時節我是膽大的鄉下女孩，在其他女孩已經「長成」怕血怕火時，我仍很盲昧。因此我負責操刀解剖吳郭魚，操作燒杯酒精燈、顯微鏡。那時節我還很奢侈的擁有一台顯微鏡，是上大學的小哥攜回。百無聊賴的放學午後，我直覺撈起紅蟲款擺處的臭水，嫻熟的操作載玻片與蓋玻片，把眼睛對準接目鏡開始旋轉旋鈕，想要尋找答案。紅蟲是水質敗壞的指標，這根本無須顯微鏡即可以得知，幾番折騰只是在打發無味的童年。鄉下的貧脊因為兄姐遺落的物件與意外的自然課而充滿可能，我終究與科學家的夢想錯身。

真正的污染是連紅蟲都活不下去。

曾經是灣裡孩子們游泳摸魚的二仁溪，「黏稠的河水，因為溪底的泥沙裡經年累月沉澱和積累了大量的重金屬，經過不斷的分解轉化，產生複雜的廢氣和沼氣，在水面上，此起彼落地冒著小氣泡。[5]」避開城市的河川是否就得以保持純淨？從《人間》報導下的基隆河上游與二仁溪，新竹李長榮化工廠緊鄰的頭前溪，與台中大里三晃農藥廠附近的大里溪，污染跟隨著人心最黑暗以及為金錢狂奔的固執，隨意撒播。

另一條孕育農業動脈的河川也在腐化。它長且流域寬廣，腐化的樣貌牽連甚廣。上游部落增加市場性高與經濟作物栽培面積，縮減傳統主食種植面積的結果，一旦市場變動或者政策失誤，山地農業與農民的生活就會陷入困境。親愛村腐壞的玉米與十多年前種下的杉木和竹子，都遲遲等不到農政單位的車子來收購[6]。中游的地利村改種玉米但常常不敷成本，即便有谷清雲這樣善動腦筋且眼神堅定的年輕人「油桐的市價垮下去，他換種稻子；稻子價錢不好，他轉種梨和玉米；梨價跌了，他索性砍下梨樹種香菇。『我就不相信山地人一定要當工人和船員才能活下去！』」[7]，另一面實況則是經由電視傳播裡「外面」世界的吸引，部落族人紛紛離開，

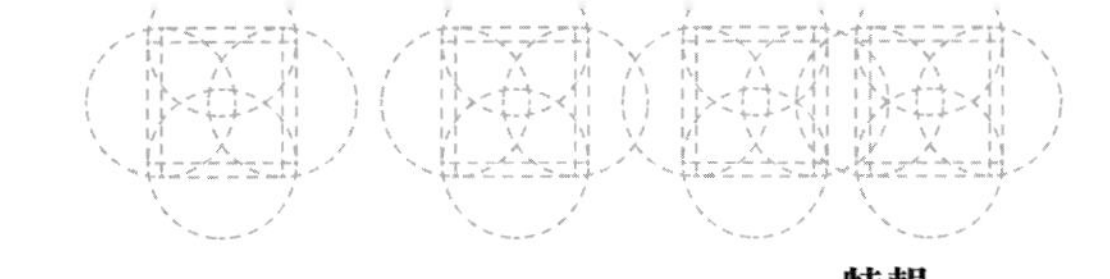

投入城市五光十色的物質世界[8]。至於民和村是一個河谷平原，土地肥沃平坦但是人口外流勞動力老化與穀價低賤，只能少種少賠[9]。下游呢？颱風、水源分配與砲兵演習都干擾介入了做田人的勞動付出，加以農藥與生態破壞，甚至是不時聽聞的農藥中毒事件，與天打賭的農民[10]，「現在農民一定要兼作工人，才能活下去。[11]」河流的上中下游都有各自的難題，那種有秩序的次第想像，著實是一種虛幻意識吧。

如童謠所詠我的童年有河為伴，卻一夕見證它幾乎死去。前日還可以捉魚摸蝦的頭重溪[12]，天亮後凝結沉積著厚厚的五彩泥漿，並未立即逼死它。歷經隨意拋擲的垃圾廢水、電魚毒魚，維護兩岸農田不受洪水侵蝕蓋起的水泥河岸，攔截河川復刻電影養鴨人家的加持，一條河流被工業、農業，被利益薰心緩慢凌遲，最終成為一條你無歌無詠無法嗅聞，無法親近的河。而我上學必經之途，石門大圳鑽過頭重溪的水口，早早已是死豬與各種惡臭垃圾的堆積處，甚至還有上游村落泅水溺死的小孩，將我兒童期所能感受的恐怖推到極致。

1986 年《人間雜誌》【一條河流的生命史】系列，以基隆河、濁水溪與大漢溪為對象，最後不知何故大漢溪的報導空缺。或許在石門大圳邊上我的童年可以聊備。

核、戴奧辛、綠牡蠣

那個頭髮總是亂糟糟而被我們取笑的自然老師，正熱切的向一堆鄉下孩子畫著太陽系、解釋光年，出示核彈爆炸時的蕈狀雲照片還引來一陣驚呼，甚至背對孩子好久，只為了仔細畫出核反應爐及運作圖。記憶中的他真像漫畫裡的怪博士，一頭亂髮，髮際線退縮且瘋狂激昂。

我無法謊稱老師是《人間》忠實讀者，展開他的鄉村教師啟蒙之路，用來增加此篇文字的合理性。應該說重讀《人間》的熟悉感，喚起怪博士的記憶，也是貧脊歪讀報紙時不小心吞入的八〇年代。

1985 年 7 月 7 日核三廠一號機爆炸延燒三小時，1986 年 4 月 28 日前蘇聯發生車諾比事件。《人間》在1986年6月製作【「核電廠就在我家後院」系列專輯】，11月【「核能曝害追蹤」專輯】，1987年8月【人間追蹤報告】〈輻射線外洩的那天〉，12月【關曉榮蘭嶼記事系列報導】之七〈一個蘭嶼，能掩埋多少「國家機密」？〉，對核能安全、海洋生態、核輻射安全基準、弱小底層的勞動犧牲、核廢料處理潛藏的漢人霸權有深刻的批判。

我記得自己躲在木頭課桌下力求姿勢標準躲避核爆震動，雙肘與胸部貼近磨石子地板時的冰涼。

八〇年代台灣已有三個運轉中的核能電廠，有兩座在北台灣，所以我非常認真的想像如何躲避令人恐懼的輻射塵與接連而來的黑雨，如何在渴望喝水時找到乾淨水源，甚至內臟會如何在體內瞬間爆裂或皮膚潰爛，而痛苦死去。後來我在永井隆《原子彈掉下來那一天：37個孩子的手記》與斯維拉娜．亞塞維奇《車諾比悲鳴》裡，在死亡當口親身見證的尖細文字中，猛然一想那駭人的時刻根本猝不及防。

核一廠門口賣冷飲攤的羅榮福，是這樣回應核電廠在家後院的隱憂。「像我們這種窮苦無用的人，跟著人家怕個什麼？」當採訪者進一步詢問是否願意兒女們繼續住在家鄉時，他說：「苦瓜長的也是苦瓜。我那幾個兒女，我最知道，也是一世窮苦無用的人，活下去都夠累了，怕甚麼。[13]」老師震震的用粉筆在黑板上指畫核分裂與核融合過程的驚人力量與危險，我一方面深陷在一知半解的原子、中子彼此間的奇異碰撞，是否沒有注意到老師的言語裡有激昂抵抗的種子。甚或是一種活著的疲累。

作為鄉村，塭內被描述為一個「靜謐、質樸，以勤奮的勞動、人與人最原始的關愛溫馨地召喚著每一顆在城市焦躁浮動的心靈……[14]」；另一個鄉村圳寮——濁水溪下游詩人吳晟的家鄉，即便在台灣農村經濟的變貌下，「農民的勤勞、堅韌、純良，和對於土地最頑固的愛情，卻似乎未曾改變……[15]」可以安慰療傷的鄉村，靜態的鄉村，世代堅毅勤勞善良的鄉村：

> 每次我從台北灰頭土臉的來到塭仔內，就像看侯孝賢「戀戀風塵」

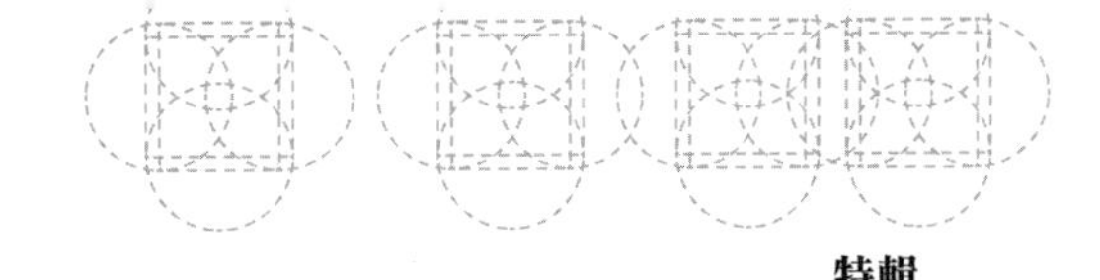

的效果一般，它提供了一種洗滌淨化的功能，使我再拾回一些對生活的肯定與希望，以足夠的勇氣回去面對台北。[16]

《人間》報導中的灣裡、大里、口湖、茄萣也是鄉村。在我的經驗看來台灣八〇年代的鄉村，從來都如文學一般，美好的言語中疊藏著辛辣現實。我那時常被文學謳歌為可愛靜謐的庄腳，其實同時也是不受管轄的廢料場、毒物室，以及擁有它的苦痛。

那是二仁溪畔灣裡社區日夜焚燒廢電纜、廢五金的猩紅火焰，多環芳香族與戴奧辛等有毒有機物產出畸胎之處[17]；那是晚上七點鐘受不了惡臭的黃老先生從窗子口看出去，俗稱十九甲的仁化村民在夜色中朝三晃農藥廠的大門走，開藥房的黃先生意識到遷到新仁村後賣出的皮膚藥與眼藥是台中的五倍後，回頭向太太說：「妳看，生意不錯，但是這種錢賺起來讓人心痛。[18]」的所在；那是北港溪出海口的口湖鄉地層下陷土地鹽化，統仙洲和外傘頂洲的文蛤被工業廢水毒死，沿海地帶水產魚蝦時聞暴斃之地[19]；那是興達火力發電廠高聳的煙囪噴出濃濃煤灰與二仁溪的重金屬夾擊下，不識字的養蚵人傍晚時刻三三兩兩充滿不安與憤懣，因著突然變綠的牡蠣聚集的廟口，彷如吉普賽人的吳江龍為了尋找乾淨海岸一路遷徙所抵達的茄萣[20]。

《人間》裡的農村經濟，夾藏在都市與資本的試探，如何面對人口外流、人口老化、工業污染諸多問題，至於都市物質文化侵入鄉村的種種，對我而言，是一扇寫實之窗。如果稍微把《人間》關於自然與土地農村的報導瀏覽一遍，在報導揭露現實之際出現的城市與鄉村對比結構，在此不免使鄉村也背負著世外桃源與淨土想像重壓，無法說話——它的純靜與它的消逝是同一回事。

鄉村曾經被賦予黃金時代與美好田園的時空意涵，隨著資本主義的成熟與城市發展，鄉村的真實圖景被遮蔽，對於城市荒原的精神建構同時也轉向至鄉村求取救贖，而事實上鄉村與城市在龐大的意象之外，一直都擁有豐富的多樣性與動態性，彼此時常共享共存而非處在割裂的兩端，雷蒙・威廉斯（Raymond Williams）的《鄉村與城市》如是說[21]。《人間》作為具有左派思維背景的雜誌，在城鄉的系列報導中，不斷引導讀者將城鄉置入資本主義發展論的反思之徑，展示著如何抵抗資本主義的優先權，以及克服其所造成的分裂。無疑的，它在台灣當代社會的批判思考上劃出鮮亮的紅色標記。

「單家簷屋」外——界限的那一邊是不是桃花源

在人類心靈深處總是需要安頓不安的處所，這個地方常常被投射到田園鄉野。從小成長於鄉村的我，知道農民與土地自然的關係其實非常緊張，農村其實一點都不靜謐，如果他安靜無聲，是因為他被判處為遲到的一方。

童年時總是聽四十多歲的母親以客語「單家簷屋」形容我們的居住處境。一片稻田圍繞，沒有鄰居。這種生活一點都不浪漫，也不如侯孝賢電影中的聶隱娘或青鸞：「一個人，沒有同類。」的孤絕。

那時我常反覆作著這樣的夢。夢境大概是我終於跨過習常的領域，到達鐵軌的那一邊，爬上一段小小的山坡，來到一個沿街建立的街屋型村落，夢裡的我漫步在過分陌生與安靜的街道、探頭審視屋廊或屋裡的人及貨物，有時乍然轉醒，有時多晃悠一會搭乘離村的公車或火車出夢；或著穿過高速公路下的涵洞，涉水順流而下，河水清澈，大魚穿梭在招搖的水草之間，河岸兩旁同樣有我從未知曉的村莊，也同樣有通往下個村莊的便捷路網；又或者繞過屋後的竹林穿過鄰人的田地，經過一條我從不曾走過的碎石大路，抵達一個不知名的美麗埤塘，那裡有穿著休閒服裝的城裡人在悠閒散步。

這些夢總是這樣出現，過不久又再度重臨。這或許是我童年居住於「單家簷屋」的寂寞投影，也可能是時代嵌入的感覺結構。

太陽月亮地球的相對位置界定了黑夜與白天、春夏與秋冬，生命的苦

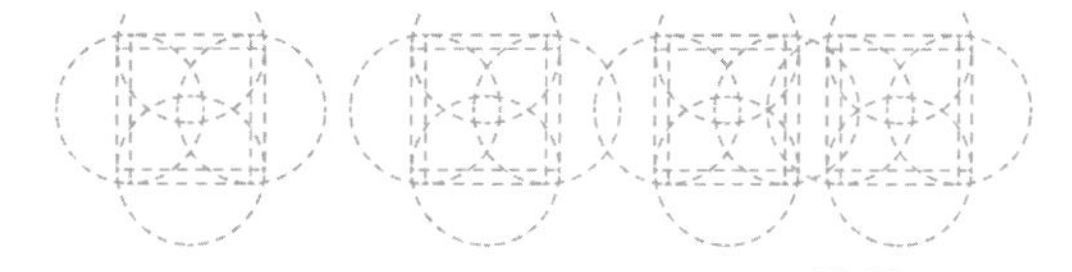

澀如自然老師轉動著的地球儀，普遍而綿長。

廖陳阿枝喝農藥自殺後，躺在醫院的病床上向兒子這樣說：

「阿雄，你爸昨夜托夢給我，叫我不要急著去找他，要我過些時候再說。你放心，我不會再喝農藥啦。人家說，好死不如歹活，好像有它的道理。」她握著兒子的手說，想想，又叮嚀：

「喝剩的那瓶毒絲本，有沒有收好？如果小孩拿去當汽水喝就不得了哦！不過也別丟掉，剩下的那些可以留著以後洒菜園。」[22]

八〇年代農村裡如廖陳阿枝那樣迫於農村經濟劣勢，又在生命中找不到可戀之境的人，灌下隨手可得的毒絲本或巴拉刈。

地球儀轉動，遠在幾千公里外迦納的 Agbogbloshie 或近在海峽對岸的貴嶼，是八〇年代灣裡的轉生投胎，前者於 2013 年瑞士綠十字會的報告中與前蘇聯的車諾比電廠名列全球十大汙染區。這樣的對比讓我警醒難安。迦納電子垃圾場裡的孩子與外地前往貴嶼謀「生」的工人，每天在空氣與水中灌下一點一點的有機毒物與重金屬。鄉村與都市，以資本主義為觸手，越過了一國的邊界，以全球為範圍。廖陳阿枝有機會在由死轉生後自我緩解，但迫於生存的緩慢凌遲有甚麼語言妙方可救贖。

最後，我想以揹相機的革命家尤金．史密斯的一句話作結：「我自問什麼是你個人一向最信守的哲學：是人性。我要堅持自己這個意見，並傳給沒有意見的人。[23]」我最終沒有成為科學家，而是在大學文學系裡的說書人。

【傅素春，靜宜大學中文系助理教授】

註

1　郭力昕攝影／撰文〈塭子內有沒有明天？〉，《人間雜誌》第 19 期（1987 年 5 月），頁 98-99。

2　編輯部撰文〈1980 年代再編組和轉變的時代〉、〈和人民一起思想：終曲〉《人間雜誌》第

37 期(1988 年 11 月)，頁 110-151、152-156。

3 阮忠義攝影／撰文〈尋找一瓢乾淨的基隆河水〉，《人間雜誌》第 11 期(1986 年 9 月)，頁 66、74。

4 阮忠義攝影／撰文〈【一條河流的生命史】第一部：基隆河(上)尋找一瓢乾淨的基隆河水〉，《人間雜誌》第 11 期(1986 年 9 月)，頁 68。

5 賴春標攝影／沈文英撰文〈【嗚咽的二仁溪】之一：啊！當一條河流死去… 〉，《人間雜誌》第 24 期(1987 年 10 月)，頁 102-103。

6 廖嘉展、朱心嚴攝影／官鴻志撰文〈2000 公噸腐壞中的玉米〉，《人間雜誌》第 13 期(1986 年 11 月)，頁 27-31。

7 李文吉攝影／李疾、許心怡撰文〈美麗的稻穗不美麗的價格〉，《人間雜誌》第 13 期(1986 年 11 月)，頁 38。

8 李文吉攝影／李疾、許心怡撰文〈美麗的稻穗不美麗的價格〉，《人間雜誌》第 13 期(1986 年 11 月)，頁 36-39。

9 李文吉攝影／李疾、許心怡撰文〈美麗的稻穗不美麗的價格〉，《人間雜誌》第 13 期(1986 年 11 月)，頁 40-41。

10 李柏樑攝影／李疾撰文〈吾鄉印象〉，《人間雜誌》第期(1986 年 11 月)，頁 46-55。廖嘉展攝影／王墨林撰文〈流過多少五穀豐登，農村凋敝的故事…〉，《人間雜誌》第 13 期(1986 年 11 月)，頁 63-64。

11 廖嘉展攝影／王墨林撰文〈流過多少五穀豐登，農村凋敝的故事…〉，《人間雜誌》第 13 期(1986 年 11 月)，頁 65。

12 清光緒元年(1876 年)沈葆楨奏請設置台北府，將原本的淡水廳分割為淡水縣、基隆廳、新竹縣，頭重溪是淡水縣進入新竹縣所見的第一條河流，以此名之。

13 梁辰攝影／李明撰文〈【核電廠就在我家後院】系列專輯之二：核電危鄉行〉，《人間雜誌》第 8 期(1986 年 6 月)，頁 87。

14 郭力昕攝影／撰文〈有個地方，叫塭內…〉，《人間雜誌》第 18 期(1987 年 4 月)，頁 116。

15 李柏樑攝影／李疾撰文〈吾鄉印象〉，《人間雜誌》第 13 期(1986 年 11 月)，頁 46。

16 郭力昕攝影／撰文〈有個地方，叫塭內…〉，《人間雜誌》第 18 期(1987 年 4 月)，頁 122。

17 賴春標攝影／沈文英撰文〈【嗚咽的二仁溪】之一：啊！當一條河流死去…〉、〈【嗚咽的二仁溪】之二：寧死也要在劇毒中掙錢的村莊〉，《人間雜誌》第 24 期(1987 年 10 月)，頁 96-103、104-109。

18 王華攝影／潘庭松撰文〈水不能喝雞不下蛋豬養不大〉，《人間雜誌》第 3 期(1986 年 1 月)，頁 58-59。

19 廖嘉展攝影／撰文〈劫後的口湖鄉〉，《人間雜誌》第 15 期(1987 年 1 月)，頁 94-105。

20 王家祥攝影／撰文〈綠牡蠣的惡夢海岸：台灣養殖業破產倒數讀秒的緊急報導〉，《人間雜誌》第 7 期(1986 年 5 月)，頁 106-116。

21 雷蒙．威廉斯(Raymond Williams)；韓子滿、劉戈、徐珊珊譯《鄉村與城市》(北京：商務印書館，2013 年)。

22 廖嘉展攝影／陳水邊撰文，〈失去生活意義的農民：彰雲地區農民的高度自殺率和彰基「毒物防治中心」〉，《人間雜誌》第 18 期(1987 年 4 月)，頁 110。

23 尤金．史密斯攝影／劉宗圃譯述，〈水俁悲歌：尤金．史密斯和他的「水俁病」報導 〉，《人間雜誌》第 7 期(1987 年 5 月)，頁 134。

苦悶時代的精神解放

蒲彥光

《人間》雜誌於我的影響與意義，千頭萬緒，該怎麼說起呢？簡單地說：有些階段似乎已經過去，成了昨日雲煙；然而仔細想想卻又未必，結構性的難題不曾真正消解，偶然在街頭在生活當中，仍會扎破那些未癒的膿瘡。

一

我就讀大學時的 1989 年，正是《人間》雜誌辦得火熱的年代，那些年也是海峽兩岸政治經濟走到了轉捩點的重要時刻：以大陸為例，1987 年中國共產黨中央委員會總書記胡耀邦因路線問題黯然下台，訴求改革開放的學運一發不可收拾，89 年胡過世，隨即於 6 月發生了天安門事件。全世界都關注中國如何面對改革、如何平息民怨？

至於台灣呢？ 1986 年民進黨成立，1987 年宣布解嚴，1988 年蔣經國總統逝世，宣告了強人政治時代的終結……，記得那些年我還在建中讀書，上下學期間常常在台北市博愛路的法務部及台北地院前，碰到軍警以重重拒馬封鎖道路，整體社會的政治對立衝突，正面臨了前所未有的劇變與張力。

進入大學以後，我參加了校刊社，當年大學校園受到社會氛圍影響，隱約感受到外頭已發生天翻地覆的變化。大學生編刊物很少是為了校內服務，既不關心學校裡的課程與行政，也絕少如當前大學生之偏好美食打卡與服飾品味，我們花了不少心思在討論生態環保、族群認同、文化搶救、藝文思潮等等議題，當然《人間》雜誌正是當年知青們的精神典範。我們學習如何製作深度訪問的專題、學習如何攝影與編排版面。

不妨舉個實際的例子說明，還記得當年我與同班好友鄧振困、高炳煌在社團裡編為一組，正巧圓山育樂中心挖掘出貝塚，我們就鎖定以「圓山貝塚」寫了篇專題報導，還特地跑去八里採訪中央研究院史語所的劉益昌研究員，劉教授並不嫌我們打擾，很有耐心地跟我們解釋日本學者伊能嘉矩與宮村榮一對於圓山貝塚的發現與假說，描繪出台北盆地曾經滄海桑田的歷史。還記得那時我們邊訪問，邊與劉教授的學生們在十三行遺址挖掘了一下午，整理出凱達格蘭族先民的部份骨骸、也發現他們曾與漢人交易的金幣。身為美編的高炳煌，當年即拍攝了一張頗有《人間》風格的貝塚照片，作為我們專題報導的視覺焦點。

編輯報刊的田野踏查經驗，讓我開始從課本以外接觸到真實的「台灣土壤」，此外，也有對於人文活動的重新探索。猶記當年各大學的校刊社團都很活耀，而且跨校共同舉辦一些編輯課程與聯誼活動。那時候我們也在一些學長姐的引領下，偷偷在羅斯福路小巷裡的唐山出版社，找尋魯迅、沈從文、茅盾等人的「禁書」來看。

那是一個禁忌逐漸鬆綁的革命前夕，遠的且不說（例如 1986 年車諾比核子事故、1991 年蘇聯瓦解等等），即在國內，因為蔣經國總統逝世後的權力交接問題，1990 年又發生了野百合學運，記得當時各大學很快動員了五千名學生齊聚於中正紀念堂示威抗議，主張解散萬年國會與推動民主改革，後來促成了 1991 年李登輝總統宣佈廢止《動員戡亂時期臨時條款》，並重新改選國民大會代表。在野百合學運期間，當年沒有新媒體可以動員社群的我們，每天有人輪流到廣場內記錄整理，隔天一早則捧著手寫油印的快報，在校門口迎著上學師生宣傳第一手的現場情資，希望能讓校園裡有一些擾動的聲響。

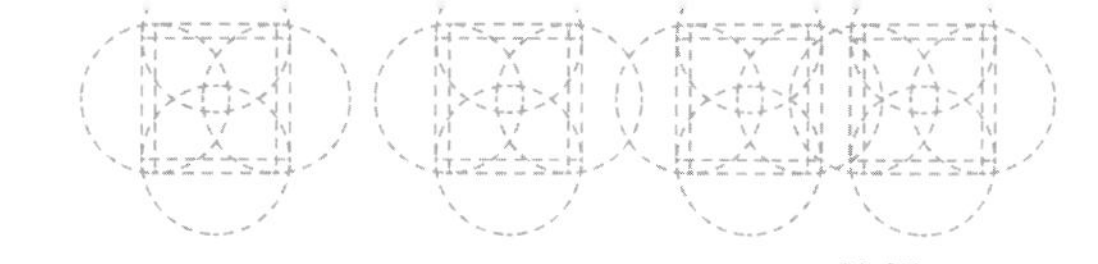

二

面對狂飆劇變的年代，今日再看《人間》雜誌的報導與內容，正好可以見證台灣在三十年前蟬蛻的蹤跡。現今許多重要的社會運動，在當時都已經開了端，反映出威權崩解前夕台灣社會議題的衝突與多元性。

例如，《人間》雜誌創刊號（1985 年 11 月）開宗明義，一出手就有關於不同族群的專題報導，包括攝影師李文吉對於「違反社會道德」的拾荒情侶黃昏之戀的記錄、攝影師關曉榮對於都市原住民的記錄、攝影師蔡明德對於依附內湖垃圾山過活的城市邊緣人的記錄、陳品君對於台北侏儒的訪談報導、另有關於越戰期間台灣出生千餘名中美混血兒的文化殖民專題、有關於文化人的素顏與平常百姓的攝影專題、有關於同性戀議題的人物專訪等。可以看出發刊時陳映真的企圖心與憐憫心，這本雜誌從一開始就想以社會邊陲的人物作為主角，透過攝影與訪談來為這些受迫害與被歧視者發聲，回到素樸的人本立場來反思存在的價值。

陳映真如此選擇議題，今日看來，就文化層面而言，確實承襲自台灣七〇年代引發騷動的「鄉土文學論戰」、以及與高信疆在《中國時報 人間副刊》設置「報導文學」獎項有關。而從政治層面來看，這現象也受到七〇年代保釣運動、蔣中正總統之過世、以及 1979 年美台斷交、另與中國修好的歷史境遇互為表裡。

如此歷史情境下，陳映真除了對於「台灣土壤」的族群議題感到關心外，我們也不難注意《人間》雜誌對於「大陸中國」同表關心，例如創刊號中也透過法國攝影家 Bernard Bordenare 的作品，介紹他旅行中國大陸時「奇特又獨創性的視覺遍歷」。又第二期（1985 年 12 月）則透過日本山岳攝影家白川義員介紹「幽邃、壯偉、瑰麗的中華無限天壤及永恆山河」。第三期（1986 年 1 月）透過香港攝影家梁家泰介紹「青海東部的高原湖泊、綿羊、犛牛，和醇厚正直的藏族人民的各種風情」。第四期（1986 年

1 月）又有梁春幼介紹西藏的攝影作品，第五、六、八期都有柯錫杰的中國攝影專欄等等……，一直到最後出刊的第 47 期（1989 年 9 月），仍有黃樹人所採訪的《大陸台胞系列》專題。從這裡既可以看出七〇年代以來《夏潮》的影響。也不難窺見解嚴前後台灣社會運動中，主張社會主義的左翼運動、與主張自由主義的黨外運動，為了對抗一黨獨大的威權政治，原存有微妙的同盟合作關係。

三

台灣這三十年來的發展，明顯地日漸傾斜於右翼運動。一方面是中國經濟快速發展後，台灣不免受其龐大市場影響、更試圖擺脫其政治或資本控制，在「你好大，我好怕！」、「強國人」的語境之下，激化的民族主義論述乃成為台灣自主性的典律，民進黨因此贏得大部份民眾的情感支持，站穩抵禦外侮的主體位置、成為情理上的反對黨。

另一方面則與世代交替之認同轉移有關。梅家玲指出戰後台灣小說有所謂「家國裂變」現象：「…饒有興味的是，四〇年代中，吳濁流曾以《亞細亞的孤兒》一書，寫盡日據時期台灣人民在認同上無家無父的悲哀，為台灣文學樹立『孤兒意識』的里程碑。六〇至八〇年代，孤兒退位，逆子孽子現身，先後問世的王文興《家變》與白先勇《孽子》，卻各自在有家有父之餘，演義出『逐父』與『為父所逐』的相互對話。然曾幾何時，兒子們卻又不再以家／父為念，或浪蕩街頭，或混跡黑幫，九〇年代以降，包括『大頭春』在內的各路『野孩子』紛至沓來，亦成為世紀末台灣小說中的另一奇觀。」（〈孤兒？孽子？野孩子？：戰後台灣小說中的父子家國及其裂變〉）正可以看出不同世代台灣人在身分認同上的「伊底帕斯現象」。

根據去年（2016）的《聯合報》民調，20-29 歲的年輕族群在國族認同上自認是台灣人比率高達 85%，覺得自己是中國人的比率只有 11%，可見在地民族主義的高昂。解嚴前原有的省籍問題，已隨著本土執政者與時

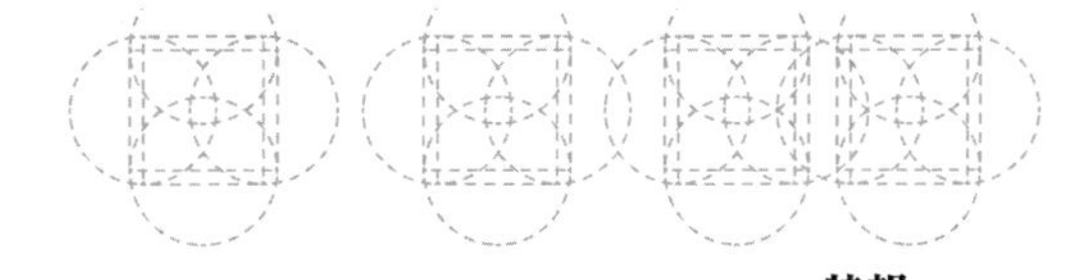

間被消解，當初於 1945 年隨國民政府遷台的青年，如果還在世，也已經是八、九十歲的高齡。

然而這場「認同」的戰役仍在進行中，恐怕這也並不只是台灣的難題而已（例如美國族群議題在近期也是相當激化的）。然以我本業的國文教學而言，「國文」難免涉及文化身世的編排想像，教育部近年不僅在大學端努力推動「蘊涵台灣文化與社會共同情感及價值之文本」（「補助全校性閱讀書寫課程推動與革新計畫」，2011），至於高中國文課綱審議，近期亦發生了文白比例的劇烈爭議，日前《文學台灣》雜誌社發起「支持調降文言文比例，強化台灣新文學教材」，有鍾肇政等百餘位台灣作家及教師連署；而中研院院士王德威、曾永義等人發起的「國語文是我們的屋宇：呼籲謹慎審議課綱」，支持連署者更高達四萬八千餘人（以本文書寫時 9 月 7 日之數據）。

即便在《人間》雜誌發行的八〇年代，身分認同的議題也未必如想像中簡單。例如第九期（1986 年 7 月）的原住民報導〈不孝兒英伸〉，從表面上的殺人事件，深探刑案底下的原漢文化差異與階級剝削議題。同樣地，原住民的文化認同問題也與時間攸關，例如原住民歌手巴奈．庫穗說自己是「第一代失語族人」，她與馬躍．比吼等其他原民運動人士今年初於總統府前紮營抗爭至今，反對打了折扣的「原住民族傳統領域劃設辦法」，批評執政黨與蔡英文總統違背誠信，涉及資本主義政商勾結、重現了日據以來對待原住民族之殖民歷史記憶。

以上所述「人」的困境，三十年來未必減緩，被剝削感不僅只見於原住民，新住民亦所在多有，還甭提日漸激化的勞工抗爭、軍公教年金改革等等，也令政府頭疼。此間複雜的「鄉土」想像、身世認同與階級對立，短期間內恐怕尚不易找到解方。

四

如從議題設定與政治立場來看，儘管《人間》雜誌出刊不及四年，卻可以說是風雲際會、躬逢其盛，匯集了七〇年代以降的巨大騷動，因此成為解嚴革命之重要見證、成為弱勢族群之代言者。而伴隨經濟起飛崛起的新興中產階級，也迫使執政當局必須釋放權力，終於促成了台灣民主社會與政治意識的逐漸轉型。

今日重讀《人間》雜誌，也該留心他們在編輯表現形式上的創意。前面提及《人間》雜誌中有許多專題是以攝影為主，文字報導為輔，實與七〇年代以文字為主的報導形式截然不同。陳映真首先引進了美國從三〇年代開始興起的「報導攝影」，他在〈創刊的話〉中說：「如果用一句話來說明，《人間》是以圖片和文字從事報告、發現、記錄、見證和評論的雜誌」。從前述〈創刊號〉中的各式報導攝影專題即不難發現，這原是一本透過照片來「見證」生存處境、以臨場視覺聚焦政治批判的新興傳媒。

陳映真當時邀請了王信為籌備中的《人間》雜誌訓練攝影人才，並擔任《人間》的圖片主編。王信（1942－）何許人也？這位女士是在七〇年代初赴日習農時，偶然接觸了尤金・史密斯（William Eugene Smith，1918-1978）的攝影作品，深受感動而毅然改行攻讀報導攝影，返台之後曾隻身前往蘭嶼記錄雅美族人的生活。從離島原住民的拍攝經驗中，王信主張：「報導攝影的基本精神是本著人道主義的胸懷，透過攝影去揭發問題。在一個民主開放的社會裡，報導攝影可提供一種刺激和反省，形成輿論，推動、改革社會，因而受尊重。對報導攝影者而言，開攝影展是下下策，它應該與印刷媒體結合，才能廣泛地報導而實踐它的良知與力量。報導攝影能使人們回顧那些被我們稱為原始的、落後的，未開發的土地與上面自然純樸的人性，而有所反省。」（《蘭嶼 再見》）因此其攝影理念不僅立足於泥土之中，更著重於人道與人性。

此外，當年擔任《人間》雜誌採訪攝影的郭力昕，對於報導攝影也作了深刻的反省：「新聞攝影本質上就是一種創作、詮釋、或表達攝影記者對事件之意見的媒介訊息，它與忠實記錄現場真實沒有多大的關係。其實所謂的客觀忠實的新聞影像，從一開始就是個自欺欺人的虛妄理念。……新聞照片並不那麼是個見證，而比較是一種完成人們願望或滿足讀者之想像的媒介，因為人們總喜歡將許多意義加諸照片之上。」、「我們有著一定的社會良心，因此對階級壓迫與制度性的不公不義，遂有著一定的輕微罪惡感。何經泰的影像作品，提供了我們不安與罪惡的舒緩劑，因為在凝視這些令人震動、心痛、不忍卒睹的傷殘影像，同時又被那昇華、超脫了的尊嚴所感動時，我們也在這注目、關心、感動的動作中贖了罪。」(《書寫攝影——相片的文本與文化》)換言之，他們的攝影報導不純然是客觀見證，而是加諸了許多意義於其上的創作或批判，更根本的是想表達人性的尊嚴與感動。

三十年後，人間同樣熙熙攘攘，科技的進展卻不可以道里計。現代台灣的新聞報導更加著重於視覺表現，尤其自媒體的時代來臨，無論報刊也好、電視也好，許多報導追求時效與臨場，經常直接取材於網路社群裡的監視器影像，而新聞更充斥了許多置入性行銷的商品情報，新聞媒體從過去的批判立場，逐漸棄守成為資本市場的營利工具。陳映真當初在《人間》雜誌〈創刊的話〉所慨歎的：「在一個大眾消費社會的時代裡，人，僅僅成為琳瑯滿目之商品的消費工具。於是生活失去了意義，生命喪失了目標。我們的文化生活越來越庸俗、膚淺，我們的精神文明一天比一天荒廢、枯索。」如今讀來，仍然是嚴正而深刻的讜論。

可歎的是，陳映真這一輩的老左派逐漸凋零，七、八〇年代的無畏與天真終將為人遺忘，當前台灣對於社會理想的失落、對於人性價值的悵惘，又該由誰來發聾振聵？由誰來喚醒人間的公義與真情呢？

【蒲彥光，明治科技大學通識教育中心主任】

「彷彿病人上了床，浪蕩子回到家」

陳冉湧

兩年前我第一次看到《人間》雜誌的時候，腦中不自覺蹦出的參照物是高三到大學三年級近四年間的課間讀物，就是那個後來出了著名的專刊《台灣，最美風景是人》、《民國範兒》的《新週刊》。我已不讀《新週刊》許多年，甚至在現在的我看來，這兩個風馬牛不相及的雜誌是無論如何、在任何場景下都不能同列並論的。但是當我細想《人間》雜誌（或者直接可以說陳映真先生）對我的種種啟發和影響時，卻無法迴避地要論及對過去自我認知、教育經歷的檢討和反叛，與此同步的則正是對《新週刊》為代表的種種「文化物件」的背離和疏遠。因此這篇長長的感想，必須從我的高三說起。

跟看《人間》雜誌的動機不同，一開始看《新週刊》的目的是純功利的——我的高考作文素材不夠了。當時我們省的高考作文要想拿高分，一個不成文的規定是：作為論據的「名人事蹟」寫得好。這個「好」，具體來說就是案例新穎，表達流暢。但也有例外，能夠同時做到語言華麗、句式多排比、情感豐沛的也可，而我偏偏不具備這樣的能力，所以只能老實地去挖掘各種「名人事蹟」。因為是「名人」，所以，工廠裡工作了幾十年的爸媽是不行的；街口擦了一輩子鞋的老爺爺是不行的；早餐攤賣熱乾麵、麵窩的阿姨也是不行的；我的語文老師自然也是不行的。因為他們不夠「典型」，「會讓人分不出你寫的是真的還是假的」（當時我的低分作文和語文老師都這樣警告我）。全校分發的《「名人事蹟」匯總》裡的司馬遷、雷鋒等等早已成「老梗」，更加不足以讓閱卷老師「眼前一亮」。

我只好去從課外尋找素材。北京奧運會前夕，也是「成功學」爆炸般地風靡之時，我每天回家後邊吃晚飯邊看央視經濟頻道的商戰真人秀《贏在中國》，睡前翻一翻《新週刊》，記了十幾個「成功人士」和「民國大師」的豐功偉績，從學者張競生到藝術家徐冰，甚至還有那時遠沒現在「有名」的「創業新貴」汪小菲。高考前的一個月，我的作文成績開始保持全班第一，並將這「優勢」一路延燒到高考。

我就帶著滿腦子的「成功經」、「大師經」上了大學。

我本想讀外語或歷史，不過卻是鬼使神差進了中文系，從入校開始就與周圍懷抱一腔熱血、心懷「作家夢」的同學們格格不入。另一方面，我的大學雖算是重點院校，但中文系的水準在全國實在只能算中流，學院領導或許確實意識到自身的弱勢，為了彰顯學科及學院在理工科強勢的學校中的「獨特性」並激勵我們，整個大一都在諄諄教誨著：「文學院培養不了一般的『才俊』，可是我們能培養未來的大師」。由此帶來的結果便是，「文學」這項屬性在我的大學求學過程中被無限地放大和提純，我所在的「中國語言文學系」最終與其他學科隔絕開，成了真正的「『純』文學學科」。加上天資愚鈍，中文系前兩年最重要的「中國古代文學史」被我學得完全沒有了「史」的框架，更加糟糕的是，看到文本只盯意象意境、聯想文人姿態，（中國古代）文學作品中那最珍貴的、與歷史緊緊扣連的「悲憫感」已經完全被無視和遺忘了。

到了大二下學期，我對這種學習方式的厭倦終於爆發，開始在課上課下看各種「閒書」。其中相當部分動力來自《新週刊》。那時長沙的《新週刊》舊刊特別便宜，十塊錢人民幣可以買厚厚的四本，所以即使上了大學，我也沒有中斷過閱讀《新週刊》。上大二的當年，新浪微博上線，中國大陸所謂的「新媒體」閱讀時代正式登場，《新週刊》靠著一向出眾的造勢能力，拔得「微博元年」的傳統媒體號流量的頭籌，至今仍是「新媒體」時代的「轉型成功」的典範。當時的《新週刊》正是以其前衛的、精緻的、時代弄潮兒般「當代菁英」的刊物形象吸引了迷茫中的我：「當代菁英」

應該深諳「傳統文化」精髓，但脫口而出必須是馬爾克斯、村上春樹或魯迅；要「有獨立的思想」；要「敢於批判」……它彷彿為「當代菁英」制定了列目清晰，量化標準的「入門手則」，為我指明了一條路，讓我從課堂上蒼白的「文人姿態」中逃出，開始學著身體力行地向所謂的「當代菁英」邁進，雖然現在看來這「當代菁英」無非是新一重的蒼白而已。但是，我卻因此囫圇吞棗地開始大量閱讀大陸當代文學作品（基本是九〇年代以後的），並且開始讀林語堂。我找遍了可以看到的所有林語堂著作，在當時依然毫無歷史感可言的閱讀下，林語堂是我心中「成功菁英」及「民國大師」完美結合體，彼岸的台灣也成了「最美的風景」。

大三，我囑咐赴台交流的妹妹帶回一套台灣版的《林語堂全集》，回曰：「沒有。何止全集，單行本都難找。」那時陸台交流遠沒現在這般普遍，資訊更是不通，我卻在和妹妹的溝通中粗淺地感受到了現實台灣與「最美的風景」的差異，除了日常生活中不可避免的「敵視」與「衝突」，最讓我震驚的就是台灣的中文系裡居然沒有「中國現代文學」這一門「必修」，而對中國大陸「當代文學」的教學更是趨近於無。於是，在赴台交換生都還是稀罕物的時候，我已經開始對那個想像中的台灣產生幻滅之感，連帶的，我也對《新週刊》所描繪的種種產生了懷疑。與此同時，我開始了「中國現當代文學史」的學習，遇到了大學期間對我幫助最大的老師，如果說我大學期間有過那麼一丁點的歷史感的話，那應該就是這門課給我的了。不過，那時的《新週刊》早已是如日沖天之勢，新浪微博的發展進入巔峰期，從「微博女王」到後來的「知道分子」、「公共知識分子」（簡稱「公知」），那幾年的「話題」，幾乎都可見《新週刊》的影子。這熱度一直持續到《民國範兒》、《台灣，最美的風景是人》橫空出世之時（2012 年前後），不過那時我已經有好一陣子不看它了。

四年之後，我才第一次認真閱讀陳映真先生的作品、翻閱《人間》雜誌。四年間，一場嚴峻的金融危機席捲全球，中國大陸的世界影響力日益壯大，陸台關係由熱轉冷，而圍繞《新週刊》的種種早已不是往日光景，

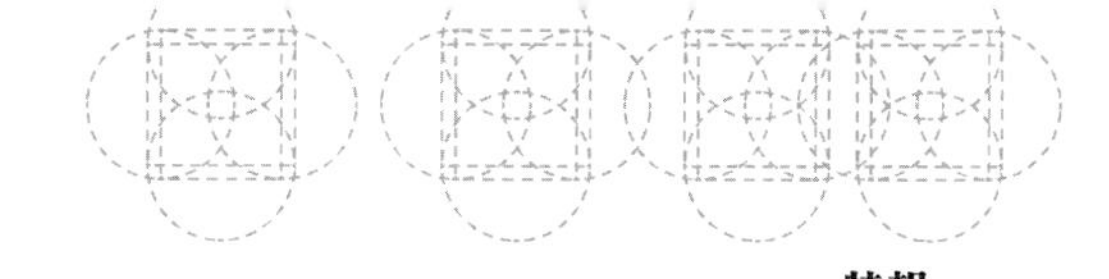

新浪微博的巔峰已過，「公知」、「最美的風景是人」已是貶多過褒的調侃辭句。我因為四年前的「逐漸遠離」，卻陷入新的迷茫：經歷了畢業、找工作、考研種種，我越發認識到自己「遠離」之及時和正確，但其他的，便是渾渾噩噩了。中國大陸此時消費主義的發展已經到了一日千里的地步，開始有零星的商家接受手機「支付寶」付款的那年，我到了香港，這是一個更加推崇「菁英」、更加崇尚消費的社會，在那種教育也被高度等級化、商業化、產業化的社會裡，我們這「好不容易出來了」的大陸土學生被老師教導「要多看看世界，感受珍貴的自由」，同去的很多大陸同學也都彷彿帶著全家的榮耀、勢要在香港出人頭地。談到「中港台關係」，會談「文革」、「六四」，會談「九七」，會談北京奧運會等等，但不會談「六七」、不會談兩地融合，更不談冷戰。上到文學課，好似整個兒二十世紀只有張愛玲來過香港。我更加深刻地認識到自己不是「『純』文學」那塊兒料，準備打包回府安心做個上班族。沒想到幾天之後在學校圖書館一隅翻到陳光興老師的《去帝國：亞洲作為方法》，就此竟將我引到「年少無知時」心心念念的台灣了。

因為《去帝國》的關係，我帶著最低的期待到達的台灣；也因為已經「幻滅」過，抵台後我反倒少了很多驚異與好奇，直接就投入到了閱讀和學習中。當時我深陷在「『純』文學」的陰影裡不願意去碰任何小說，索性第一本就讀了陳映真先生大陸版的《文選》（薛毅編，北京三聯書店，2009 年），我第一次讀到那樣直接、深刻地痛擊冷戰後當代文化、思想症狀的文章，儘管他在理論上或許比不過通常意義上的政治經濟學家，但可以以那樣溫柔敦厚、娓娓道來的口吻警示讀者的，在我看來卻只有陳映真先生一位。另一方面，則正如王安憶說的那樣：「我後來知道，一個人在一個島上，也是可以胸懷世界的」（〈烏托邦詩篇〉）。不誇張的說，那種「五雷轟頂」的讀後感受我確實第一次體會。

後來我便去找 1988 年人間版的《陳映真文集》來讀，同時也開始翻閱《人間》雜誌。說實話，相對於陳映真先生的各種文選、文集，儘管《人間》雜誌有著精美的裝幀和極出眾的紀實攝影作品，但閱讀《人間》雜誌的過程確實要辛苦得多，因為它實在跟當時的現實貼得太緊了！而我這對台灣戰後歷史一頭霧水的大陸學生，只有從最容易懂的部分開始讀。我讀的第一本是 1988 年十一月號的三週年特別企劃：「讓歷史指引未來：溯走四十年來台灣民眾艱辛而偉大的腳蹤」。這個企劃主幹內容由紀實攝影與文字構成，文字梳理了台灣 1945 年到八〇年代末，在冷戰局勢下、兩岸分斷、被美日帝國主義箝制下的發展史，紀實圖片的主人公都是底層的勞動人民，二者相輔相成，完滿地呈現了《人間》雜誌一直以來的「勤勞民眾的立場」。不過，這期最觸動我的卻是陳映真寫在〈發行人的話〉裡的話：

> 今年三月吧，有一家著名的財經雜誌，為了紀念蔣氏父子政府(administration)的結束，製作了一個叫做「走過從前，回到未來」的特輯。這個特輯給編輯部的衝擊不小，因為我們具體而深刻地感覺到，我們對台灣四十年來社會發展的歷史，竟而與那一家雜誌有完全南轅北轍的讀法和詮釋法……它是一本組織上和國民黨完全無關的，代表了台灣當前中產階級的民間雜誌所自動策劃和製作的……
>
> 對於過去同一段歷史，我們和那一本雜誌間截然不同的讀法、詮釋和敘述，應該是可以相互對照，從而不但加深我們認識的向度，更能給予幾百萬勤勉、樸直的「沒有臉的」(faceless)、無言的民眾為我們的社會所做的貢獻，做出比較公正、公平的評價，從而對於未來歷史的創造與發展，有比較具有民眾觀點的掌握。

我至今沒讀過陳映真提到的那個「走過從前，回到未來」的特輯，不過當時突然從我腦中衝出來的，卻是《新週刊》2009 年十月號，那期特刊叫「共和國六十年影像特輯：青春——從新中國到新新中國六代人的青春影像」，圖片依然精彩且精美（我至今依然認為《新週刊》最值得稱道的

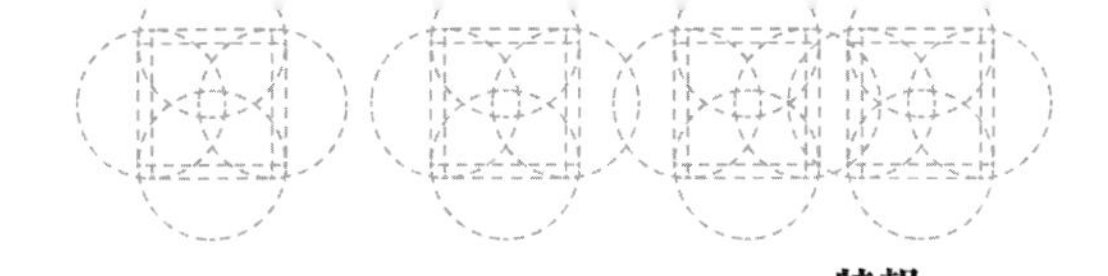

是攝影），不過整體上卻讓我覺得與「走過從前，回到未來」這句話十分相稱，特別是那期主筆作者還有我同屆高考的老鄉，「青春期過早地覺醒」的蔣方舟。但就是在那一刻，我突然意識到幾年前我「遠離」它的原因了：它離我終究太遠，而我之所以被那個遠遠的虛相迷惑、並沉浸在長久的空置的情緒裡，在於長期以來我的教育中缺失了「民眾」這一課——滿腦子「成功經」、「大師經」的我早已經忘記自己其實也是「民眾」的一員。

意識到這個問題之後，我開始認真檢討自己的成長、追問父母的歷史，如果說目前有什麼收穫的話，那麼除了前文那長長的梳理之外，就是我已經能夠心平氣和地對待遊走兩岸時各種困難。不過我還是只能處理自己的情緒，在看待兩岸及更大的世界上，我還做不到如陳映真先生及《人間》雜誌那樣，靈活地進行階級分析並勇敢地貼近現實。我還是太自我且抱怨太多，不過我也感激這個時代，讓對岸的我不算太晚地讀到陳映真先生的作品和《人間》雜誌。

最後，我想以錢鍾書先生〈談中國詩〉裡的一段話作結：

> 希臘神話早說，人生不過是家居，出門，回家。我們一切情感、理智和意志上的追求或企圖不過是靈魂的思家病，想找著一個人，一件事物，一處地位，容許我們的身心在這茫茫漠漠的世界裡有個安頓歸宿，彷彿病人上了床，浪蕩子回到家。

謹以此文，致敬《人間》雜誌和陳映真先生。

【陳冉湧，台灣交通大學社文所博士生】

從大肚山上回望《人間》

黃文成

那個年代，淡水還不算擁擠，在英專路上出現的人車，大約都是當地居民跟淡江的學生，街上有間「知書房」，類似現在的獨立書店，整面落地窗配上木地板，整面手作書架，質感頗好，店中擺放的書，以人文社會心理學門為主，按現在術語，大概就是「文青」味，老闆是人稱謝老大的「謝俊龍」。

謝老大常見首不見尾，但靈魂裡藏著文青隱埋不住；後來，聽說他開了出版社，他對這個世界，總充滿著一種文人式的理想；幾位同學在此打工，於是知書房就成了我們在大學時代的小圖書館。收銀的工作平台上，總放著一期一落的《人間》雜誌。翻閱黑白照片為主的《人間》雜誌，很是沉重，那時媒體所報導的各式新聞及感受到的台灣，都是一種揚升的姿態，然而《人間》所顯現的真實，是一幀又一幀黑白照所拼貼出來的「人間」現場，照片裡主角眼神與姿態，全是故事，即使未細讀文字，即可知當中身影盡是悲涼味。這些悲涼，豈是二十歲出頭的我能輕嘗的滋味。

此刻的我已近半百，我進入過最多次的書店空間，非是台灣各大連鎖書店，或是擁有各種風格的獨立書店，而是在台中大雅清泉崗忠義村裡的「大家書房」。這書房由眷村舊房改建，推開木門空間並不大，四面牆，留了一大片落地窗。跟記憶中淡水英專路上「知書房」味兒有些像，書架平台上放置了《魯迅全集》、《張愛玲全集》、馬塞爾．普魯斯特《追憶逝

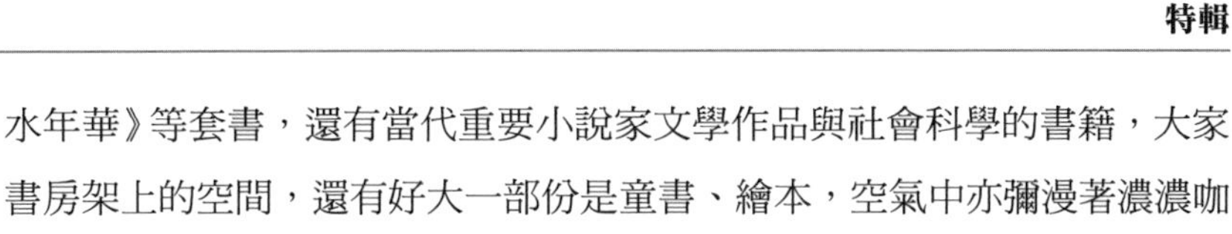

水年華》等套書，還有當代重要小說家文學作品與社會科學的書籍，大家書房架上的空間，還有好大一部份是童書、繪本，空氣中亦彌漫著濃濃咖啡香。

書房主人是奚浩，我的同事，我們同時進入校園執教鞭，即使年過四十，往五十歲大關邁進，這位大叔「文青」味還是極重，或許是家世與教養的關聯，畫家奚淞就是他的父執輩。大家書房裡掛有一幅農人下田鋤草的黑白照，有些歲月感，右下角有關曉榮的簽名。關曉榮，名字很遙遠，離這個世代；關曉榮曾是《人間》重要文字影像重要紀錄者，奚浩看紀錄片、拍紀錄片、教紀錄片，種種一切，該當與關曉榮有密切關係。

奚浩幾年前在清泉崗旁的忠義社區進行眷村紀錄片拍攝，忠義村是台灣目前最大的眷村聚落。「蹲點」的概念與關曉榮在《人間》報導文學的態度有關。拍片計畫結束，奚浩看見的不僅是眷村問題，更有眷村下一代的種種教養困境；奚浩選擇留在忠義村，賣了自己在台中市區的房子，租了一棟眷村老屋，稍做整建，開起了「大家書房」。書房一開，村裡小朋友有了閱讀空間，年輕的靈魂有了安頓之所。也就這樣，忠義村積存了好幾十年的舊時光，有了新的意義，眷村第二代願意再回到村裡，村裡的氣息頓時活過來。《人間》所要凸顯的社會關懷，我在大家書房裡，看到的是被實踐的可能與意義。

此時，幾架戰鬥機飛越過大家書房上方，抬頭望見的是大肚山上的天空一片灰，遠方火力發電廠的五支巨大煙囪，正排放著燃煤後的廢氣，這是全球最大的燃煤發電廠，可以想見，這污染有多嚴重。「非核家園」大概是台灣島民價值的最核心選項之一。只是這個選項，在還沒真正實現前，台中空氣已全面淪陷。紫爆霧霾，幾乎天天上演，大肚山周圍的靜宜大學、東海大學、弘光科大等院校，成了最大受災戶，來自台灣各地幾萬名學生，均曝露在高度致癌恐懼的陰影下求學，台中空污問題，不僅也不該只有台中人面對與承受；現在的大肚山失去的不僅是天空藍，亦失去了樹碧綠的林相了。若是《人間》報導尚在發刊，必然又是一幀又一幀沉重的黑白影像。

被伐砍的原始林相，是中部石虎棲息地。2017 年的國慶日，上演各縣市花車遊行戲碼，台中市花車主題以石虎為主角。石虎不僅是台中市政府在這波行政形象大使，更是花博的吉祥物。但現實的石虎真否又吉又祥地在牠應有的棲息處樂逍遙著？這答案，很慘忍。大肚山，號稱中部都會區最後一片綠肺，因中部科學園區第五期進駐大肚山，大肚山上原始林相被砍伐超過 53 公頃。53 公頃是一個什麼樣的概念？大概就是比兩個大安森林公園還要大，而這樣大片原始林的砍伐，只為一家科技公司進駐，只為引進一萬多個就業機會。那麼整個中部地區百萬居民的生存感，顯然非地方政府的顧慮與考量，更何況全台約存活著不到 500 隻的石虎。於是，這幾年來中部空氣品質越發地糟糕。在我身邊朋友第一個跳出來衝撞地方政府消極態度面對空污問題，記憶中，張明純應該是第一人。

張明純，主婦聯盟台中分會會長，清大人類社會學畢業，一個完全從家庭主婦的角色出發，監督台灣各種公共議題，或許因其學經歷背景，這幾年，張明純關心食安，推動減塑活動，對抗空污，這些議題，在《人間》系列報導裡，其實都能見到類似的論術與報導，只是這些議題的發生，不再是他人與他方的事，而是與我們日常更為接近與貼近，誰也無法閃躲掉這些公共議題背後的傷害。我亦看見了女性參與社會運動的韌性與態度，實是佩服。

同時，我對於台中空污的認知與理解，還受到兩個人的演講啟發，一是吳金樹，一是蔡智豪；吳金樹，曾是國小教師，近年投入環保議題的社會運動，是緣自於大肚山上滿山野台灣原生種野百合的美。

2010 年西屯路的百合基地，被開闢為工商綜合區，滿山開滿百合的那份靜謐與都市開發的殘暴景象，衝擊了吳金樹的人生觀與價值。他辭退教職，轉身投入生態環保教育，從東海藝術街出發，以社區大學為起點，

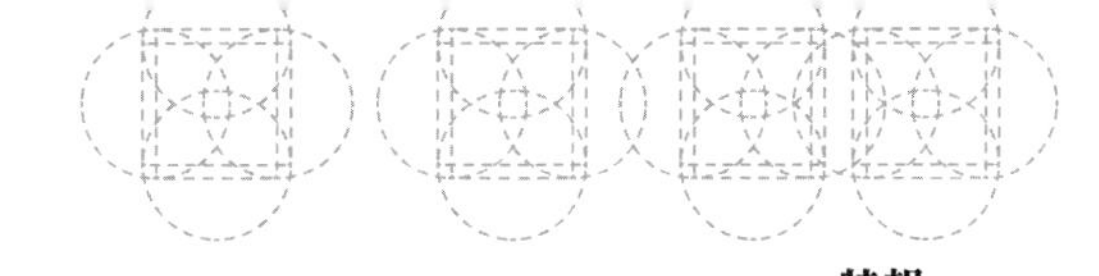

透過不同的行旅、演講、論壇方式，教育台中市民珍視大肚山的自然資源。這幾年，他除了對台灣原生種野百合復育及友善耕農推廣有成外，也在找尋大肚山上的石虎蹤跡。

只是近三年，整個中部地區的空污確實是嚴重，藍天難見，引發更多人的關注大肚山上的生態到底發生了什麼事。其中，另一個重要的推手就是蔡智豪。蔡智豪，軍人退伍，進入靜宜大學生態研究所深造，畢業後從事山林復育計畫並成立台灣山林復育協會，擔任理事長；與吳金樹一樣，蔡智豪亦透過社大教學、講座課程、論壇方式，積極地以行動力，將山林復育的重要性推廣給台中市民。

吳金樹、蔡智豪兩人，是我在靜宜任教邀請討論關於台中大肚山生態人文課程重要的講師。為何提及他們倆？其實還是跟《人間》相關。《人間》有多篇論述台灣生態，是由陳玉峰主筆，陳玉峰對於自然生態議題，涉入甚深，他的影響，不僅在學界，更是台灣社會對於生態觀念建構與深化，是一個重要的指標人物。

吳金樹年紀與我相當，《人間》對他的影響該當與我類似，都是間接的；蔡智豪年紀稍小，《人間》對他的直接影響當更少。但，陳玉峰在靜宜大學生態學系所豎立起的生態環境議題，引領台灣視野，陳玉峰的貢獻實在不小，即使，現在他人已離開中部，大肚山的生態教育，到目前為止，都還見得到陳玉峰當年努力後的成果，在這些後輩觀念與行動實踐力上，有直接的影響。蔡智豪、奚浩與我，皆非出生台中，因緣際會地落腳在大肚山周遭，我們曾都領略過大肚山自然與人文的美好，徒奈此刻的我們，正見證著大肚山遭遇百年來最大的人為破壞時刻。

離台中遠一點的，在南投有對樸質的夫妻，先生是廖嘉展，太太是顏新珠，他們曾是《人間》重要採訪者，〈月亮的小孩〉就是廖嘉展重要的作品；這對夫妻離開台北離開媒體圈，來到台灣中部，成立新故鄉文教基金會，深耕在地，向外推廣在地生態的美好；然而恰遇 921 大地震，劫後餘生，投入救災工作，不再只安於當個客觀的敘事者，也深受日本鷹取教會Paper Dome五十八根紙柱的感動，後來在桃米社區建立紙教堂，種種努力，翻轉桃米社區居民生活。我在靜宜台文系的學生來此實習，畢業後，棄文學研究轉入社區營造的行列，於此，我深深祝福台灣的社造行列，從此有了新血。

在南投除了桃米社區，竹山這小小山城，還有個何培均的故事，這也是一則青年返鄉典範的例子，何培鈞看見家鄉裡曾經的美好卻被世人遺忘的歲月時光，這一份歲月時光藏在百年古厝裡，何培鈞把屬於自己青春裡的夢想，在這裡重新找回，於是把百年古厝改建成被譽為台灣最美的民宿「天空的院子」。何培鈞與他「天空的院子」的故事，活絡的竹山沒落的傳統產業，帶動家鄉年輕人對傳統產業新的商機與想像空間，更激勵台灣許多青年創業夢想，也讓兩岸青文在文創產業，有了當代學習的典範。人的價值除了物質追求之外，何培鈞用緩慢的態度提醒青年朋友，與時光相處，才是最美好的生活。

很肯定的是，廖嘉展跟顏新珠必然延續《人間》精神，且以實際行動力改變他們所喜愛的這塊土地上的風景，他們改變人間的方式，不再侷限於文字或影像報導，更以行動解決問題的方式，將社區帶往離天堂更近。何培鈞亦是如此，他離《人間》年歲該當很遠，但即使如此，何培均鈞地方感的感受是強烈的，他有強大的社會責任，給了竹山舊產業重新賦予機會與生命，地方青年不再流失，也願意回鄉，共創地方幸福。

離開南投，把視角再拉遠一些，往台灣南方看去。高雄海邊某個小港叫蚵仔寮，那裡有個社工背景卻愛文字、攝影，並與人交談的余嘉榮；先前，他與幾個朋友合作創辦《透南風》雜誌，充滿地方、庶民與人文，不論從文字、照片，乃至於排版與紙質風格，都很「透南風」。余嘉榮靈魂的視角，完全貼近在地與靠近庶民，他的出現，改變了蚵仔寮地理人文，小鎮裡閒得發慌的退休老人，且成為他改造社區的幫手與戰友；小小漁村

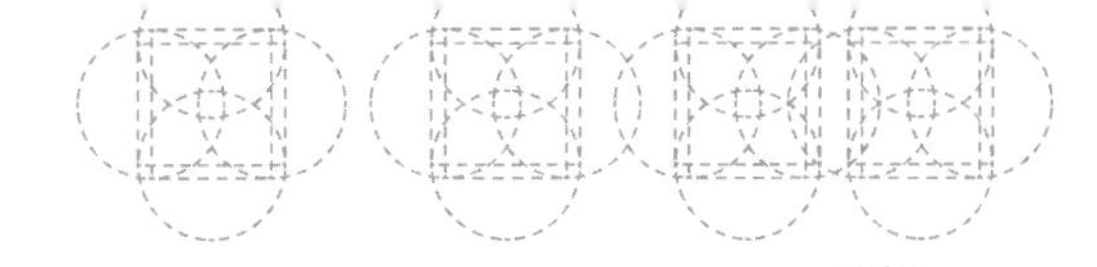

本來僅剩老人老狗與烈日及東北季風，此時的蚵仔寮有了自己微旅行地圖，有了自己的搖滾節、有了自己村裡辦展的經驗。這些改變，不若《人間》議題導向的沉重，卻是余嘉榮走向社區，看見公共議題進而關懷在地居民的方式。

余嘉榮實是直接被《人間》影響的新一代社造師。921 地震後，他與人間記者盧思岳深入重建社區，推動當地文化與產業重建，在當時也與鍾喬與石岡媽媽劇團有了接觸。回到南部之後，因緣際會下又認識了鍾俊陞、林柏樑等《人間》資深前輩，余嘉榮在這些前輩的身上看見了「介入與參與」的重要性。《人間》出刊當時所秉持的理念如此，余嘉榮的思維並不走衝撞體制路線，而是對他所關切的場域有被真實改變的可能；時間，就是一項重要的投資。如同余嘉榮在臉書（FB）上寫下了：「或許在南方上岸吧／沿著港口拜訪聞得到黏膩海風的小鎮。」在人間，有這樣的小地方，怎能不特地拜訪。

我看見這些在大肚山周圍，為這塊土地盡心盡力努力守候的身影，或多或少都存留著《人間》的基因。更有些從《人間》走出的採訪者，將此生奉獻給自己的家鄉，在他們的眼神裡，批判力道或許不若當年，但眼神裡的溫柔韌性更勝以往；他們用身體力行的方式，讓大肚山、讓南投、讓台灣的南方、讓整個台灣，在黑白之外，擁有更多色彩與溫度。

因此，如果你問我《人間》的影響力是否還存在？我回望台灣中部、乃至於南部的這些朋友的努力，看見《人間》的靈魂早已擴充出昔日時代的框架，不僅在大肚山上現身，亦在台灣各角落的青年人的心靈與實踐上，不論是直接或是間接。跨世代的《人間》靈魂早已移植與再生，且持續行進中。

【黃文成，靜宜大學台文系副教授】

夢想仍在遠方
英伸過後三十年

劉依潔

碩二下，論文茫然無著的時候，敬介學長不吝給予建議，「《人間》雜誌」，他說，「你有新聞背景，做這正好。」彷彿夜裡的一束光，我於是依隨而行，在昏暗狹窄、煙塵氣味浮懸的光華商場舊書店間，費了些氣力找齊《人間》。當時我還不明白，這四十七期雜誌的愛與光亮。

之後許多年，若有需要，課堂上會讓學生閱讀第九期的〈不孝兒英伸〉[1]，冀以明白完成一篇報導文學需要投入的時間心力，以及一樁社會事件背後涵藏的各式因素，並試著討論教育體制／現場、原住民／新住民處境、職業仲介、情緒管理、死刑存廢、媒體傳播等相關問題，期盼英伸激起的波瀾能夠延續下去。

湯英伸一案距今已三十年，至今仍被新加坡、馬來西亞等海內外民眾記著，誠如張娟芬所言，實因為《人間》保留了英伸的模樣。[2] 入圍 2015 年奧斯卡實景短片《自由人》[3] 即為一例。該片導演柯汶利為馬來西亞僑生，目前就讀台北藝術大學[4]，他受訪時不無感慨的表示，與英伸同為「異鄉人」，來抵台北的發展卻截然不同。[5] 鄒族少年那份身處「異鄉」的漂泊不安，是為導演靈感的起源，片中運用湯案地點「洗衣店」做為主要場景，雖內容與英伸一事的關聯稀微，但主角阿傑同樣犯下殺人罪。片尾，開放式結局未表明阿傑是否受刑，懸念中的一絲希望，大約是導演對昔時英伸不捨的表現。

英伸一案發生在民國 75 年，死刑判定原因為連續殺人[6]，《人間》雜誌在法院未判之前，即已從各種面向看見犯案的關鍵因素——社會結構；

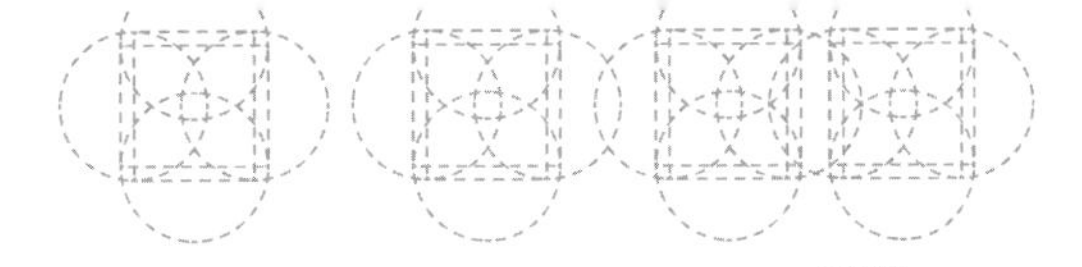

自求學階段開始，校方和師長對於原住民的誤解、貶抑，到北上謀職，社會無情展顯了城鄉差距、仲介無良牟利、商家剝削輕賤等等，其間重重的偏見歧視、欺凌壓迫與惡意，以及求助管道的缺乏，非一朝一夕，也非僅僅出於個人，而是國家社會長期以來，未曾重視也未曾意識改善的體制，重重環節逼使英伸犯案，詹宏志因此沉痛發言：「請先把我們都綁起來，再槍斃他。」[7]《人間》雜誌成員認為其情可憫，罪有可恕，各界察知案情後也一同發起連署，要求槍下留人。然事與願違，英伸最終死刑定讞，隔年槍決。而他的悔過之心強烈真誠，得知無生之可能後，決意捐獻器官、槍決當日拒絕施打麻醉，以贖己罪。[8]

《人間》在記述營救過程的〈我把痛苦獻給你們〉裡寫道：

> 一樁殺人命案，它的背後隱含著欺騙、壓榨和侮辱，至少可以讓我們去再三省思，從而在罪惡的苦果中提煉出有益於社會進步的養料，讓一切受到欺騙、壓榨和侮辱的人，重新獲得釋放。何況，罪惡也是可以赦免的，那必須依靠我們社會的正義結構因為湯英伸殺三條人命，而深有戒惕，不再漠視著人吃人的社會毒瘡。[9]

英伸所歷經的苦痛帶來積極的作用，或多或少影響了社會群體和階級，加速、啟開原住民法規訂定與權益落實，如：原住民正名／自治（民國 83 年），吳鳳神話的崩解、阿里山鄉更名[10]等等，與原住民有關的政經社會制度和工作、生活環境受到關注，原住民的歷史文化、文學藝術、祭典儀式被珍視發揚，姑不論成效，相比於英伸之時，確有進展。然而，罔顧原民權益或意願的事件仍時有所聞，如：八八風災後劃定特定園區和慈濟大愛園區興建[11]、移運部落傳統領域／保護區林木[12]、台東杉原灣的開發[13]等，近期甚至發生原住民在辦公、執業時採用原名而遭遇不便，受到歧視被迫改回漢名的情況。[14]翻查法規，政府於民國 90 年 6 月即頒布施行原住民傳統姓名漢字註記或並列羅馬拼音[15]，施行迄今已逾十六年。見微知著，若公領域未能從最基本的「名」給予尊重，又如何能期盼私領域裡的和諧、平等與包容？

而昔日潛藏於英伸一事背後的家庭、教育、文化、社會結構等問題，不再侷限於原民與平地漢人之間；在現今勞動力全球化的態勢下，實已成為不同族群相處間需要關注的焦點。根據最新統計資料，台島上的移工（65萬7983人）[16]和新住民（52萬5723人）[17]人數已達118萬3700多人，這些人的處境與原住民的頗為相近，例如：遭雇主扣押護照、被迫繳交仲介費、受到言語輕侮或性侵、毆打、全天候工作、全年無休等，這類頻受欺壓、凌虐之事已非新聞。而近日逃逸越勞遭警開槍打死之事[18]，教人震驚不解，監察院目前已主動調查，移工團體、聲援人士也至監察院陳情，要求真相和檢討相關制度[19]，後續仍需觀察。

從湯英伸到阮姓越勞中槍身亡的三十年間，存於原漢之間的隔閡，隨勞動力變化，已擴大到不同族群、身分之間。雖然與原民、移工、新住民相關的政令法規陸續修訂頒布，法律對其已有所保障，但族群間相互認識、理解，彼此親善、關懷的行動若未落實，隱埋於內心的歧視、偏見便無法消弭，難以和睦相處，遑論彼此尊重以至階級的鬆動、跨越，進而構築和諧進步的社會。

此一社會結構問題，看似遙遠與己無關，實則攸關社會每一分子，比如2016年小燈泡事件[20]，犯罪者有打架退學、吸毒、失業、持有槍械、思覺失調等狀況[21]，因家庭功能不全加上長期未獲有效協助和治療，以致隨機殺人造成悲劇。自這個角度來看，由於個人、弱勢階級的匱乏不安遭到漠視，導致戕害他人性命、走向不歸路，突顯出教育、家庭、社會功能的失調與不彰，對全體的傷害和影響不可謂不大。

然而，多數民眾對此一根本原因的認同度不高，因此當小燈泡母親王婉諭、父親劉大經堅強理性直指社會制度、結構乃事件關鍵所在，進一步訴請相關單位正視家庭、教育制度和功能，並必須關注被告生命史、人格發展史、重大機轉與犯罪心理成因，以防止事件再度發生，而未如預期的要求速審速判槍決兇手時[22]，他們受到了「矯情」、「異常冷靜」、「不夠悲傷」、「不愛孩子」等指責、批判。從中可見，民眾對於因社會結構不良而

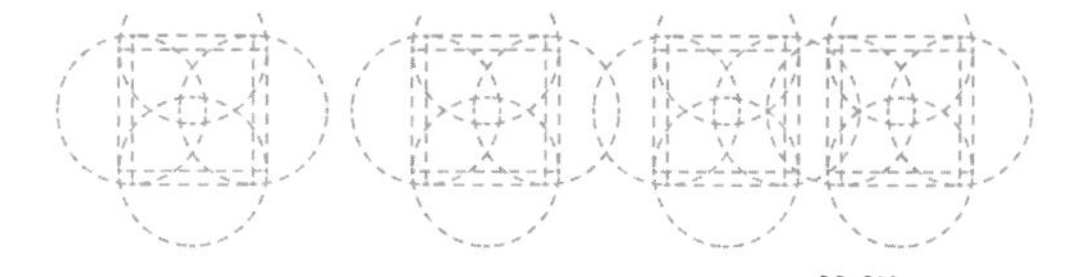

衍生犯罪一事，意識不高，但對於死刑則抱持很高的期待。

情感上，死刑是最嚴厲的懲罰，英伸當年未獲特赦，伏法後，受害者家屬與湯父擁抱達成了和解。如若該案並非發生於戒嚴時期，而是在討論人權、死刑存廢議題開放自由的此刻，這位鄒族少年的命運應有所不同，但能否化解雙方仇恨，則是未定之數。

死刑存廢複雜且不容易討論，此處略微帶過。從《漢摩拉比法典》「以牙還牙，以眼還眼」開始，「殺人償命」普遍受到認同，死刑被視為理所當然。台灣直到 2003 年成立「台灣廢除死刑推動聯盟」，存廢與否才逐漸受到關注，引發各界討論。

死刑存廢各有觀點，在台灣，支持死刑為主流民意，立論有「應報與正義」、「嚇阻犯罪」、「撫慰受害者家屬」等等，是為向來獲得認可的價值觀，這裡暫且不談；而國內外主張廢死者，多從道德、理性著手；如：阿爾貝・卡繆在道德層面強調饒他們不死是為了我們，為了避免對社會構成可憎的示範，避免自身淪落與罪犯同樣等級，不把殺害罪犯做為手段。[23] 同時，囚犯在等待死刑到執行死刑的過程中，經歷了兩次死刑；等待的過程中陷入絕望、徹底崩潰，已經被摧毀，死了一次，執行時又死了一次，「我們其實把他處死了兩次，其中第一次又比第二次更嚴重」，如此做法並不公義。[24] 張娟芬也有同樣看法，「一樁殺戮繁殖出另一樁殺戮，為了殺一個罪犯，我們借用了罪犯的心態，使自己成為罪犯。」[25] 她的論點並非殺人犯不該死，也不是性命寶貴，而是「殺戮的艱難」，我們不該動手，「唯其如此，我們才保住了好人與壞人之間，那一點點的差別。」[26] 而在理性層面，多數的犯罪行為乃是臨時起意的衝動型犯罪，死刑無法達到嚇阻的功效 [27]，若有效，自第一樁死刑執行之後，應再無殺人犯。

除此之外，死刑對囚犯以外的審判長、獄警、神父和其他關係者來說，後座力非常強，值得關注考量。比方判處死刑後，必須有人去執行。奪人性命對第一線執行者而言，產生了兩種不同的精神狀態；一是喚起了嗜血本能，斷頭臺時代，死刑由劊子手執行、助理行刑手協助，他們會吹噓使用鍘刀身手了得、拉提犯人頭髮很爽快等崩毀墮落的言辭，且當時有數百人自願擔任無償的劊子手，完全喪失了人性與理性，十分可怖。[28]另一種則是擔負極為沉重的壓力，在台灣，法警獨力負責任務，他們幾乎都將自己視為工具，執行前心情異常沉鬱，槍決當下只感到「恐懼」，完成任務之後，「執行槍決的影子，永遠的背著、跟隨你。」[29]陰影如影隨形。在美國德州，獄方安排三位行刑者來減輕執行時的心理負擔，當按下注射毒液按鈕時，行刑者不知道是哪一位的按鈕發揮了作用。又如，任期內（1998-2001年）處死89名罪犯的典獄長曾言：「這是很痛苦的回憶……你和一個人站得那麼近……那個人還健健康康的，一分鐘後他就死了，而你參與了讓他死亡的事，當然那絕對會對你造成影響。」[30]至於囚犯家屬，影響更是巨大，見到親人死刑的恐懼和沉痛，終身無法磨滅。由上述例子可知，無辜者的人生因處決罪犯而受到波及、損傷或沉淪，如此並不合理。

張娟芬曾針對國內支持死刑的理由直接提出反駁，比方：「廢除死刑」的意思是「繼續把壞人關在牢裡」，而非讓壞人滿街趴趴走[31]；冤獄枉送人命，無法逆轉，賠償冤獄的公帑遠高於照養無期徒刑罪犯[32]等等，說明國家制度、社會結構在保護人命上的可以作為。廢死的討論礙於篇幅有限，此處或可這麼總結，死刑並非終結，而是創造出新的傷口，沒有人是贏家。[33]

根據調查結果，目前民眾支持死刑者占絕大多數。[34]前法務部長王清峰2010年即因拒絕簽署執行死刑而去職。台灣現階段若不以廢除死刑為唯一目的，而是讓大家重新省思國家的權限與生命的價值，應會是最好的做法。[35]不可否認，在全球趨勢之下，死刑必然逐漸走入歷史，值得一提的是，做為世上少數存有死刑的國家，台灣已在2015年做出「死刑做為主刑」違憲的結論；而該模擬法庭以「湯申」做為假想被告，背景、經歷、犯罪過程均與湯英伸相近[36]，此番設定或出於英伸太教人痛惜，另一方面也說明了英伸罪有可恕。

三十年之後，我們終於等到法律對於英伸的寬宥。今時此刻是否已經比三十年前更好了？

時日推移，今日政治、社會、經濟、文化、生活環境已經有所不同，

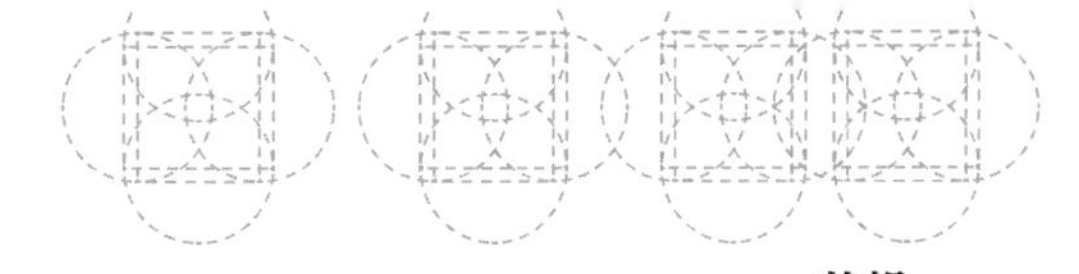

不過，《人間》當年報導的「反公害／污染」、「搶救森林」、「兒童」、「原住民的工作與生活」等四大主要內容[37]，問題仍深仍在；意欲突顯以獲重視的邊緣、弱勢族群如：兒童、婦女、原住民、殘障者的艱困處境[38]，依然是值得且必須關懷的重點，這些範疇與人，還沒有很好，必須更好。

歲月無情，帶走了陳映真，他所創辦的《人間》雜誌帶我們認識「月亮的小孩」、閱讀藍博洲〈幌馬車之歌〉、看見尤金・史密斯「母親為智子洗浴」，並留下湯英伸的模樣；那個被我們推出去，為所有人受過的英伸；那是一個被僵化的教育體制驅逐，來到台北謀職，渴望獲得認同並衣錦返鄉的純真鄒族少年。而出自陳映真筆下的《人間》發刊詞：「我們盼望透過《人間》，使彼此陌生的人重新熱絡起來；使彼此冷漠的社會，重新互相關懷；使相互生疏的人，重新建立對彼此生活與情感的理解；使塵封的心，能夠重新去相信、希望、愛和感動，共同為了重新建造更適合人所居住的世界，為了再造一個新的、優美的、崇高的精神文明，和睦團結，熱情地生活。」熱烈鼓舞了一代年青人，關曉榮、蔡明德、廖嘉展、顏新珠等人仍努力發光以迄這一代。

最後，請容我以陳映真私信裡的一段話作結：「《人間》的業績，是許多當年與你一樣年輕的朋友，為了深信人應該像人那樣地生活的這麼一個夢想，努力工作的結果。」[39] 三十年前的夢想，現在，仍在遠方。

【劉依潔，淡江大學中文系助理教授】

註

1　官鴻志〈不孝兒英伸〉，《人間》雜誌第 9 期，75 年 7 月，頁 92~113。

2　張娟芬〈湯英伸案的意義〉，收於《殺戮的艱難》（台北：行人出版社，2010 年 11 月），頁 182~184。

3　柯汶利《自由人》，收於財團法人公共電視文化事業基金會《公視人生劇展──金選微電影（《回家路上》、《自由人》、《海倫她媽》）》，2014 年 7 月 10 日。該片獲金鐘獎 2014 年第 49 屆金鐘獎迷你劇集／電視電影導演獎、編劇獎，2014 年第 51 屆金馬獎「最佳創作短片」入圍；2015 年 6 月獲波蘭克拉考國際影展（Krakow Film Festival）劇情片最佳導演獎銀龍獎，同年 9 月入圍奧斯卡金像獎「最佳實景短片獎」。

4　柯汶利（1985－），馬來西亞檳城人，世新大學口傳與公廣系雙主修畢業，現為台北藝術大學電影所學生。

5 〈《自由人》導演——柯汶利：藍綠色調刻畫在台灣的異鄉人〉，2014 年 7 月 3 日。https://zh-tw.facebook.com/notes/hp-taiwan/%E8%87%AA%E7%94%B1%E4%BA%BA%E5%B0%8E%E6%BC%94-%E6%9F%AF%E6%B1%B6%E5%88%A9%E8%97%8D%E7%B6%A0%E8%89%B2%E8%AA%BF%E5%88%BB%E7%95%AB%E5%9C%A8%E5%8F%B0%E7%81%A3%E7%9A%84%E7%95%B0%E9%84%89%E4%BA%BA/10152312608834492/ 查詢日期：2017.9.2。
〈文人政事 Art Profile ——僑生柯汶利詮釋人性 「自由人」獲國際肯定〉，台灣宏觀電視，2016 年 4 月 14 日。https://www.youtube.com/watch?v=D-2rp2YGgNA 查詢日期：2017.9.2。

6 根據 75 年重訴字第 26 號（台北地方法院判決）、75 年上重二訴字第 30 號（台灣高等法院）兩件判決書，「論以連續殺人一罪（中略）故殺人部分處死刑、褫奪公權終身」、「惡性重大已無以復加，應依法懲以死刑」。參：「台灣法實證資料庫」，資料編號：A_0003_0001_002，1986 年 3 月 21 日，資料編號：A_0007_ 0001_003，1986 年 6 月 30 日。查詢日期：2017.9.2。http://tadels.digital.ntu.edu.tw/browse/archive_brouse/single.php?&p=1&num=A_0003_0001_002
http://tadels.digital.ntu.edu.tw/browse/archive_brouse/single.php?&ps_acqLocation=&ps_provider=&ps_class=&ps_keyword=&ps_occuryear=&p=1&num=A_0007_0001_003

7 官鴻志〈我把痛苦獻給你們〉，《人間》雜誌第 20 期，民 76 年 6 月，頁 33。

8 參上註，頁 18-45。

9 參註 7，頁 21。

10 參黃鈴華《台灣原住民族運動的國會路線》，國立政治大學民族研究所碩士論文，民 93 年，頁 19-31。

11 參黃智慧〈八八災後台灣原住民族抗爭運動事件簿〉，收於《展望南臺平埔族群文化學術研討會論文集》，國立台灣博物館出版，2012 年 8 月 30 日，頁 17-23。
參地理眼〈原民團體抗議臺大實驗林不尊重原民領域〉，《蘋果日報》電子報，2014 年 8 月 16 日。http://m. appledaily.com.tw/realtimenews/article/new/20140816/453113/。查詢日期：2017.9.5。

12 參公視新聞議題中心，「我們的島」〈銅門護木事件簿〉，2014 年 1 月 20 日。http://ourisland.pts.org.tw/content/%E9%8A%85%E9%96%80%E8%AD%B7%E6%9C%A8%E4%BA%8B%E4%BB%B6%E7%B0%BF#sthash.JyhcpWEf.dpbs 查詢日期：2017.9.5。

13 參公視新聞議題中心，「我們的島」〈失去的杉原灣〉，2016 年 8 月 1 日。http://pnn.pts.org.tw/main/2016/08/01/%E3%80%90%E6%88%91%E5%80%91%E7%9A%84%E5%B3%B6%E3%80%91%E5%A4%B1%E5%8E%BB%E7%9A%84%E6%9D%89%E5%8E%9F%E7%81%A3/

14 《聯合新聞網》〈老師回復族名被家長歧視 校方竟逼他改回漢名〉2017 年 9 月 3 日。https://udn.com/news/story/7266/2679736。查詢日期：2017.9.5。
《聯合新聞網》〈戶政簽「原」名 別再叫我寫中文〉2017 年 9 月 4 日。https://udn.com/news/story/7314/2680882。查詢日期：2017.9.5。

15 原住民名字有四種選擇：漢人姓名、原住民傳統姓名漢字註記、原住民傳統姓名漢字註記並列羅馬拼音、漢人姓名並列羅馬拼音的原住民傳統姓名。文化部網站：「原住民正名運動」http://nrch.culture.tw/twpedia.aspx?id=11168。查詢日期：2017.9.5。

16 中華民國勞動部勞動統計查詢網，「106 年 7 月底產業與社福外勞人數」。https://statfy.mol.gov.tw/index12.spx 查詢日期：2017.9.2。

17 中華民國內政部移民署，106 年 7 月統計資料。https://www.immigration.gov.tw/ct.asp?xItem=1334306&ctNode=29699&mp=1 查詢日期：2017.9.2。

18 該案發生於 2017 年 8 月 31 日上午 10 點左右，「新竹縣警竹北分局陳姓警員和李姓民防義警，獲報至溪畔處理逃逸外勞案件。逃逸 3 年多的阮姓外勞不知何故，竟全身赤裸在溪畔砸貨車、將機車推進溪裡，民眾懷疑他要偷車而報案。員警到場時，阮不聽勸告停止脫序行為，更出手攻擊員警與民防人員。經使用警棍和辣椒水均無效，阮還企圖爬進巡邏警車，員警擔心他要奪車逃逸，立即朝阮開槍制止，並將其拖出車外。阮持續反抗，員警共開了 9 槍，阮當天送醫不治。」參《中時電子報》：〈外勞遭警開槍，相驗身上有 18 彈孔〉2017 年 9 月 4 日。

http://www.chinatimes.com/realtimenews/20170904002510-260402 查詢日期：2017.9.10。

19 參張智琦〈越勞遭警擊斃案延燒 監院將調查 家屬盼還公道〉，《苦勞網》，2017 年 9 月 15 日。查詢日期：2017.9.15。

20 2016 年 3 月 28 日上午 11 點多，台北市內湖區一名 4 歲女童小燈泡隨母親出門時，遭突然靠近的 34 歲兇嫌王景玉殺害。小燈泡脖子遭砍數十刀，身首分離，當場死亡。

21 參司法最新動態，台灣士林地方法院：「本院 105 年度重訴字第 9 號被告王景玉殺人案件新聞稿」http://jirs.judicial.gov.tw/GNNWS/NNWSS002.asp?id=266076 查詢日期：2017.8.22。

22 參王婉諭〈小燈泡案刑事一審程序：小燈泡的父母及律師團之最終意見陳述〉，2017 年 4 月 13 日，https://www.facebook.com/wawafish?fref=ts 查詢日期：2017.8.22。

23 參阿爾貝．卡繆（Albert Camus）著，石武耕譯：《思索斷頭臺》（高雄，無境文化，2012 年 3 月），頁 22-79。

24 參上註，頁 50-51。

25 張娟芬《殺戮的艱難》（台北：行人出版，2010 年 11 月），頁 35。

26 參上註，頁 47。

27 參註 23，頁 36-38。

28 參註 23，4-45。

29 參註 25，頁 112-113。

30 卡瑞納．伯格費爾特（Carina Bergfeldt）著，胡玉立譯：《死前七天：關於罪行與死刑背後的故事》，台北：遠流出版，2017 年 3 月，頁 162。

31 參註 25，頁 167。

32 參註 25，頁 140-141。

33 參註 30，頁 164。

34 《自由時報》綜合報導：〈最新民調！ 超過 8 成民眾反對廢死〉，《自由時報》電子報，2016 年 4 月 1 日，http://news.ltn.com.tw/news/society/breakingnews/1651956。查詢日期：2017.8.22。

35 參註 25，頁 58。

36 葉瑜娟〈和解共生 模擬憲法法庭認定死刑違憲〉，《風傳媒》，2015年5月26日。查詢日期：2017.9.2。

37 參劉依潔《《人間》雜誌研究》，私立東吳大學中國文學系碩士論文，1999 年 6 月，頁 42-57。

38 同上註，頁 65-68。

39 陳映真信件，2000 年 12 月 6 日。

附錄：陳映真訪問稿（1999年）

問：劉依潔
答：陳映真

時間：1999 年 12 月 8 日，上午 10:15 ～ 11:45
地點：人間出版社（台北市潮州街 91 之 9 號 5 樓）

問：請問老師，為何取名《人間》？

答：我這一代人大概在小學二年級的時候，台灣光復了，所以我這一代人基本不懂日文。因為個人特殊的緣故，我懂一點日文，在日文裡頭，「人間」的意思是「人」，是相對於動物、物質、世界的意思，英文是「human being」，我挺喜歡「人間」這一個詞。另外，在中文裡，「人間」的對應詞是「天上」；「天上人間」，一個是天上，一個是地獄，所以，相對來說，「人間」是指人的生活，人活動的範圍、空間或者社會。由於這兩個原因，當然，日文不是最主要的原因，日文是附帶的。「人間」有一種人的世界、人的生活的意思，恰好「人間」這兩個字又是韓文、日文中的「人」，從這個名字就知道這份雜誌是以對人的關懷為重心；因為對人的關懷，所以關懷環境；因為對人的關懷，所以關懷社會弱勢者；因為對人的關懷，所以關懷他的文化狀況、歷史狀況。

問：這份雜誌可說是您個人思想與人格的延伸，因您本身有左派思想傾向，不知此份刊物是否有類似的情況？

答：不錯，我向來從事的文化工作，無論小說、評論、論文多半都是我思想的反映，並非所有作家都是如此。有些作家主要描寫「美」、「偶然」的意念，他想表現某種比較抽象的東西，我搞創作基本是為我自己的思想服務。首先要有想法，再把想法表現出來。想法的表現有好幾種，一種是用文學的方式，編個小說來表達我的想法；如果是寫論文，當然更直接；寫評論也是一樣。同樣的，我辦雜誌，不像別人是為了市場，或者為了廣告，或者為了好玩，我藉這個雜誌表達我對人、生活、歷史的看法。

至於左傾，那是因為我們社會非常閉塞的關係。所謂「左」和「右」的區別，大體上是「右」認為現狀是合理的，現有的次序應該被鞏固下來，不應該加以破壞，現有的價值是對的，維持現狀；例如說，我們的總統是賢明的；我們的警察是人民的保姆；我們的政黨是光明正大的，在野黨是叛黨，會擾亂我們的社會；某某人的小說是在揭發社會的黑暗面，所以非常危險；《人間》雜誌是別有用心的；所有這些背後，認為現在既存的次序是最好的、合理的。為什麼會有這樣的想法？實際上，每個社會都分成兩派，一個是從這個社會得到比較多的利益，從目前的次序、結構得利比較多的人。他們的想法當然覺得現在的次序是非常美好的，任何想要批評、揭發這個構造或體制的人，他都非常痛恨、害怕、焦慮。在威權時代，他用武力、暴力來對付批評的人；在民主時代，他用輿論，像是說「宋楚瑜拿共產黨的錢」，用這樣的方法；這是一般說的「右派」或「保守派」。「左」派用不同觀點來審視現有的一切次序、構造跟既存價值；比方說，《人間》雜誌的精神是從社會的弱小者，不上媒體的那些人；你知道媒體上都是俊男美女、有名的人、健康的人、快樂的人。我們是從社會占絕大多數的人，直接從事於生產，但被社會所遺忘，卻明顯是社會非常重要棟樑這批人的觀點，從他們的地位去看現有一切，看自然、生態、環境、生活、少數民族、兒童、雛妓這些問題。所以，這個雜誌一出來，大家非常震撼，因為現有的媒介不會用這樣的眼睛去看這個世界。

比方說，我常常想到一個例子：我偶爾會和太太去買菜，菜場有個瞎眼老太婆的要飯，她身旁睡有兩個小孩，睡得很可愛、很甜，兩頰紅通通的，像紅蘋果似的，我們當然給點錢。有一次，我打那兒過，那兩個小孩忽然醒了，眼睛「啪」的打開。後來我一直想，在這樣環境長大的小孩，他看到的人究竟是怎麼樣的？他看到的人一定是腿很粗，直直的上去，有一個小小的頭，然後低著頭看他。那眼光可能是厭惡的，可能是憐憫的，可能是好奇的，那小孩所看到的世界就是這樣。我們想像，陽明山仰德大道上很有很有錢人家的小孩，從小被菲傭抱著，他看到的是腳下台北市的萬家燈火，這樣長大的小孩就不一樣。仰德大道上長大的小孩，他認為人生就在掌握裡，他就該接管這個世界，而另外那個卑微、從人以下長大的小孩，他的人生可想而知。同樣一個世界因為立場不同、地位不同，所看到的形象是不一樣的。在資本主義社會裡宣揚的是幸福的人、有能力的人，像《天下》雜誌採訪的成功的人、叱吒風雲的人、俊男美女、快樂幸福的人。我們的媒體大概百分之九十六七八都是這樣的世界，我們以為這樣的世界是真實的世界。

可是《人間》雜誌不一樣，她從另外一批人的眼睛去看這個世界，就像那個小孩子一樣，躺在地上去看這個「人的世界」，看到的是完全不同的世界。很多大媒體在當時《人間》雜誌在辦的時候，遠遠比《人間》有能力、有條件去做我們要做的工作，可是沒有一家這麼做。也許他們會說，他們不能這樣做，因為這樣做很危險，可是《人間》做到了，《人間》比他們更沒有實力。像兩大報都是國民黨的中常委，在當時還沒有解嚴的時代，我這個政治犯的背景，做了這樣的雜誌，也不見得馬上就捉去槍斃嘛！因為我們的眼界不一樣、視角不一樣，所以我們看到了千萬人沒有看到的現實。現實客觀的存在那兒，可是人們不去看，去看別的方面。就像這個水瓶，你不去看它的整體，反而去看它的標籤——純水，然後再大做文章：它是藍色的、漸層的下來，可沒看到整個。

我們非常非常早看到這個社會存在的各種問題。解嚴以後，一直到今天，所有的媒體，所有的社會運動，都沒有超出我們看到的範圍：老兵的問題、少數民族的問題、白色恐怖的問題、雛妓的問題、愛滋病的問題等等，所以很多很多的讀者、學生告訴我，他們受到這本雜誌的影響，決定學攝影、讀傳播。他們都說畢業後要到《人間》報到，但還沒等到他們畢業，《人間》就關掉了（哈哈哈）。

問：您在談話中一直提到要站在弱小者的立場去看，《人間》的工作者是如何靠近那些弱小者，如何具備弱小者的眼光？

答：這個問題提得很好。我們辦這份雜誌和別人辦的很不一樣。別人辦雜誌是先找一筆錢、一群志同道合的朋友，一同辦個雜誌，就這麼一個模糊的概念；像是要辦一個吃喝玩樂的雜誌，像《Taipei Walker》是日本人很有計畫辦的一個雜誌，可是在台灣可能很模糊，反正就搞個吃喝玩樂的雜誌。我辦這個雜誌有個很重大的特點，我們和開創的年青朋友，花了很長的時間討論這份雜誌到底是什麼？他穿著白衣服，可他到底是屠夫、牙科醫師、廚師，還是一般的醫師？這要搞清楚。所以我們討論了很久，得到兩個結論，這就像科學的定義；第一個是《人間》雜誌使用兩種媒介，一為語言文字的媒介，一為相片圖片的媒介，來觀察、發現、記錄、批評台灣的生活，這是非常嚴謹的定義。另一個是《人間》雜誌從弱小者的立場去看台灣的生活、立場、環境、歷史、人、文化。這兩點我不斷的重複，堅持每次開會每個人都要講一遍。這有什麼好處呢？這就像憲法，你不會超過那個憲法。當你到現場去，紛紜雜亂，覺得這個很重要，那個很好玩，那個很感人，常常拍回來，不知所云。可是當你有了這兩條憲法，你就知道什麼是你要的。次要的東西，做一點記錄，下次再去做。我們寫的文章、採訪的方向、圖片的取捨都不約而同的，既有個別的創意，又有共同的方向，這使得《人間》雜誌有著非常非常鮮明的性格；她告訴你：「我是誰？」像我是「慈濟」，我來關懷你，我就是這樣一個人。而不是說搞不清楚你是企業家、慈善家，還是來災區觀光的。因為有這兩條憲法，給我們很大的幫助。

說到弱小者的立場，我們不是要用幾個教條，而是直接到生活現場，去找那些農民，找那些受害人。比如有鉛污染的地區，我們就到那裡去，實地去看，採訪那些受害人，跟他們一起生活，取得他們的信賴。因為我們帶著相機去是非常有侵略性的；不像你來找我，一個小女孩，我根本不怕你。一般拿著相機拍你，是非常侵犯人的，如果沒有形成這個人是我的朋友，那種人跟人間的信賴，像「你們這些讀書人這麼厲害，為什麼要來我們這草地，跟我們農民在一起？」(河洛語)所以，自自然然的，不是我每天在幫他們上課，教育他們的不是我，而是現場；教室不是在編輯室，而是在生活的現場、勞動的現場、污染的現場，在少數民族部落的現場，在老兵破敗房子的現場。老師是個人的那些人，他們從那兒得到很大的啟發，很大的感動，很大的教育。有些新手回來，簡直傻在那邊，因為同樣的社會，沒有人介紹他去接近這樣的社會，而這樣的社會才是主要的。

所以，他們第一次回來寫文章像小孩子一樣的，很多感嘆詞，就像你們帶小外甥去動物園，他只會說「好好看喔！」，很激動的話，「那獅子，好好玩喔！」這樣。他們也是，有很多激動的感嘆，但沒有什麼內容。我們跟他們討論，那他逐漸成長，就像小外甥長大了，他會形容長頸鹿的脖子像爸爸穿著迷彩裝，或者，長頸鹿的脖子像樓梯那麼高，或象伯伯的肚皮好粗，像後院裡的牆壁。像牆壁、像迷彩裝，這是進一步的觀察，用比喻的方式，用描寫的方式。

他們進步得很快，剛來的時候，稿子被我改得很厲害；什麼「好極了！」，把它劃掉，再跟他們討論。可是也不要誤會是我教他們寫文章，教他們寫文章的，還是他們所遇見的故事。那些故事是那樣的生動，那樣的激動人心，以致於他千方百計要把那些故事寫下來，讓讀者知道。像一個老師，要把“This is a book.”教給學生，得站在學生的立場告訴他，或許用圖表，或用一本書來誘導他一樣。當我們從現場回來，從現場裡裝滿了各種資訊、激動、感動和啟發的時候，要

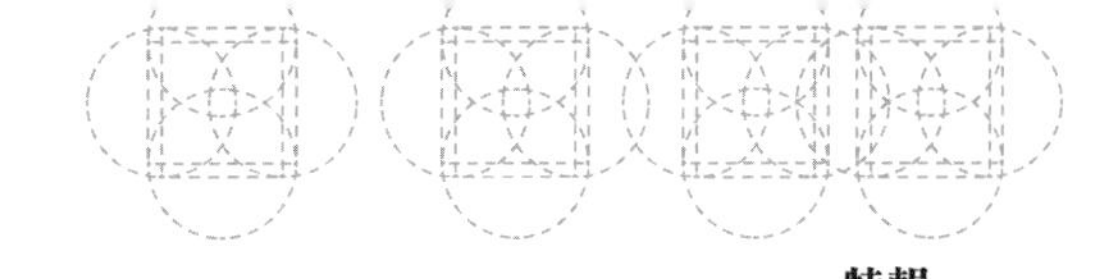

把這些傳播給讀者的時候，必須站在讀者的立場設想；讀者對這件事完全不知道，我應該怎麼開頭把讀者帶進來？仔細講給他們聽。他們的文章進步得非常快，大概來了三四個月，寫個五六篇以後就很上軌道。催促他們的不是我，不是我說「要扣你薪水」，而是現場非常強大的力量教育著他們，這是讓我感到非常詫異的。

問：《人間》主要是用「報導文學」和「報導攝影」的方式來呈現，決定以此兩方式表現的原因是？

答：台灣的攝影很早就開始了，但嚴格的「報導攝影」可以說還沒有。當然，像梁正居、關曉榮，他們……。台灣的攝影約可分為三種，一種是完美捕捉奧妙的瞬間，像有個廣告畫了很大的手這樣指著，剛好有個老太婆走著走著到了手指底下，剛好拍了下來，那個瞬間很有意思；或者報上有個 internet 的廣告，那是份印度的報紙，旁邊有拉牛車，呈現印度社會非常落後的面貌，中間有隻小狗，還是什麼的擺在一起。一個是尖端現代的資訊廣告，一個是非常落後的封建時代、農業社會的畫面，它沒有講什麼，但對照裡面充滿各式各樣的感受。可是，「報導文學」不一樣，它就像寫文章，有起承轉合，有故事，像電影一樣；期待故事的展開；音樂響了，字幕上來了，一部車子，在山間小道上不斷的開出去，這是讓你期待的，然後逐漸有劇情，主角出現，事件出現，最後那個人朝夕陽走去，結束了。是用相片這種語言來訴說一個故事，當然需要文字，所以，這種照片基本上是沒有的。當然，有接近的影像工作者，像我所敬佩的梁正居、關曉榮等人，他們對於生活的熱愛，背著相機到處跑，拍出來很好的東西，可是把它組成一個故事的，還沒有，這是第一個。

我最早看到「報導攝影」是在美國，1983 年，我去愛荷華大學，一個很熱心的朋友，他把新聞系收藏著名的報導攝影家的攝影集拿來給我翻，當時我第一次接觸這樣的照片，覺得非常的震動。嗯，我剛才講到台灣攝影的一種是美妙的瞬間，一種是像張照堂那樣的紀錄，最大宗的是商業照片，第四種就沙龍照片：人體、靜物、風景。商業照片是商品，女人的身體是商品；女人的身體、服裝、鞋子、一塊麵包、一大塊肉等等。可是當我在美國看到那些照片，原來照片可以這樣拍，有這樣強烈的效果，而且一看就不能忘記。比如尤金·史密斯（W. Eugene Smith），他拍日本的水銀中毒，叫做「痛痛病」，我只看了一兩次，就不會忘記。那是一個媽媽抱著中毒的女兒洗澡，媽媽憂愁的看著她的女兒。像這種照片，你看過一次就不會忘記，可是在婦女雜誌上看到很多很多的照片，一下就忘記了。當看到文字時，就知道這個 story；當一個水銀工廠來到這個村莊，村莊的人怎樣歡迎它，發現貓有點奇怪了，因為貓吃魚。排出的水銀先在魚身上積累，被貓吃了，也被人吃了，但因為貓的體積比較小，所以比較早發病。慢慢的，人的病出來了。人們跟水銀公司爭吵，水銀公司相應不理，就是這種故事。

第二個，我從日文和舊書店裡找到的三〇年代中國報導文學，知道有「報導文學」的形式，但台灣沒有「報導文學」，一直到今天，我敢說。因為雖有大報以大獎的方式鼓勵「報導文學」，可是對「報導文學」的定義不清楚，就算是《人間》裡面，真正的「報導文學」也沒有幾篇，其他只能算深度報導、特別報導，或比較深廣的新聞報導。

什麼叫做「報導文學」？現在沒有那麼多時間談，但我可以給你幾個概念。「報導文學」包含兩個名詞，一個「報導」，一個「文學」；「報導」是屬於新聞的範疇，「文學」是屬於藝術的範疇。我們不妨這麼問，「報導文學」和一般的報導有什麼差別？答案是它有「文學性」。什麼叫做「文學性」？描寫的方法、技巧、心理描寫、象徵，這些所有的手法。那麼跟一般的文學有什麼差別？它有「新聞性」，就是不能說謊，不能虛構。「文學」的特質是虛構，白先勇寫了那麼多生動的東西，絕對不是他親身的經歷，像他寫女性，他可能把他的姑姑、他的女朋友、阿姨、隔壁鄰居，幾個女性綜合起來塑造了一個女性，可「報導文學」不容許這樣；「報導文學」和一般文學不同的地方是它

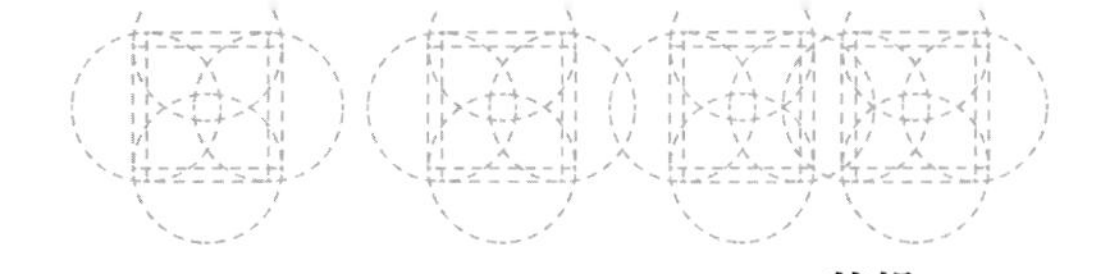

跟新聞一樣，必須嚴格遵守新聞的客觀性和真實性。當白先勇以虛構方式寫成一篇作品，他得到非常大的讚譽，大家欣賞他的想像力和虛構能力。可當一個出名的報導文學家以一個虛構的方式寫一個小孩，自八九歲便開始吸毒，來警告我們這個社會小孩吸毒非常嚴重，但這是虛構的，那麼他以後寫的「報導文學」便一敗塗地，再沒有人相信他，這兩者是不同的。

所以，我有意在台灣介紹這種文學形式、報導形式，可惜《人間》的壽命太短了，如果再給她五年的時間，我們就能培養出一個真正讓群眾永記不忘的作家。比方說「煮米」，用科學的方式來告訴你，產於溫帶，或屬於什麼科，什麼時候開花兒，煮起來白白的，入口非常香，光有這理論都沒有用。一定要真正煮碗白飯，澆一點滷肉汁，吃一碗，吃了以後再去看資料，才知道，喔！稻米是怎樣。同樣，「報導文學」跟你講理論沒有用，一定先要讓你看，讓你感動，永生難忘的幾篇「報導文學」作品，然後你懂了，知道「報導文學」要寫成那樣。台灣的問題是一直到現在，比較少或者相對少一些令人終生難忘的「報導文學」作品，以致於教授在評選的時候，覺得這篇寫得不錯，可是「報導」能這樣寫嗎？這樣太主觀了吧？一直搞不清楚「報導」和「文學」的分際，一直到今天。應該是以客觀的材料，以文學的手段來寫。

如果是我教的話，會要求讀比較多的文學作品，好的小說，看比較好的電影、報導電影、紀錄電影，要求他們多看，用這樣來鍛鍊。這和深度報導是不一樣的，深度報導就從頭到尾報導下去，只不過是篇幅比較深入。不是一般的報導，第一段寫概略的、第二段寫什麼、第三段寫什麼，不是那種的。

問：所以，當讀者投書反映某篇報導太主觀，《人間》編輯部會急忙澄清，表示我們是客觀的。

答：Oh, no! 這個問題在辦雜誌時爭議較大。常有讀者說，「我真的很感動，可是，台灣真的有這種事嗎？」「你們會不會太偏激了？」「你們會不會太主觀了？」他不是惡意的，因為吃慣了中正和平、四平八穩、消毒過的、無菌的食物，所以到野外烤個野味給他吃，他會害怕的。我們告訴他兩點，第一個，我們認為世界上沒有科學上絕對的、純粹的客觀，當我說水是「H_2O」，那我到社會主義國家，我仍可理直氣壯的說水是「H_2O」，他也會同意；當我說 1 ＋ 1 ＝ 2，基本上全世界都會通，這是絕對的。但關於愛、關於正義、關於對錯是非、關於歷史上的評價，就沒有自然科學上絕對的客觀，這是第一點。因此，所謂客觀的報導，本身就是一個虛構的東西。你要懷疑的是，中國被描寫成小偷，到美國去偷核武技術或陰謀；那全美國的中國人都不知道在幹什麼；或者黑人，他們天生的遺傳因子有很多敗壞的東西，像他們天生笨、遊手好閒，像這種，不論用什麼樣客觀的語言、形式來表達，都還是偏見。第二個是「報導文學」不但不騙人家說我是客觀的，而且我們鼓勵作者有立場，只不過，從作者立場去看事物的時候，要照顧到舉證，不能說「那個人好壞喔！」「那個人好好喔！」不行！要像新聞、報導一樣，有具體的採訪，具體的事證、資料來呈現他的被害，或他的好，也應該從具體的事實、行為來表現這個人是作惡多端的，不能用形容詞。第二個，比方像「湯英伸」那篇報導，我們當然很同情湯英伸，那整個月，我們追著他跑，希望有特赦。當時我們的感情很凝聚，開編輯會時，有個同事說：「我們是不是要去採訪苦主？」這個意見大家都很反對，「怎麼會！」我覺得這個意見非常好。經過一些掙扎，派了兩個同事去採訪，我們覺得做對了。後來，苦主和湯英伸的爸爸和解，我們在場，眼淚都快掉下來。這樣的事情，我們絕對不騙人說我們的報導是客觀公正的，我們是有立場的。我們的憲法說得很清楚，我們站在弱小者的立場，「有立場就不準確、不公正了？」但時間證明一切，我們所有的報導都是公正的，像雛妓的問題、兒童虐待的問題、工會的問題，這些一直吵吵嚷嚷的到現在。為什麼我們在那麼早的時候看到它？很簡單，因我們從不同的角度去看大家不願看、怕看的事情，可是它們是客觀存在的。當這些客觀存在的東西解嚴以後，大家也會轉過頭來，從另外的角度來看，所以我想這個雜誌最令人驚訝的是，大家沒想到的事，被我們想到了；像那個許信良偷渡回來，在中正機場發生衝突，第二天全省的大報都來說：「看到你們的報導，我們幾個朋友覺得很悶，一起喝悶酒，覺得自己真沒用。」實際上，他們也寫了這篇報導，但被編輯部壓下來，而且命令從另一個故事來寫。他們看到《人間》這樣寫，覺得非常窩囊，非常悶，非常痛苦。這說明所謂沒有特別客觀，任何一件事物都有立場。有人說我沒有立場，實際上是有立場；我們是誠實的說我們有立場，可是我們用非常認真、嚴肅的態度去採訪，如果我們認為這是正確，我們還要證明這是正確的，不能主觀上我們同情弱小者，就認為所有弱小者都是天使，那不行。

問：《人間》曾經處理非常多的題材，不曉得您最滿意哪一項？

答：我們《人間》憲法說，從弱小者的眼光去看台灣的人、生活、自然環境、歷史，所以，我們的題材是從這裡出發的，就是你所熟悉的這些內容。比方說，這是題外話；解嚴後有許多抗議活動出現，我們很興奮，去拍那些這裡（指頭部）綁白條的人，從來沒見過嘛！只要拍三次，我們就覺得很有問題。因為畫面都是這樣子（手握拳頭向上揮舞），「怨！」「恨！」，寫來寫去就是那些人說這多麼不好啊！搞了三篇以後覺得：「該怎麼辦啊？」請再有經驗的拍回來，還是這樣的照片，沒辦法突破，所以我們另闢蹊徑，去採訪正面的東西，比方說溯溪，有些人從小在溪邊長大，慢慢發現小溪怎麼會污染成這樣？魚蝦都沒有了，於是他們主動釘牌子：「不准釣魚、不准倒垃圾」，晚上還分班巡邏。搞了幾年，魚蝦回來了，我們生態環境採訪開始有故事了。他們講起故事，從前那條河是怎樣的，客人來的時候在河裡摸蜆子，撈一瓢河水，加了薑就煮。這樣的故事動人得多，所以題材就是那句憲法：從弱小者的眼光去看這個世界、地球、土地。

那麼以目前的眼光來看，我最喜歡的有「湯英伸」；我們具體呈現了一個故事，每一個社會犯罪的背後都有一個共犯，這個共犯是「社會」。很多時候，社會生活把一個無辜、純潔的人推推推，陷在那邊，大家就用所謂「公義」的眼光去指責他，認為他該死；十九歲的湯英伸，我們在採訪過程中才知道，才在理論上知道，從具體的例證中知道。從湯英伸被槍斃、獻出他的器官，整個過程對採訪者來說都痛徹心扉。另一個是「雛妓」的故事，我們找到幾個被救出來的雛妓，才知道她們的世界是那麼可怕；一個八九歲的小孩子，每天在地窖裡接幾十個客人，我是男生，想起來都覺得很害怕。那些雛妓不是說她很痛苦，每天被老鴇打啊，不是這樣子。她們在暗無天日裡想起的是很生活的，像她的媽媽，小的時候姊姊怎麼帶她上學，採訪的記者一邊聽一邊掉眼淚。還有「兒童虐待」的問題，這是我們很驕傲的。現在，一直到這兩三年才被承認，才知道這個問題有多麼嚴重，比方亂倫。我們過去對於兒童虐待是停留在形式上的，像打，打到腿都斷了，才叫兒童虐待。在西方，對於兒童虐待的定義更寬，把小孩留在家裡，讓他害怕，恐嚇他，都算是兒童虐待。當然，我們有一些小人物的描寫，我們從小人物裡面……大家認為《人間》是一份很有愛心的雜誌，那是因為她的主編是某某人，很有愛心，就像 Santa Claus 一樣，把愛撒給別人。不對的，是人的生活裡面有那樣的尊嚴和愛，我們透過採訪，接觸到了；我們本來對人很失望的，在那些粗糙生活，我們碰到了他們的尊嚴，他們在面對噩運時搏鬥的勇氣，好多好多。

所以我們的記者成長得非常快；通常一個傻里傻氣的文藝青年，一兩年就……比方說採訪雛妓的那個女孩；那時候，報社很窮，我的辦公室大概只這麼大，我的桌子只能面向牆壁。我們的紀律是採訪回來要先跟我談，那個女孩進來，我正在寫一封信，我說：「你講你講，我能聽的，我這信馬上寫完。」她開始講。講了沒多久，不吭氣了。奇怪？……後來我聽她在哭的聲音，這時候，我把筆放下來。我沒有

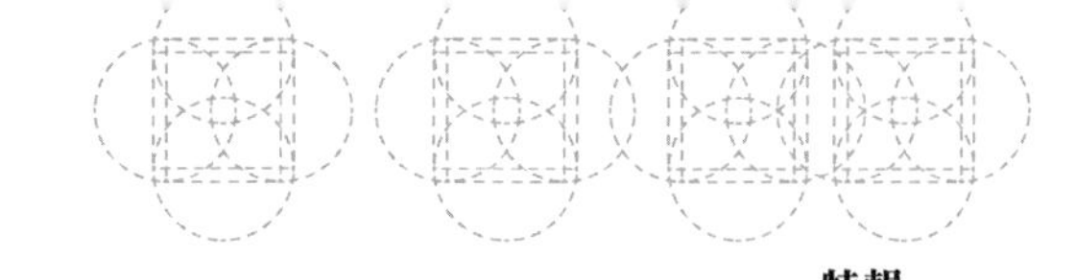

說：「唉呀，你怎麼回事呀？」我面對著牆壁，讓她哭完，再把椅子轉過來，問她怎麼回事？她很激動說，昨天和採訪的女孩子分別的時候，她謝謝那個女孩。我說：「感動嗎？怎麼會是感謝呢？」她說，昨天回來後一直想一個問題：「她可以把茶潑在我的身上，罵我。」我問：「為什麼呢？」「她可以罵我說：『你憑什麼來問我這麼傷痛的事情，我們同樣是女生，而且年紀差不多，你憑什麼？』」她意識到命運巨大的差距；她感覺到一樣是女生，她上了大學，吊兒郎當的到《人間》上班，寫文章，別人還很誇獎她。當她看到雛妓，她非常震撼，命運的不同，讓她和年紀相差無幾的女孩成長過程相差那麼大。她居然天天去找她，叫她把最大的傷痛掏給她看。採訪之初，她沒這個感覺，因為她是記者。到了後來，她們逐漸變成一個人。她開始講，一邊講一邊哭。這個事情我跟她討論很久，就變成那篇，那是好幾個人採訪的。後來這女孩變了，原本她嘰嘰喳喳的，聲音很大。我的辦公室沒有這一條說，有客人來了，要女同事端茶進來，我習慣自己端杯茶給客人。奇怪，從那次以後，她會主動端杯茶給我，端杯茶給客人。我發覺她長大了，很用功。

還有山地部落、肺病的問題，還有白血病的小孩，治療的醫生等等。我們這個雜誌的確很不一樣，我們不斷的感到成長，包括我自己在內。而且，真的，這些同事很不一樣，聽說要停刊了，很多老鷹都來等、挖人，我很高興！離開《人間》到別的地方，薪水都增加三倍以上，可他們不快樂，常回來說：「那些報導好無聊。」

問：解嚴之後，《人間》的走向有了轉變，尤其在楊憲宏接了總編後，連版面都換了。如果看第一期和最後一期，會發現風格差異很大，怎會有如此巨大的改變？

答：不可否認的，我現在非常深刻知道一個雜誌和一個主編關係非常大。《人間》雜誌，我不是在誇耀，《人間》雜誌就是我自己，我自己的風格、思想，我自己對人、對社會的觀察和看法。我覺得必須說一句，我非常讚賞跟感激我們的美術編輯李男，這份雜誌要是由其他的美術編輯，味道會差很多。李男建議我們用黑白做封面，那時候是很大膽的嘗試。他的編排方法，大黑底的，哇！當他把他的設計弄出來，打樣的時候，我們簡直呆住了，「這就是我們的雜誌！」他自己設計的，他非常愛這個雜誌，我們給他設計費，他全拿來買《人間》雜誌，到處送人。

剛開始的時候，風格很穩健，但我一直警惕自己，因為同事寫的文章也有我的影子，因為我改稿，我的用字遣句比較不一樣。比方說，每篇文章下面幾十字的概要幾乎都是我寫的。另外一方面，為了使雜誌更開闊，請了新的主編來，其中一個是高信疆先生，他是一個非常了不起的編輯，他不辭勞苦的幫我編了兩年。那兩年，基本上，題材拓寬了，像新疆的「曬大佛」啊，因為他過去在新聞界的朋友很多。高信疆這個人非常的溫厚，他告訴我，他一直有一個想法不敢超越，那就是「這是陳先生的雜誌，我是他的總編輯」，這是報人很重要的倫理，所以他謹守這個範圍，在這個基礎上去擴大雜誌的題材，所以讀者感覺不到她的轉變。楊憲宏這個人比較年輕，他總是要表現，新官上任嘛，我也覺得好，就讓他表現，這是第一個。第二點，就如你所說的，解嚴以後，一大堆東西爆發出來，像噴泉一樣的爆發出來，他比較沉不住氣，要跟。當然，我是允許他這樣做的，我也想看看效果怎麼樣。但結果怎樣我就不說了，因為在這種情況，我批評不太合適。總而言之，不能說是這個變化的緣故。我們感受到銷售有點下挫，可是我不說這是他改變的原因，到現在，我還不知道這個原因。

問：在某些報導中讀到《人間》是因為上個月收支無盈餘，所以才會停刊的。

答：這個雜誌停刊主要是財政的關係。我們完全沒有財團支持，單獨靠我一個人，抵押了房子。我必須公平的說，出錢的不只我一個，還有同事；他們拿的薪水很低，他們拿的報酬，與其說是金錢的報酬，

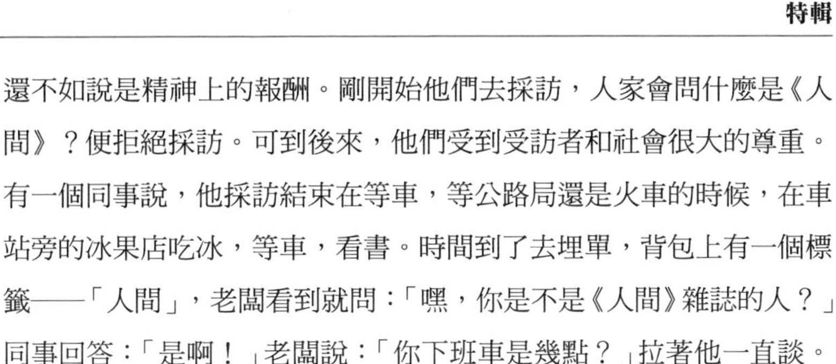

還不如說是精神上的報酬。剛開始他們去採訪，人家會問什麼是《人間》？便拒絕採訪。可到後來，他們受到受訪者和社會很大的尊重。有一個同事說，他採訪結束在等車，等公路局還是火車的時候，在車站旁的冰果店吃冰，等車，看書。時間到了去埋單，背包上有一個標籤——「人間」，老闆看到就問：「嘿，你是不是《人間》雜誌的人？」同事回答：「是啊！」老闆說：「你下班車是幾點？」拉著他一直談。「你們《人間》是怎麼弄的？」「陳先生是怎樣的一個人？」不斷的叫東西給他吃，最後不收錢。他回來後好陶醉喔！

如果他們跟我要更高的薪水……他們出去採訪的時候，像別家比較有錢的報社，如果去採訪，住了一天七百五十元的旅館，我會叫那旅館幫我開一千五；吃了七十五元的便當，我會報兩百塊。我們《人間》絕對沒有，小錢都自己吞了，像買個汽水，是不會報的，吃飯，就滷肉飯，隨便吃就回來。我們很窮，可是很團結，回想起來覺得很溫暖。嘿，你剛才問了什麼？

問：就是有關停刊的事情。

答：喔，你要有一個常識，書刊都是三個月結一次的，比方說，十二月從流通的公司結來的帳，是三個月前的，當然有盈有虧，小盈小虧。如果發現三個月前的那期，比方說虧掉了三十萬，我就有點緊張了，再等一個月，等三個月前的那期，如果再虧了四五十萬，我就開始害怕了，因為我是窮人家長大，一輩子沒欠過人錢。我覺得不行了，跟同事商量，那些女同事哭的……他們說，「我們可不可以半年不拿薪水？」（呵呵呵），我說，「你們一年不拿薪水也沒用，因為你們的薪水很低。」（呵呵呵）人家大公司的管理階層拿三分之一或三分之二，那是很大的錢，他們不曉得從哪兒想到這種方法。我說，就算一年不領薪水，也救不了這個雜誌，主要是財政的關係。

問：《人間》雜誌是定位給知識分子看的？

答：對，有受過教育的中產階級。

問：那麼，這些受訪者並沒有機會看到？

答：這是個好問題。當然，我可以用一個辦法去補救這個問題，因為他們沒有文化生活，也不訂雜誌。我們採取兩種方法，一是對受訪者，我們一定把雜誌送到，而且把多拍的相片送給他；覺得他對《人間》雜誌有興趣，就把他列入贈閱的名單，送給他。可是我們沒有辦法到鄉下去，一人送一本，「那是不可能的事情。」（河洛語）第二方面，我覺得，要為低階層的人工作，首先就培養一批關懷弱勢的中產階級知識分子，不是一下到下層宣傳說你們多麼不幸，起來反抗啊！總是知識分子先覺醒，先把自己的身段拿掉，不是只看自己的未來；我要考台大，然後去美國，再就業；這都是「我」。當知識分子開始長眼睛，開始看別人的時候；看周圍的人，看別人的生活，他想的就不是「我」將來的前程，而是想要把自己走下去。如果有這一天，我們的文化、知識可以傳遞到他們那裡去。今天他們所以會這樣，是因為所有知識子背棄了他們。比方說，你回想起來，小時候有很多同學，不知不覺他們不見了；有的從初中開始不見，有的做工，當然有的好玩、不讀書，但的確有些人讀不起書；或許有的父親死了，沒法子上學。有一批人就這樣子不見了，我們都覺得理所當然……等到有一天，知識分子對於人民百姓張開眼睛，那一天，百姓才能真正分享真正的文化和福祇。

問：《人間》雜誌受到的好評不斷，迴響也極為熱烈，為什麼您現在不選擇復刊，而是以「人間思想創作叢刊」的形式呈現？

答：你要明白，辦一份雜誌是非常貴的，尤其我們全都是銅版紙，現在全用銅版紙的雜誌也很多啊，可是我們照片的自製率很高。別的雜誌可能跟人家買個版權啊，或是說，拍個三四張就可以用了；去拍王永

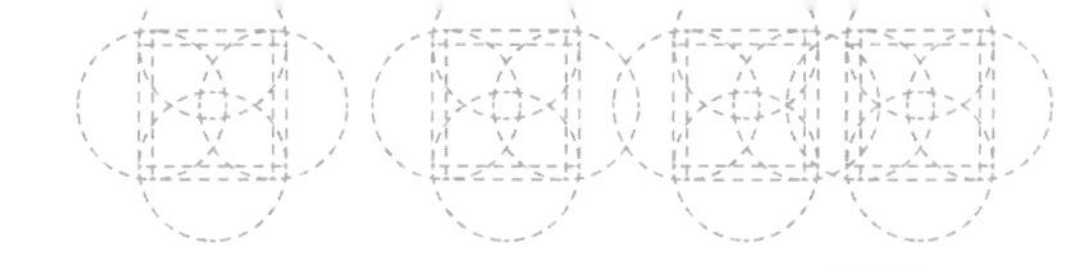

慶，頂多拍個十張，挑一張比較好看的，我們不是。我們一個故事，起碼出去兩個禮拜，坐車、住、吃，而且我們照片的選擇率很低。說得誇張一點，每一個故事，將近一百張照片，然後打印、沖洗，然後看、討論、挑選、吵架，這成本非常高，跟一般雜誌很不一樣。

第二個原因是這個雜誌的性質是逆向行駛，一般雜誌都是幸福、美麗、光鮮、快樂，在這樣雜誌的環境裡面插上廣告非常自然，像是內衣、罐頭、車子、酒、可口可樂啊，跟整個雜誌很配套；像把可口可樂放在《人間》裡面，讀者會覺得「嘿，怎麼會這樣？」黑嘛嘛的，忽然有一個照片笑得啊，然後一杯可口可樂，所以這個影響我們的廣告收入。他們很喜歡我們雜誌，可是給他們廣告登在我們刊物上，就有點躊躇不決，甚至有一個廣告經理告訴我們：「我要在你們那兒登廣告，有一種犯罪感。這樣好不好？你們登六期有沒有優惠啊？」AE說：「有啊！」比方一期四萬，可以打七折。他說：「那好，我給你六個月，但不要登廣告，如果有公益廣告再用我的錢。」那個AE很有個性說：「不行，幹嘛啊？」（呵呵呵）受不了。

唉呀，我們有很多原則；當時洋菸開放進口，大量的給雜誌發廣告。他找到我們，一次五六頁的廣告，我們餓得要死，人家端了一碗飯來，我們討論，結果說不要，因為違反我們的原則。餓得要死卻說不要，氣死了（呵呵呵）！讀者對我們也很嚴格，我們不是反杜邦嗎？杜邦說我們幫著把杜邦趕走。大約過了兩年，他們來找我說要做廣告，我說：「你不要開玩笑了！」他說：「是要廣告杜邦防治污染的設備。」我知道杜邦防治污染的設備非常有名。我說：「可以啊！」他是要連續三期，他很聰明，用這個扳回他的聲望；就登啊，杜邦。讀者看到，不得了啦！打電話啊，抗議。我說：「你仔細看看廣告，那不是污染的東西。」我想沒有任何讀者，甚至《紐約時報》的讀者，不會因廣告頁登台灣的政治廣告，讀者就抗議；《人間》的讀者是很嚴格的。現在我再找他們回來，都有妻有兒，不能再給兩萬塊了。另外，我年紀也大了，要辦這樣的雜誌很累。你不知道是第一百個人問我這樣的問題了，而且謠言四起說《人間》要復刊了。我說，你聽誰講的？奇怪，到底是誰講的？

問：《人間》並不是一個單純的雜誌媒體，它還包括演講、報導攝影營等活動。

答：這很簡單，我就是我的想法，一個人有想法一定想要宣傳，當我們對社會有了解，從現場看到這些事情，除了報導以外，我們會凝結成一種想法。比方對消費主義的批評；對人，對地球，現在已經講成爛話，像「地球只有一個。」「台灣只有一個。」的的確確是這樣，這些想法。像人活著的意義是什麼？那些沒有臉的人，那些庸庸碌碌的人，我們應該怎樣去看待他？當然，我會挑選小說的方法或評論的方法，在這個雜誌呈現。因為我始終相信任何一種主張不應該政治化或意識型態化，而這本身就是一種意識型態。當他說報導應該客觀公正，這本身就是一種想法、一種型態，沒有那種像真空的東西，那是騙人的。

問：最後請教您，《人間》色彩如此鮮明，在這四年出版期間是否受到任何上層的特別關注？

答：這四年倒是沒有，這方面我必須誠實的講。國民黨一直非常關切，我好幾次都覺得這期會禁，但都沒有。比方說第十六，還是第十二期，「讓歷史引導未來」；這期怎麼來的呢？我看到《天下》雜誌對台灣過去到現在的詮釋：她站在經營者、政府的立場來介紹，從 1945 年到現在。當然，結果是我們的政府非常英明，我們的企業非常努力，我們的社會非常求上進。我看了覺得難受，我看的角度不同，我對台灣社會發展的理解不一樣。我臨時把所有的題材擱在旁邊，用很短的時間組織了那一期的雜誌，我想這次政府一定會關掉，而且顧慮到這麼硬的東西，一定銷路不好。這期現在一本都沒有了，有好多人要買這一本，因為有老師說社會學的課要用到。

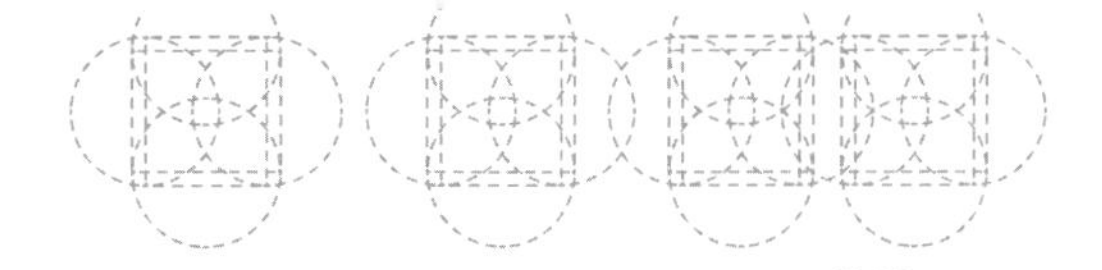

另外，我們第一次披露了「二二八事件」，當時戒嚴時代，我想這一期禁定了，結果沒有。然後，五〇年代白色恐怖，「郭秀琮」，現在滿地都是了，當時我們真是很緊張。我不是譁眾取寵，我覺得這是台灣歷史上很重要的部分，當時台獨論也出來了，台灣人無論如何要反共，所以我咬著牙，既然是事實，我們應該……那些人那麼悲慘，為台灣犧牲，嘿，沒有禁！然後，我再告訴你一件事，台獨對我很有意見，可他們拿我沒辦法，他可以說任何人不愛台灣，可他們不能說我不愛台灣，證據就是這本雜誌（呵呵呵）。他們台獨派一直到今天還沒辦法辦成一個雜誌，他們整天說「台灣這塊土地」、「台灣人民」，我是道道地地的台灣人，祖先到台灣到我已經第七代了。他們可以攻擊任何人不愛台灣，但對於陳映真一點兒辦法也沒有，所以從台獨來的批評沒有，很過癮！

問：您著眼於大中國，卻關心台灣。

答：中國有個起點嘛，台灣難道不是中國？

【劉依潔，淡江大學中文系助理教授】

國家圖書館出版品預行編目（CIP）資料

無望的堅定：閱讀雙雪濤 / 徐秀慧等編輯. -- 初版. -- 臺北市：人間, 2017.12
200面；17 X 23 公分. --（橋. 冬季號. 2017）
ISBN 978-986-95141-7-0（平裝）

1.中國小說 2.現代小說 3.文學評論

820.9708　　106025502

無望的堅定——閱讀雙雪濤

編輯群　徐秀慧　彭明偉　黃文倩　黃琪椿　蘇敏逸
責任編輯　黃文倩
文字編輯　張懿文　劉紋安　黃文倩
美術編輯　仲雅筠
發行人　呂正惠
社長　陳麗娜
總編輯　林一明
出版　人間出版社
地址　台北市長泰街59巷7號
電話　(02) 2337-0566
傳真　(02) 2337-7447
郵政劃撥　11746473 人間出版社
電郵　renjianpublic@gmail.com
定價　160元
初版一刷　2017年12月
ISBN　978-986-95141-7-0
印刷　龍虎電腦排版股份有限公司
總經銷　正港資訊文化事業有限公司
地址　台北市大安區溫州街64號B1
電話　(02) 2366-1376